咒術師

溯源

菲赫士·蕭——著

Content

目次

Content

目次

序章之一

現今的神離大陸已經是現代化，且不可逆的呈現，事實上綜觀過去大陸上發生的每一件事情也都是不可逆的。為了用已然消逝的過去重建世界變遷的脈絡，我們有了『考古』與『近代史』兩個派系的研究；這兩個派系目標都是歷史，都是真相，但註定在某個交會點之後再度漸行漸遠。

事實上每一個交會的節點必然在於未知歷史的假設、實證與謎團拆解。他們在彼此兩條線上留下過客的足跡，如同整條歷史長河在大陸上留下的痕跡。

節錄自〈大陸上遺留的未知事物〉——前洛月大學近代史教授蘇奇遠著

序章之二

那兩名年輕人莫名其妙的從拘留室中消失了！等到換班的同事要去帶他們出來訊問時只看到空房間，什麼都沒留給我們。局長把所有人問足了三次，當班的學弟更差點被剝皮拆骨；但就是沒有人看到、聽到甚至感覺到任何人走出這裡。最後我們只好在牆上那面小窗加上鐵柵欄，把那兩個人曾經進來過的文件都交給我帶出去銷毀。

幸好這是我退休前最後一天上班，老兵的八字真夠輕的！

節錄自〈洛月市退休警察日記〉——佚名

百年前・第一章

大約一世紀前的秋天，這片平原還沒有名字。位於南方『秋水』國北疆，北城，石牆環繞，儼然佇立，正靜靜等待兩國的協商結果，她唯一的不幸就是距離東方『夜雲』國過近，以及開了一條通往商業大城『亙流城』的道路。此刻她正匍匐大地，像一個貼地俯聽危機將要來臨的落難者，隱隱知道兩國軍隊都朝這裡發進；但她走不了，只是一座城，或一抹註定成為歷史的幽魂。

東方而來的黑雲，『夜雲』國軍事官司飛羽、伍藜與白歲寒兩位將軍率領五千士兵朝此逼近。因為這場戰役──甚至往後十幾年間──留下的相關文獻太少，以至於沒有人知道此刻是清晨，他們一大早拔營，步伐整齊嚴肅且從容不迫，以及目的是要代表『夜雲』國，與『秋水』國協商取道北城開通與『亙流城』直接貿易之路。今天是行軍第七天已到達國境邊境。當晚司飛羽、伍藜、白歲寒與第四位整個近代史都沒有出現過名字的人物在帳內軍議，清一色的短袖黑色布衣外披黑袍。桌上放著大陸北部的地形圖，正中央一個鐵製方形紙鎮周圍是平坦草地，標準的易攻難守地形，角落插著紅藍兩種旗子。這就是當時最接近實情的地圖遠景。

「距離北城大約五天路程，『秋水』國主盧莫為應該也從南方親自領軍北上。」伍藜拿起一面紅旗，插在紙鎮南方的地圖盡頭。他的聲音非常斯文，在亮晃晃的燭光中具有一絲安穩的感覺，頭髮極短，八字鬍是最明顯的特徵。

「給他們一個月的時間也夠準備了，而且協商地點還是他們境內。」白歲寒拔起一根黑旗插在紙鎮右邊一段距離，平原東方的丘陵地。跟伍藜相比，白歲寒則是武將形象，倒豎的鬚髮半白，粗啞的聲音搭配腰間的無鞘大劍，移動間桌底下發出鐵靴摩擦響聲，幾乎是他出場的序曲。「我認為他們會將中央與北方的軍隊全部集合在北城附近待命。」白歲寒說完卻不是看向司飛羽，而是第四人。

「你說呢？」司飛羽一對丹鳳眼飽含光芒，瘦削白淨的臉上很難聯想到他能指揮白歲寒這等沙場老將。軍事官說話速度極快，同樣看著第四人露出探詢的表情。

第四人沒有直接回答，他從一進營帳就默默的蹲下雙手掌心觸地，另外三人包含白歲寒都沒有露出不耐煩的表情，反而耐心的等待他的回答。沉默大約一盞茶的時間，第四人站起身，拿起一根紅旗連同伍藜放在紙鎮南方的那根一起往北幾吋插下。

「盧莫為一萬主軍。」司飛羽飛快的看了一眼，旗子代表的基數是己方的軍隊數量，兩支旗子代表一萬人。「北城那邊呢？」

第四人披肩黑髮隨著微傾身影，臉上的鬍鬚濃密到快遮住嘴巴，手伸到地圖角落拿旗，伍藜有些緊張的盯著他的手，拿起一根、兩根、三根，不禁倒抽一口涼氣。「三支軍隊？」也就是說，保守估計地圖上敵方人數總和是他的們的五倍。

第四人臉色漠然端詳整張地圖，在南方兩根並行紅旗的東北與西北各插一根，接著把最後一根靠在方形紙鎮東南，說：「中央左右各有一支軍隊往北城進發，北城已有五千士兵。」五根紅旗形成工整的四角形。

「哈！兩萬五千，五倍於我們，他們很緊張啊！」白歲寒看著那些紅旗興奮難耐。

「協商提議書上透露我們國內有五萬，是我們兩倍於他們。」司飛羽簡短說。

「軍師，一旦踏入『秋水』國境馬上形勢反轉，是否要回頭向叢帝調度……」

「不需要。」司飛羽的手不耐煩的擺了兩下，他知道伍藜要說什麼。「我軍有四千人是那群貴族的走狗，現況亦是敵眾我寡。請中央調度意味著軍事自主權的淪喪。我特別寫上五萬只是要讓『秋水』國主親自過來。」

白歲寒大力拍伍藜的肩膀。「伍將軍多慮了，我們打過那麼多場防衛戰，是該打場真正的戰爭了。」

「在下明白，只是明著協商暗要開戰，內憂外患，軍力又有一段不小的差距，如果有個萬一『秋水』的軍隊將可以趁勢攻入我國。」伍藜的頭上已經冒出點點汗珠，這擔心不無道理，協商地點是在『秋水』境內，但距離『夜雲』國境也不過五天路程。

「能遇到他就是我們的機緣，就連神都在幫我們。」司飛羽看向第四人，信心滿滿地笑了。

第四人反而搖搖頭說：「不，能遇上你們才是我的機緣。」

司飛羽頓時收起笑容，左右看看說：「沒別的事軍議到此結束。」說完就要把地圖收起來。

白歲寒皺起眉頭說：「五天後就要開戰了，今天不推演嗎？」伍藜則是遲疑的看看司飛羽，又看看第四人，不發表意見。

「兩天後再討論吧，到時候有得推演。」司飛羽微乎其微的考慮了一下，做出決定。

太趕了吧？白歲寒多年戰場經驗，協商前三天彙總情報推演，時間根本不夠。但轉念一想這場戰爭本質跟過去不同，沒什麼經驗不經驗的，這種想法或許過於驕傲了。「好，就聽軍師的。」

燈火熄滅，這場軍議自然也沒有留下任何文獻記載。

直到北城協商三天前，白歲寒才終於了解軍事官的用意。那天，『夜雲』國的五千士兵早已跨入『秋水』國境內，一路上經過的村莊城鎮都反射性的避開他們，看著他們藏起小孩緊閉大門的模樣有些趣味，也或許是他那對虎目總在搜尋是否有埋伏。看起來兩國協商的消息早已不脛而走，行軍中聽到的耳語完整地呈現協商前氛圍與當時的背景，很明顯的，『秋水』正在畏懼。

只是不知道這股畏懼能持續多久，對方應該已經知道他們的人數了。

「只帶五千人來協商？也太少了吧？『夜雲』國運不久矣。」

「我聽說他們背後還有五萬大軍正在進發。」

「五萬？我們國土兵力是全大陸第一，派五十萬來還差不多！」

「噓！國主有令，不可挑釁對方。」

司飛羽在踏入『秋水』國境前就已經頒下嚴令，無論聽到什麼閒言閒語都聽過就算，如有引發爭端立殺無赦，五千士兵就這樣聽得耳朵發癢仍默默行進。但司飛羽也知道，那群借調貴族的四千人的耳語恐怕不比一路上聽到的少。

當晚夜雲軍找到無人煙的空地就地紮營，主營帳內的氣氛已然緊繃到一點星火就足以引爆，與兩天前不可同日而語。伍藜一開始就把前兩天雙方的軍情地圖擺上桌插好旗，除了第四人雙手撫地外全盯著地圖。

他們在等待的是軍情。

「今天終於要玩真的了吧？」白歲寒嘿然一笑，一隻手緊緊握住大劍劍柄，幾乎發出金屬用力摩擦皮膚的聲音。所有人都知道他個性粗豪有話直說，兼之勇猛好戰，並肩多年的司飛羽自然也早已習慣。

「我們連探子都沒派，協商誠意上沒問題，若盧莫為是一般人，這張地圖的佈局就跟兩天前一樣。」司飛羽的手在紅旗的範圍畫了一圈。「那北城就是我們的了。」

「到底為什麼要讓我軍處於這樣的劣勢？」這個疑問白歲寒憋了多天。「兵之情主速，失去先機將是苦戰，侵攻戰和守衛戰是完全不同的打法，而且這場仗根本不是……」

「我知道。」司飛羽說。當然主營帳內的人也都知道司軍師十分沒有耐性。

「你知道？你知道個……」

「白將軍，在下認為應當讓軍師先說。」伍藜看場面開始升溫趕緊岔開話題，當然這句話的意思是他也很好奇司飛羽的盤算。

白歲寒知道伍藜話中之意，吐口氣強壓住沸騰的血氣，雙手用力伸展，舒緩情緒。

「這場協商有三個意義，第一，奪得『夜雲』國通往『亙流城』的交通要道促進國內繁榮；第二，打破貴族掌握軍權的景況，未來才能無後顧之憂的擴展疆土；第三，這一戰要讓『秋水』國數年內不敢入侵『夜雲』。」司飛羽一口氣說完，任一項都是極有遠見的提案，但三項綜合在一起有如天方夜譚。

「怎麼可能一次達成這三個目的？」白歲寒聲音忍不住拔高，血氣再度上湧。就連同樣有疑問的伍藜也陷入苦思，這三項需要超乎想像的談判、政治與軍略才有可能辦到，更重要的是軍事實力，現況哪來的機會能籌到這些資源？

「先等等。」司飛羽看向第四人，看來一定得等他確認完才能繼續討論這個話題了。

不一會兒第四人站起身，伸手拿起紙鎮南方的兩支紅旗。伍藜在心裡吶喊著千萬不要，但那兩隻紅旗緩緩往北移動，聚集在紙鎮的東北角與西南角，加上原本就在那裡的紅旗，一共三支。

「北城一萬五千準備城外防守。」饒是白歲寒征戰多年，也忍不住有些氣沮，看來就連偷襲北城的有困難，這趟來真的只是聊聊天。「盧莫為看我們只有五千，改為北城防守。」

但事情還沒結束，方形紙鎮南方的那支紅旗也往北移動了，代表夜雲軍的黑旗也朝西移動，以距離來看黑旗較為接近紙鎮。

「『秋水』國主看來並非一般人，也知道五千遠大於一般協商的規模。」伍藜嘆口氣。

所有人不約而同的看向司飛羽，『夜雲』國軍師一臉沉靜，從角落拿起兩支黑旗插上地圖，等同三支黑旗插在一起。「北城牆高土厚，因此『秋水』國同意在此的協商，開戰前已經有守備上的優勢。」

伍藜與白歲寒聽得眉頭直皺，看軍師拔起兩支黑旗放在紙鎮的正東方與正南方。司飛羽接著說：「三天後的夜晚我們主攻城外敵軍……」

「等等，發兵理由呢？」白歲寒忍不住先問最重要的問題。「我們這趟是來協商的吧？」

司飛羽絲毫不介意被打斷，應該說，過去幾年已經被打斷過無數次，他根本無感。「明天下午有人要刺殺我。」

「刺殺你？在這裡？誰有那麼大膽子？」

「等等軍議後我會先行一步與刺客見面。」說話的竟是第四人。

白歲寒張大的嘴半晌說不出話，這在過去打過的戰爭從沒有過。伍藜問：「這附近有刺客？」

「幾年前我派人來探聽情報，明天下午我會中箭，剩下的讓你們自由發揮。」司飛羽簡潔的把狀況說明了一下，回到稍早的話題繼續說：「這場夜戰的打法是，白將軍率領一千本軍趁夜逼近敵軍，四千貴族軍由伍將軍指揮施放火箭。」

一支黑旗往紙鎮東南的紅旗靠近，一紅一黑兩旗觸碰在一起。

「事出突然加上白將軍威猛，會吸引另外東北西南兩支五千敵軍前來救援，接著我和伍將軍將四千人分做兩隊，從左右繞過東南守軍的合圍包夾。」方形紙鎮東南角，三支黑旗將紅旗圍起來，但附近兩支紅旗也在接近中。「時間上來不及殲滅東南角的敵軍，白將軍的一千人必須快速穿透敵陣，讓三隊敵軍無法會合。」

沒有人疑問本軍一千士兵要怎麼穿透五千敵軍，因為白歲寒的威猛形象是『夜雲』國能穩守神離大陸東方的重要原因。他們在意的是下一個問題。

「前面就是城牆，這不等於我們將自己逼上死路嗎？」白歲寒拿起原本在東南方的黑旗插到紙鎮東南角，確實三支黑旗看起來連成一線宛若防線，但從另一個觀點來說也是背靠城牆毫無退路，人數上的差距更是將自己逼進死路。

「我和伍藜各兩千士兵原地防守，白將軍率領的一千士兵與我們會合後一路往城牆東南角推進，剩下的只要等到盧莫為的一萬主力抵達，我會和他應對。」

什麼叫做「我會和他應對」？這個巨大的疑問瞬間閃過伍藜與白歲寒的眼前。

「在下不明白，白將軍的一千士兵如果不跟另兩隊保持聯繫，原本在東南角的五千敵軍重整態勢後將會反包圍貴族軍四千士兵，最後更會將我們包圍在城牆東南角。」伍藜將黑旗稍微移動位置，確實被包圍的反而是黑旗。

司飛羽卻像沒聽到這個問題，繼續說：「敵軍應會就近殲滅四千貴族軍，接著將我們包圍在城牆東南角，盧莫為到場，我們就贏了。」

「軍師，在下的意思是……」伍藜還是聽不懂，突然看到白歲寒面色鐵青的把代表貴族的兩支黑旗拔起來，頓時恍然大悟。「你要犧牲他們？」

司飛羽直接忽略剛剛那句話是問句。「我要用我遇刺，加上四千『夜雲』士兵客死異鄉，以及『夜雲』國將聯合周邊諸國進攻『秋水』國境作為協商籌碼，要求盧莫為讓路。」

聽完軍師的推演，所有人頓時陷入沉默，這已經超出常理的戰爭範疇。良久，白歲寒把兩支黑旗插回紙鎮東南方的位置，問：「這場仗我看不到半個時辰就結束了，哪能撐到盧莫為抵達？」他的聲音沙啞，語氣中透露出一絲倦怠。

「善用陣形防守就可以了，真的來不及，我們的一千士兵放下武器投降停戰也行，這一戰最重要的是活下來，活下來就等於贏了。」

白歲寒一股怒氣從盤繞心頭的不光榮感底層掀起在胸口炸開，大手往地圖中央一拍，低聲喝道：「軍師你再說一次！」桌上紅旗黑旗在這一拍之下應聲而倒。

這下伍藜也不知道從何勸起，這個計畫對一向武力治國重視榮譽的『夜雲』人太難以理解了。這時第四人突然插口：「敵軍應該很熟悉北城周邊地形，我可以做點變化讓他們困惑。」

「這樣白將軍或伍將軍還有其他疑問嗎？」司飛羽接著說，一派自然的將地圖上的旗子擺回原位。

白歲寒沉默一陣，雙手緊緊握拳忿忿然說：「沒有，請容我先告退休息。」說完也不等司飛羽的答覆就轉身走出主營帳。

「在下……在下也先告退了。」伍藜也帶著滿腹疑問離開了。

司飛羽看著第四人說：「好，接著是我們的部分，這一場戰爭我要做的其實是……」聲音壓到最低，只有他們二人知道的安排即將動搖神離大陸上的歷史走向。

隔天，『夜雲』國的五千士兵拔營，像往常一樣平順，他們相信這一趟真的是來協商的，沒有人知道下午等著他們的是撥正反亂的人造事實。伍藜經過一個晚上與上午的思考心裡已經有了定論；而白歲寒則是特別走到司飛羽旁邊，提出一個對他極為重要，甚至影響他日後仕途的問題。

「軍師，你能保證一切都是為了『夜雲』國嗎？」

司飛羽轉過頭，看著這位年紀比自己大上許多的將軍，舉國上下也只有這位腰懸大劍的常勝前鋒敢問出如此豪氣干雲卻又如此冒犯的問題。若是朝中那群皇親貴族肯定不管三七二十一就惱羞成怒，然而身為『夜雲』的軍事官，他的神情連一絲動搖也沒有，只是點點頭說：「我能保證。」

「你如何證明？」白歲寒虎目直盯著司飛羽，那股氣勢就算眼前這人是未來的『夜雲』皇帝他也要問出一個答案，一個證明，因為白歲寒就是這樣的血性漢子。

「『秋水』國主將會無條件同意讓我國與『亙流城』有直接交通，要是情況真不得已，我會走在投降隊伍的最前方。」司飛羽說這句話的語氣沒有比較高亢，速度也沒有更快或更慢。

「好！若一切如軍師所料，我必定在全軍面前謝不敬之罪。」

「有勞白將軍。」司飛羽不多說什麼，他從來就不喜歡多說什麼。況且他現在更擔心的是那即將來臨的刺殺一箭，若是天運使然，自然不會射死他；否則，就只能靠伍藜他們引導整個局面了。他雖不想，但還是只能賭一把。

於是這齣戲碼無比真實的在歷史的軌跡上不留任何墨水的上演，這場協商就跟眾多的國家交易往來，被歸類在和平落幕的那一類，也只獲得寥寥幾個字的記錄。

那個年代沒有報紙，否則『夜雲』軍在行經往北城的某個村莊時，民眾中有人暗放一箭射中司飛羽，

『夜雲』軍師生死未卜的消息想必會是頭條。

那一天，為完成任務並防止軍心渙散，伍藜假裝派人回『夜雲』國請求救兵，白歲寒則在全軍面前高舉凶器證明是『秋水』國的刺客，同時決定接管軍隊大權復仇進攻北城。

「我們不殺百姓，我們殺幕後主使！」那個下午，『夜雲』軍士氣沸騰，往北城的協商目的只在瞬間就轉為復仇。

當晚，主營帳內四人齊聚做最後的戰前會議，只是司飛羽的左肩包上了一層白布，上頭還有一圈紅漬，傷口的位置只差三吋便是心臟。看來果真是天運使然嗎？

「再歪個幾吋，就是你身先士卒客死異鄉了。」白歲寒看著司飛羽肩上狀況，接著轉頭對第四人說：「他的準頭也太差了。」話語中不難想像他仍對軍師的作為所有不滿。

「不，那支箭沒有鏃。」伍藜原本在看地圖，突然抬起頭說。「那支箭其實掉在地上，馬上就不見了，軍師身上的傷口……是自己刺的。」伍藜口中的『不見』是貨真價實的不見了，從地表上消失了。

「你瘋了嗎？」白歲寒說。

「這也是必要犧牲。」司飛羽說。「那支箭呢？」

「埋了好幾吋深，就算用挖的也要一兩天。」第四人看著司飛羽身上的傷口，對於軍師竟不惜殘害自身感到心下忐忑。「消息已經傳到北城的三支部隊與『秋水』國主的軍隊，今天我感覺到一陣騷亂。」

「如果不是親眼見過你的能力，我一定以為你在說瞎話。」白歲寒其實心中五味雜陳，這場仗的打法與型態超乎想像，連帶著道德與戰功也不是過去知道的那樣。或許，現今『夜雲』這樣的小國要打破既有的疆域就只能倚賴這樣的『神蹟』吧！

當然，也是有把司飛羽神人化的人在，白歲寒看向伍藜。

「在下明天下午會將戰術通報全軍，就看軍師的安排了。」

司飛羽點點頭，什麼也沒多說，再一次在地圖上把整個戰局推演了一次，四人商議一番也就結束軍議，伍藜與白歲寒離開後，第四人卻還在帳內。

「你不認同？」司飛羽問。

「自我傷害本來就很難被認同。」第四人說。

「別忘了『我們』都要拿下這裡。」

「我沒忘，但之後呢？」

「之後戰場將轉向『夜雲』國南境諸國，都拿下後才有與『秋水』一拚的機會。」

「『秋水』有這麼棘手嗎？」第四人疑惑，值得司飛羽破壞戰場規則，傷害自己身體，送葬八成士兵的原因到底是什麼？名聲嗎？更高的權力嗎？

「『秋水』是當今第一大國，光憑現況不可能打擊他們的軍力。」司飛羽罕見的頓了一頓。「但是明天開始，『夜雲』國就會變成震撼整個大陸，而國內外將舉目皆是敵人。」

「國內為什麼會有敵人？」

「你還需要儲備體力，先去就寢吧。」司飛羽沒有回答這個問題。

於是那一天，戰爭順理成章的爆發了。

『夜雲』軍五千人來到可以遠眺北城東南角的位置，『秋水』國北城東南軍早一天就已經聽到司飛羽遇刺的消息，但派去使者多次都被白歲寒逐回，只得全軍戒備等待國主來到。事情發展至此也才一天，北城守將根本來不及做出任何反應，更遑論找出刺殺司飛羽的刺客；失了攻擊的理由，只能靠著北城略高於周遭的地形架起防柵。

『夜雲』軍也知道這一點，逼近到近處後就地安營，行軍來此並沒有要馬上侵攻的意思，兩軍遙遙相對。

破曉前，『秋水』國北城東南軍發現的問題並不是『夜雲』軍有了動作，哨兵連滾帶爬的跑進主營帳內向守軍將領稟報難以形容的事情。

「『夜雲』軍駐紮處隆起了高山！」這句話迴盪在主營帳內，像一則酒醉後的胡言亂語，像一則沒有前因後果的神話，對久居北城的軍隊尤其震撼！

而當消息傳開，北城東南軍五千士兵全走出營帳往東南方看去，白天還是草原的平坦地形竟硬生生隆起一座丘陵！有如作夢般的地形逆轉，完全震懾住現場的守軍。

山頂亮起一陣火光，就算距離老遠都能感受到那股熱度，與戰意。

「去聯繫另外兩軍，敵襲阿！」東南軍將領隨手打醒兩個還在發楞的士兵，恐懼有如野火般蔓延開來。

他的壽命只剩下不到一個時辰，也沒機會在史書上留下任何記載。

伍藜居高臨下，就連他也對這樣的地形變化感到訝異，他回過頭，面對的是一整排臉上跟北城守軍一樣困惑的四千貴族軍。他高喊：「聽令，報仇就在今夜，目標北城，箭一上三，放箭！」

咻聲響，火飛躍，萬里夜空星芒墜。

北城東南軍將領臨機應變，分出一成兵力協助救火，同時反應過來：這就是『秋水』得以進攻反擊的機會！冒著箭雨盡力集合士兵準備向外朝『夜雲』軍進攻，火箭一波、兩波、三波射下來後，他已經聚集了一隊守軍在營口。那時候，他們背後是忙著滅火的嘈雜聲，那座射出火箭的山頂停下攻勢，正當他們疑惑間，五十步外是一群身著黑袍頭上別著一片白色羽毛的軍隊，一千柄長劍在月光下鑠鑠生輝。

當先一人豪氣萬千，腰間大劍指向這群從火場中逃出的守軍。

「聽令，報仇就在今夜，目標北城，進攻！」

聲音大到連救火的東南軍分隊都聽到了，守軍連忙退入防柵內抵擋攻勢。白歲寒大劍當先殺向敵軍，鐵靴踩出的聲響有如死神逼命的旋律，雙目圓睜映著火光像要射出火箭來，人數只有對方一半不到的『夜雲』軍有如野火一般燒入北城東南軍中，視防柵如無物！

東南軍將領嚇得心膽俱寒，連忙下令撤退重整陣勢。

「進攻、進攻！」白歲寒的聲音率先殺進營內，如影隨形的跟著守軍慌亂的步伐，他們不知道白歲寒只是喊喊而已，他正在等信號。

東南軍將領緩過氣來，清點守軍數量大約損傷三成，可怕，才不過幾十分鐘吧！環顧四周盡是被箭射殺或被火燒死的屍體，焦臭味不斷刺激著所有人。「就地防禦，另外兩支守軍快到了！」眾人稍微安心時，左右兩方突然傳來吶喊聲。

是我軍救援來了嗎？東南軍的將領心頭疑惑，馬上感到不對勁，剛剛還在山上的那群放箭的敵軍呢？

「其他守軍來到我們就贏了！」他也只能這樣說了，但語氣卻掩不住虛弱，伍藜和司飛羽率領的兩隊『夜雲』軍甚至沒有讓他講第四句話的時間就如鳳凰展翼般左右攻來！

「撐住，他們撐不了多久的！」另一場圍殺再次展開，『夜雲』軍兵分三路朝守軍展開攻勢，守軍苦苦抵擋，然而正當『夜雲』軍勝券在握時，外圍卻捎來急轉直下的消息。整個戰場上除了『秋水』軍恐怕只有司飛羽在等待這個消息吧，北城東北軍與北城西南軍揚起的漫天煙塵已經到了可目測的範圍。

「敵方增援到了，後軍轉前軍，左右禦敵！」『夜雲』左右兩軍伍藜與司飛羽下達早已擬好的指令，對士兵們來說合情合理的指令，只是那時伍藜並不知道，司飛羽那一隊多下了一道指令，就算是他也無法認同的最後一道指令。

「時機來了，跟我衝過去！」白歲寒等的就是東南軍可能鬆懈的這一刻，早將一千本軍整成一把利劍，大劍一舉，領著餘下的本軍向前強行突破，那把劍與魁梧的身影深深烙印在東南軍的腦海中，缺口節節擴大有如豆腐般被切碎。戰亂間就連守軍將領也命喪劍下，當然白歲寒事後才知道這件事。

到目前為止，『秋水』援軍士氣高昂，『夜雲』軍也順利達成目的逼近北城城牆東南角。唯一出乎意料的只有白歲寒一隊比預料中更早突圍，領著本軍殺出重圍後司飛羽、伍藜、第四人才趕來會合。

「白將軍這場戰功比在下高出不知多少。」伍藜看著白歲寒身上滴下的鮮血，若他身上外袍不是黑色而是白色應該也染紅了，但其實自己也好不到哪去。

「少廢話，現在還在戰場上，快往目的地前進！」白歲寒回頭一瞥，從發動攻擊到現在，本軍的一千人也已損折近半，唯一慶幸的是東南守軍莫名的被擊垮了，居然只有幾百個人遙遙追著他們。

「等等。」司飛羽向第四人示意。

「等什麼？」白歲寒口中這樣問，目光卻是看向第四人。只見歷史上無名無記載的第四人，披著象徵『夜雲』的黑袍，走到白歲寒身前蹲下，雙手觸地。情況劇變之前的瞬間，他只來得及注意到應該固守左右的貴族軍不知何時起竟朝著中央聚攏。

碰碰兩聲，大地一震！不遠處傳來一陣集體的哀號聲。

白歲寒瞬間臉上變色，戰場殺敵點燃的火焰還在心頭燃燒，他忍不住抓起司飛羽胸前的衣衫大吼：「這就是你安排的防禦地形嗎？」

伍藜一時間反應不過來發生了什麼事，往前一看才看到原本東南守軍主營的位置竟瞬間凹下一個不規則狀的凹陷，連帶著正在聚集的東南守軍也全跌進去！而在營地周圍，原本分開的兩隊正準備殲滅東南守軍。不是應該升起土牆幫兩旁分隊抵禦『秋水』援軍嗎？還是軍議上他沒聽懂軍師或第四人的意思？不管如何，很顯然的司飛羽留給貴族軍的最後一道指令不是固守，而是殺敵。

儘管被白歲寒抓的呼吸困難，司飛羽卻毫不在意，嘶啞著聲音對第四人說：「你先往城牆去，我們隨後就到。」

「是。」第四人轉過頭就往城牆跑去，披肩長髮上的白羽在火光中劃出了無數細線。

「這裡不是我們的戰場。」司飛羽看向白歲寒，與一旁愣著的伍藜。「貴族軍成功圍殺掉凹陷內的守軍後，被兩支北城援軍殲滅也只是時間上的問題。」

「在下不明白，為什麼不趁此機會擊敗其他守軍？」

「擊敗守軍也敵不過即將到達的『秋水』國主大軍，對吧？」白歲寒代替司飛羽回答，瞪大的雙眼已經沒有早先的戰意，看在軍師的丹鳳眼裡竟透露出些微恐懼。『夜雲』國頭號戰將鬆開緊抓著軍師的手，回頭聚集殘餘的本軍往城牆的方向而去。

「軍師，在下是真的不明白。」伍藜看著凹洞裡，北城東南軍只剩不到一千人，轉眼間就要被貴族軍給剿滅，他希望不要親眼看到『夜雲』軍被屠殺的畫面。「人的生命真的能支撐起整個國家嗎？」

「往城牆去，我告訴你答案。」司飛羽回頭就走，伍藜看著軍師的背影，又回頭看看餘下奮戰的『夜雲』軍，最後仍是往未知的答案而去。

北城東南角，白歲寒調度僅餘的本軍約五百人，擺出圓陣守著城牆一角，每一柄劍上都閃著紅光，耳裡聽到的是不遠處跟著他們一起離開『夜雲』國境同伴的死亡哀號，眼前所見是通往敗亡的康莊大道。

戰爭結束了嗎？不，還沒，但就快了。他雙手拄劍倒插於地，臉上是真實的毫不做作的哀戚。對象是那群犧牲的貴族軍，或者被掌權者拖進死亡泥沼的殘兵，已然無法分清。

白歲寒舉起手，圓陣前方讓出一條走道，準備讓司飛羽和伍藜進入陣內。

「保護軍師的任務就交給你了。」伍藜經過時，白歲寒向他說。伍藜想問些什麼，但什麼也沒說，便跟著司飛羽入陣。白歲寒拔起劍一步一步走到圓陣的最前方，等著未知的結果，背後的就是整個『秋水』境內最後的『夜雲』軍了，光聽呼吸聲就知道連五百都不到。

不知不覺天已經濛濛亮，一片靜謐宣告了『秋水』的守軍已經將友軍處理完了，數百、數千然後數萬的腳步聲由遠而近，起先還能辨識領頭將領以及北城兩隊守軍，但接著每個人的臉突然都變成一模一樣。白歲寒凜然不動，任由敵軍緩慢緩慢的包圍住他們。

『秋水』軍中走出兩名將領，其中一名開口：「你就是白歲寒？」

白歲寒一句話也不吭，筆直的盯著前方遠處，他看的是更遠更遠的地方。

「難道『夜雲』國的大將是啞巴嗎？」另一名說，頓時有些許笑聲傳出。

白歲寒突然虎目一睜，大喝一聲，頓時全『秋水』軍一陣驚嚇，其中一名將領更害怕的抽出劍來。

「哈哈！就憑你們也想問我話？」『夜雲』國大將仰天一笑，旋即正色說：「叫盧莫為來跟我談！」

「找死！」抽出劍的將領一時間拉不下臉，跨前兩步就要衝上去，卻被另一位將領阻止。「司飛羽呢？」

「我再說一次，就憑你們也想問我話？叫盧莫為來跟我談！」白歲寒大劍舉起，後頭的五百本軍受到鼓舞也蓄勢待發，一夫當關氣勢凜凜，士氣上硬是勝過眼前的數千敵軍。

這時在圓陣內，伍藜握劍守著第四人與司飛羽。

「還需要時間？」司飛羽問，第四人不答。

東方第一道曙光照亮白歲寒手中大劍，此時『秋水』守軍後方一陣騷動，白歲寒暗叫一聲：終於來了！

『秋水』國主盧莫為騎著一匹白馬，領著名符其實的一萬大軍，緩緩擘開守軍包圍來到白歲寒面前。盧莫為一身黃衣，氣態雍容，短短的山羊鬍增添了滿是自信的魅力，跳下馬匹說：「好一群月下飛羽，五千人竟能殺掉我軍近萬，聽說白將軍一身是膽，一定要敝人親自來才肯回答問題？」

「正是！」白歲寒正要繼續往下說，後方的圓陣突然打開，司飛羽和伍藜同時走出來。

「終於見到盧國主，這趟對我來說真的不容易。」司飛羽向前站一步，現在才是協商的開始。他左肩上的傷口仍在隱隱作痛，但臉上鎮定的神情幾乎像是打贏了這場仗。

「司軍師的傷還好嗎？若軍師客死異鄉，我真過意不去了。」

「好說，盧國主一路走來踏在『夜雲』軍的屍體上，我都感到心寒。」

盧莫為仍是成竹在胸的表情微微一笑，說：「很好的籌碼，敝國不僅想刺殺貴國軍師，還在城下殺了貴國四千多人，接下來『夜雲』準備聯合諸邊各國展開報復嗎？」

白崴寒與伍藜對看一眼都看出對方眼底的不安，這似乎跟原本規劃的有極大的落差。然而司飛羽完全不受影響。「做為交換，如果國主同意讓出這片平原包含北城內在的土地，我可以當作這件事沒發生過。」

盧莫為的笑容首次消失，取而代之的是不可置信的表情，他左右看看確定現在被重軍包圍的是司飛羽那方而不是自己這方，也沒有任何『夜雲』伏兵就在左近的消息。「軍師的意思該不會是要我們北邊的領土吧？還是敝人理解錯誤？」

事實上就連司飛羽身後的白崴寒與伍藜也想問這個問題，這場協商是什麼時候變成領土之間的談判？司飛羽像是聽到所有人的疑問般又再說了一次：「國主可以選擇讓出北邊的土地，或等待我國叢帝聯合各國連南邊的土地也一併拿下。」

盧莫為哦了一聲，一擺手，後頭兩名士兵押著一個人上前，將他面朝下強壓在地上。「我忘記說，來這邊的路上我順便巡視敝國領地，碰巧找到刺殺你的人，不過他好像自稱來自『夜雲』國？」那人一身血汙，雙手已經殘缺不全，看來『秋水』國至少在用刑這方面也不簡單。

這一著出乎眾人意料，直接震動了『夜雲』軍凝聚起來的士氣，就連司飛羽也陷入沉默。

「原本敝人是想殺他的，但掛念著與貴國的交情，還是得請貴國自己動手。」盧莫為故意露出十分痛惜的表情。「很顯然的這絕對是一場嫁禍敝國的的拙劣伎倆。」

司飛羽卻像沒看到那個人，緩緩說：「國主既然有閒巡視領地，想必也對我軍在這附近製造的些許地形有些感想？」

盧莫為的表情微微一變，司飛羽這句話確實命中他心底的驚疑：『夜雲』國到底擁有什麼神力竟能憑空變出山丘與凹地？

這時候第四人突然從圓陣後走出，在司飛羽耳旁簡短的說了一句話，一句關鍵性的話。

司飛羽盯著那人，緩緩說：「我順便回應一下盧國主的問題。『秋水』國為大陸第一大國，這麼快的速度找一個替罪羔羊，果然不簡單。」

盧莫為本以為揭穿司飛羽的詭計後能一舉擊垮對方的士氣，不料司飛羽此刻竟信口雌黃。「替罪羔羊？你是要敝人在這麼多人面前叫他自己開口承認嗎？好，那就讓他……」盧莫為還沒說完，身旁突然傳來幾聲驚呼。

那名刺客身下的土地像突然軟化，兩軍數百人眾目睽睽親眼看著刺客被腳下的土地一口一口吞噬，那名刺客起先還驚呼亂動，但轉瞬間聲音越來越沉悶，不容抗拒的緩慢消失在眾人眼前！原本壓著他的兩名士兵嚇得跌坐一旁，忙著把身上具有生命般的塵土給拍掉，生怕下一個是自己。

「承蒙國主開口，既然他自稱『夜雲』國人，那就按我的方式處理，省得國主勞心。只是我的條件不變，請國主將北方的領土讓出來。」

伍藜與白歲寒一看就知道是第四人搞的，轉頭一看才發現不知道何時起，原本第四人烏黑的長髮竟全數轉白，短短的一盞茶時間如同老了十幾歲！

「你的頭髮！」白歲寒自從年少上戰場以來從沒如此驚訝過。

「什、什麼妖法？全軍準備！」盧莫為看著沉入地下消失不見的『夜雲』刺客，內心的恐懼一口氣迸發出來，畢竟他自己也站在這片土地上，說不準等一下連他也會沉下去。

「且慢！」司飛羽大聲一喝，同時喝止住敵我雙方的騷動。「盧國主，我還沒等你的回覆，是要讓，還是要戰？」

盧莫為畢竟也是久經戰陣，強壓住內心的洶湧不安，略一思索馬上看出『夜雲』軍也是軍心浮動，驚嚇不亞於他，迅速做出決定：「貴國遠來是客，我們到北城裡談吧。」只是話音微顫，已經沒有先前的自信。

以事後觀點來看，司飛羽扭轉戰局固然是出奇不意，但盧莫為這一手瞬間的決斷也是絕不簡單。白歲寒與伍藜一聽就知道要糟，論兵力己方處於劣勢，入了城等對方穩定下來豈不是任對方宰割嗎？但司飛羽卻說：「可以。」

盧莫為鬆了一口氣，心下稍安，往南門的方向一指，說：「請司軍師、白將軍、伍將軍往這。」那處的『秋水』士兵旋即讓開一條路。

伍藜與白歲寒正要起步，司飛羽卻擺手示意停步。「不需要，從這走吧。」

「這裡？」盧莫為看著北城東南的城角，心頭疑惑，突然大地猛然一震，震得所有人立足不穩，盧莫為的坐騎更是驚嚇到回頭就跑，撞倒了好幾人才勉強被人拉住。連續的強震像要將土地上所有人的內臟全搖晃出來，北城內開始斷斷續續傳出尖叫吵嚷。

世間沒發生過如此劇烈的地震，要是有，只能說是天譴。

那時候，『秋水』國將近兩萬大軍，以及後來平安歸國的『夜雲』國五百士兵，全抬頭看著北城的城牆。從東南角開始，地下彷彿伸出極大的吸力，一塊一塊的土磚化成碎塊緩緩被吃下地底，就如同剛剛那名刺客一般，若不是親眼所見，盧莫為真以為城牆是紙糊的。

不斷的不斷的強震，在眾人驚愕間，東南角只剩下一片灰石土。接著那無底洞彷彿有了生命一分為二，往北往西持續吞噬著人類建築學上的成就，曾經堅不可摧，人力鐵器均無法輕易破壞的城牆，轉眼間全崩塌碎裂跌入無邊地底。

幾乎沒有盡頭的強震終於停下，北城內的居民和城外的『秋水』大軍面對面，都被這個場面驚呆了，毫不留情的把所有人的噩夢攤在地上，雙方同時害怕得無法移動腳步。少了城牆就如同一座巨大的村莊，毫無防備；也代表地圖上將不再有北城，失去的城牆直到百年後都沒機會再重建。

司飛羽等到大地停止震動，像完全沒有感受到那樣的超現實畫面，說：「國主，請讓出北部平原。」『夜雲』國軍事官帶著微笑，俯視著十步之遙跌坐地上，黃袍沾滿塵土的『秋水』國主盧莫為。

「神啊，我們做了什麼？」白歲寒喃喃說，為這次的商談做出最精準的註解。

一個月後，司飛羽帶著餘下的本軍回國覆命，『秋水』國撤出平原北部，暫時不敢向『夜雲』國開戰，『夜雲』國從此直接跟『亙流城』貿易；朝內皇親貴族軍力大傷，迫於司飛羽此戰軍功被迫讓出兵權。而取得『秋水』國北部領土後的『夜雲』國更躍升大陸第一大國，趁此時機更名為『夜雲帝國』。

「人命不可能撐起整個國家。」凱旋歸國那天，司飛羽對伍藜說。「但神力可以。」

於是整件事情從頭到尾，都沒有被記入歷史的洪流中，就連『秋水』國也只能承認此戰敗於司飛羽有如神助般的夜襲，只是雙方誤會的一場衝突，為表示歉意所有士兵居民全往南撤，北部領土讓與『夜雲』國，從此『月下飛羽』這四個字風傳神離大陸，成為司飛羽的另一個外號。

遙遠西方的山裡村落，一個小孩子在村口用樹枝作畫。他想著，總有一天他要跟偉大的土咒師一樣下山，去看看那更廣大的世界。

百年後・第二章

超過半世紀以前，名聞整個大陸的偉大詩人艾草曾說：「冬天之所以是冬天，你以為他冷，他只是放不下身段。」眾所皆知艾草大師最喜歡的是秋天，曾以大師的詩集為論文主題的六位文學家全異口同聲注釋這句話，甚至整本〈艾草詩集〉其實都在講秋天。像冬天的秋天，像春天的秋天，像夏天的秋天，以及根本就是秋天的秋天。

而第七位研究艾草大師詩集的文學家，恰好正站在秋水大學文學院的教室講台上，拿著白色粉筆，沙沙沙在黑板上幾個紅黃交雜的不規則狀形體之間畫來畫去。正確來說，這位文學家教的是近代史，而他願意拿論文做賭注，艾草大師，整個大陸親眼見證分裂邁向統一之瞬間的名人，〈艾草詩集〉所擁有的肯定不單單只是文學價值。

「一世紀以前，大家都知道，所謂的關鍵戰爭，國小國中到高中應該都教過。」秋水大學歷史系副教授蒙不語，臉上掛著黑色粗框眼鏡，伸手用力在黑板上猛力一拍，想牢牢抓住班上三十個青少年的注意力，但只是勉強把第一排正在睡覺與專心聽課的同學們嚇了一跳。「分裂邁向統一的戰爭，大國吞併小國的戰爭，強者欺壓弱者的戰爭，隨便怎麼說，都是傳說的一部分。但這場戰爭是怎麼發生，又為什麼會發生，這才是你們跟我會在這裡的原因。」

整個教室內除了天花板上的大風扇聲外，在一片黑壓壓睡倒桌上的尷尬靜寂，台下突然一聲低語：「說不定今年是最後一次看到蒙教授了。」聲量之大就跟有人在圖書館用大喊的打電話訂便當一樣。

蒙不語教書七個年頭，這句話聽過不下五十次了，絲毫不為所動。「謝謝提醒，但我身為近代史的副教授就應當追尋真相。如果找不到真相，那損失的也是你們，因為暑假過後你們只會聽到跟圖書館架上的教科書上，完全相同的近代史。」

蒙不語注意到，剛剛那席話成功的吸引了四五位同學睜開惺忪的雙眼。感謝神！他在心裡暗暗祈禱，如果睜開雙眼或嘲笑他可以轉成出席率，這堂課，暑假前的最後一堂課，真可算是出席率最高的一次。

「暑假過後，我會繼續講，一直講，不管有多少人睡著多少人醒著，都會繼續把時間線往『現在』推進。你們會聽到刀劍時代的結束，火器機械的引進，電能動力的引進，科學帶來的變革，漸漸的過往被當成魔法的現象與傳說中的現象，全都變成『真實』。」

「教授，我有問題！」台下突然有一個人舉起手，年輕的手向上畫出的直線毫不遲疑。「那你的論文怎麼辦？」

蒙不語的目光射向教室最後一排，舉手的那個年輕人，頭上一頂黑色鴨舌帽，吸引了全班同學的目光，包括原本睡著的那些人。從來沒有人在近代史課堂上發問，或者沒有人在意『近代』發生了什麼事，又有什麼意義隱藏其中；或者，叫醒他們的只是有機會質疑老師的新鮮感。

「我的工作，碰巧就是找出『真實』。」教授剛開口，全班同學的脖子無聲的唰一聲，全回過頭看著蒙不語，他頓時有些困窘，口乾舌燥。「『真實』是什麼，你們就會知道什麼。這樣有回答到你的問題嗎，虞皓祠同學？」

大概靜默了幾秒，戴著黑色鴨舌帽的年輕人緩緩放下手。「謝謝老師。」手放下後，黑色帽子下的目光似乎多停留了一秒才隱入帽簷。

幸好沒有下一個有關論文的問題。蒙不語轉身的同時順勢擦掉額上的汗水。

月光打在秋水大學文學院的門口，蒙不語緩緩步出大樓，腳下的影子往左邊拉的老長，身上的白襯衫像被黑色畫筆刷過一落又一落的陰影。剛剛的回答應該還可以吧？蒙不語很想自豪的說自己有的是學者的骨氣，但很可惜他的工作就是懷疑與研究，不管是哪個角度都顯示事實不是這樣。

這個時候校園裡已經沒多少人，教了七年近代史的他停下腳步，看著文學院門口鋪滿白色方形地磚的路，默默反光彷彿告訴他繼續往前方走。

蒙不語低著頭，朝秋水大學的學生餐廳走。下週開始是期末考，也是教授與學生暫時或永遠不用共處一間教室的分水嶺。過去七年，每一年的此時他都在這個地方，用同樣的速度與步調走出文學大樓，其實他並不討厭那些學生，今年的或過去七年的都一樣，包含虞皓祠也一樣。

他們不知道他們所不知道的是什麼。蒙不語心想。接著又忍不住笑起來，這是哪門子的繞口令？事實就是，這個世界要的是結果，不論是一百年前，或是再過一百年都一樣，這就是歷史教他的第一課。

那你的論文怎麼辦？

蒙不語的臉上拂過一陣陰霾，忍不住嘆一口氣，七年來他第一次被問到這個問題，好笑的是，全世界的人打從一開始就知道他的論文題目是什麼，但直到現在才有人問，也算是晚問了。每一個歷史系的學生，都會聽到學長姐傳下來的關於蒙不語教授傳奇性的研究主題。一代一代往上回溯，第一代的學長姐聽到的是新聞媒體的報導。

那天的報紙，社會版頭條斗大的寫著：翻案！秋水大學歷史系副教授提出被隱埋的真相？

然後，就沒有然後了，他到現在還拿不出什麼來翻案，倒是常常被取笑到翻臉，他真後悔當年接受了那個採訪。但是沒辦法，那年他太年輕了，年輕到他隔了整整一年才後悔，接下來每一年都要再重新後悔一次。

蒙不語走到白色地磚的盡頭，跨上接壤的柏油路，往左一路延伸下去是校門口，接著一路往山下走去。大學位在秋水市郊區的山上，位置大約是整個神離大陸的正南方，夏晚就像秋天一樣蕭瑟。他往左看看，一整排的樹木融在黑暗中支撐著整片星空，轉頭往右走，這條林蔭大道總是吹著微風，就算是接近夏天的現在仍然如此，一棵一棵老松比他更早在這裡任教，左手邊是商管大樓，以及一片人造草地與人工湖。湖的名稱就是『秋水』，面積大到可以滑兩艘小船，當然直到現在仍然只是一片生態大池塘，生物相關學系的領地。

他需要一個突破點，一個足以劃開整面人造湖泊挖出底下深埋已久的祕密的突破點，但是他手邊的資源在過去的幾年已經悉數用盡了。所有的古書古信，野史傳聞，通通都沒有透露出一絲線索，去年他不得已提出〈艾草詩集〉內含大陸祕史來擋了一次，但這次再拿不出成果，他無法想像後頭凝視著他的深淵。

蒙不語走到學生餐廳門口時，念頭正好轉到要用什麼關鍵字去拼湊出一整套學術理論，來掩藏今年又沒有結果的失態，或乾脆放手一搏低頭申請加入霍雨郎的考古團隊算了？他們說不定有理論面相關的職缺吧？或低聲下氣去問蘇奇遠有什麼看法？他低頭沿著學生餐廳的白色圍牆走到兩扇玻璃門前，沿路經過一叢一叢的陰影渾然無覺，門還半開著，這是好現象，表示餐廳還沒打烊。

僅容十數來桌的學生餐廳，裡頭開了六家餐館，舉凡早午餐、滷味、美式餐點、快餐、自助餐都有，全聚集在遠離門的那一側，最厲害的是全都從早開到晚。蒙不語總是吃自助餐，固定兩菜一肉，這時候的自助餐菜色已經不多，大概跟現在還在學生餐廳裡的人數差不多吧。當他抬起頭才發現錯得離譜，此刻的餐廳根本一個人都沒有。

「八十元。」自助餐老闆娘隨意看了看說，目光完全沒停留在副教授身上。

蒙不語從口袋掏出錢，順著老闆娘的目光看向牆壁上的電視，正在重播近代地理環境演進歷程，最近這種節目越來越常重播了，但據說那個節目早已經收掉，沒有拍新的題材了。他曾經看過一次霍雨郎出現在這種節目上，那張臉跟近代史課本上的照片上的模樣完全不同，大概是鋪了粉又打光的關係吧。

電視上的女性播報員長髮及肩，帶著專業的笑容咬字清晰的說：「百年前促使大陸統一的關鍵戰爭，發生地點在現今的洛月市首都近郊，很難想像當時的戰場，如今已經發展成一座都市了。」畫面上是一張泛黃的古代地圖，洛月市位於秋水大學的西北方，接著畫面逐漸放大，洛月市中心出現在畫面上，由左至右緩慢的移動，裡頭的時間還是白天。接著畫面再轉，出現一位男性學者，下方標註的是『洛月大學近代史教授蘇奇遠』，蒙不語知道這個人，當初他提出要翻案歷史時，引發了包含蘇奇遠在內多名學者透過媒體群起反彈，其中蘇奇遠更特別寫一封信給蒙不語，希望他能在近代史的領域上再精進。

「事實上洛月平原原本沒有人居住，也因此在當時被選為最合適的戰場。」蘇奇遠戴著一副黑框眼鏡，年紀應該已過五十，但茂密的黑髮梳上油看起來差不多四十歲而已，身材中等，一張國字臉充滿書卷氣。蒙不語忍不住伸手摸了摸額頭的髮線，幸好目前還沒有禿頭的現象。電視裡的蘇奇遠繼續說：「這場戰爭由北方的『夜雲帝國』出兵進攻西南方的『亙流城』，兩軍最後在洛月平原與亙流谷短兵相交，也就是現在我們熟知的關鍵戰爭。事實上洛月市並不是完全坐落在洛月平原上，距離差不多有……」

「三十公里。」蒙不語喃喃說，端著自助餐到電視前方的座位坐下。他沒去過洛月市，但這集他太熟了，尤其蘇奇遠講的所有的話全都像被錄起來似的存放在蒙不語的腦海裡。

「……戰後第一批來到平原定居的人奇蹟似的沒有遭到『夜雲帝國』與『亙流城』夾殺，就這樣越來越繁榮直到兩國統一。」

來了，蒙不語暗暗想著，幸好整個餐廳都沒人，自助餐老闆娘跟滷味老闆都在準備收攤，他開始感到頭暈目眩。畫面又切回女主播這邊，她神色自若說：「當然對於這神祕的第一批移民的身分，蘇奇遠教授認為是『夜雲帝國』與『亙流城』的反戰人士，這點從現有的史料來看確實言之有理，但也有人持全然不同，甚至超現實的意見。」蒙不語幾乎懷疑女主播像盯著情人那樣持久恆常盯著的攝影機底下，大字報放的是現代歷史課本的課文。

突然整個餐廳像有炸彈引爆，嗡的一聲夾帶無邊無際的白光緊緊抓住蒙不語的視覺與聽覺，然後漸漸消退。

「根據零星史料記載，當時洛月平原是個沒有名字的平原，第一批來到這裡的人並非兩國的居民或反戰人士。在那個年代，群雄割據已經數百年，與現在的和平盛世不同，全大陸的人民迫切的想要透過戰爭統一，而不是和平共處，活在隨時可能再爆發戰爭的氣氛。」六年多前的節目，電視裡的助理教授頭髮還是全黑的，髮線中分，鬍子刮得露出青皮，有點緊張卻又露出志得意滿的微笑。「這是合理的推論。從歷史的軌跡完全可以解釋，在合久必分分久必合的大陸上一代接一代生活多年的人民心態，不是反戰，而是好戰。我認為在關鍵戰爭之後會居住在如此危險地方的這群人，應該是為了見證和平選擇住在這裡的……呃……難民。我這麼說並不過份，大家想想看，在當時好戰的氛圍裡，誰會願意居住在兩國交界處，這種必定會再發生戰爭的地方？」

蒙不語看著年輕七歲的自己，臉色因激動而紅潤，舔了舔嘴唇像猶豫要不要說出什麼，幾乎可以再次看到當時攝影師看著現場的負責人，露出『這個瘋子說完了嗎？』的詢問表情。電視裡的蒙不語繼續說：「這群人當時預見了關鍵戰爭是大陸上最後一場戰爭。我想，他們當時若不是足以影響戰爭結果的角色，就是他們有某種令人不敢侵犯的優勢。我現在還在尋找其他史料去推測出這群人的身分，但以我手上現有的資料，我認為他們是一群叫做……」

腳步聲，布鞋摩擦地板的聲音，彎身時衣服布料擠壓的聲音，蒙不語以為是學生餐廳服務人員要來整理桌面。那個服務人員朝著眼前這位桌上擺著原封不動的自助餐，白髮逐漸滿佈頭上幾乎要超過黑髮的中年人說：「教授，我有問題。」

蒙不語感覺無可抑制的發熱，羞愧感附著在灼熱的臉上，像是被人抓到看色情影片那樣困窘，轉過頭只看到黑色的鴨舌帽。「嗯？」

虞皓祠拉過一張椅子，隨意的坐在蒙不語的左手邊，說：「您想到您的論文要怎麼辦了嗎？」

「我說過，我的工作，就是找出……」蒙不語其實腦袋裡一片空白，此時的他根本沒有餘力爭辯些什麼。而且他十分清楚，虞皓祠也知道他在虛張聲勢。「『真實』。」

虞皓祠靠近近代史教授的耳旁，壓低聲音說。「我認為，教授您在找的『真實』，需要一些幫助。」

那種刺耳嗡聲與白光突然像迴力鏢飛回來，全砸在蒙不語的臉上，他想自己現在的臉色肯定非常、非常難看。他甚至說不出話來。

電視裡的女主播像不懂得看現場氣氛的陌生人，繼續用那自然近乎嘲諷的語氣說：「到底蒙教授是不是真的能用區區的『推論』推翻掉蘇奇遠教授的『根據』，這件事還不確定；但可以確定的是蘇奇遠教授的說法已經通過國家級考古權威霍雨郎先生的認同，這番狂人言論是否能成為第一位近代史翻案的成功案例還不得而知……」

「教授您說呢？」這會兒虞皓祠像跟女主播表演相聲，提問的角度與時機恰到好處。

好到蒙不語心頭忍不住火起，火裡燃燒的每一根柴上都寫著數百數千字的『真實』。「我想你不、不需要白費力氣，先準備好你的期末考吧！我的事我自有安排，絕對不值得你花費一個晚上在餐廳站哨，甚至幫助我！」稍早電視上那個志得意滿的教授，在歲月與打擊的洗禮下，逐漸變成連要冷靜都要盡全力才能辦到，一個人在學生餐廳默默吃飯的中年人。

「我想教授您誤會了我的『幫助』的意思。」虞皓祠站起身，像餐廳裡準備打烊的員工全不存在似的，啪的一聲把電視關掉。「這樣教授您比較不會誤會。這樣說吧，我想找人證實『那群』不存在的人，您是我其中一個要找的對象。」

蒙不語全身一顫雙眼猛然瞪向虞皓祠，但後者一派泰然，表情十分認真。那三個字已經被蒙不語埋在腦海深處很久，太久了。「你可以幫上什麼忙？」激動之下聲音都啞了。

虞皓祠卻只是微微一笑。「教授您敢在電視上這麼說，應該也不是空口白話吧？我們換個地方說話吧，我知道秋水市有一間不錯的餐廳。」

蒙不語沉默半响，點點頭，把桌上的自助餐盒蓋起來正要拿起來，不料虞皓祠卻伸手一壓。「那些東西就別吃了倒掉吧，反正也沒什麼味道。我請您吃飯吧，這餐盒留給餐廳處理吧。」年輕氣盛的他沒注意到一旁冷眼瞪過來的自助餐老闆娘。

那隻手堅定、有力，像穿越一個世紀帶著無比的力道緊緊攫住他，直接勾住他的腦海傾洩而出。蒙不語幾乎沒有猶豫，就鬆開了原本緊抓著幾乎要捏爛餐盒的手。他的心裡隱隱不安，但那太微弱，完全抵擋不住更深處傾洩而出的期待與熱情。

那時他想：就算是被騙也好，這個年輕人恐怕是唯一一個，可能也是最後一個願意相信他的人！

百年前・第三章

一隻烏鴉緩緩鬆開翅膀，橫掠過平原與森林的交界，牠嗅到一縷火藥味冉冉浮上半空，羽翼激動的顫抖起來，一個盤旋便遁入了森林裡。如果不是有人阻止，牠差點被當場射殺。

距離森林入口五十步遠的一處小丘上，一支上了弦了箭緩緩放下，穿著皮製護手的年輕弓箭手緩緩將箭收入袋中，他幾乎聽見烏鴉嘎嘎的叫聲充滿逃過一劫的喜悅。「老大，為什麼阻止我？」

弓箭手的斜前方站著一人，皮盔皮甲，內裏粗布長袖，盔上一顆醒目的銀製五角星陽光下燦然發亮；看起來年過四十滿臉鬍渣，飽經風霜的臉上卻搭配一對圓潤的雙眼，給人一種很可靠的感覺。他頭也不回的說：「把你的箭留著殺敵，不要浪費。」

「殺敵？哈！老大認為他們會開戰？」弓箭手朝森林裡瞟了一眼。「他們忘了是誰供應那些金屬、調味料與木材嗎？開戰可不會兩敗俱傷，簡直笨透了！我說他們真的是…」

「我們身為使節，就該做好使節的工作。這場戰爭的命運我們掌握一半，而另一半…」老大不理會弓箭手後半段的抱怨，凝視著森林入口，說：「時間接近了，準備好。」

從他們的角度看來，這片森林非常寬廣，從左至右目測差不多有八十到一百二十步吧。但老大十分清楚，從地圖上看來森林佔地是狹長形的，相對於他們的位置，每一棵樹像是一列縱隊直直往後延伸超過三百步。要怎樣才會養出這樣一片形狀的森林？老大心裡忍不住嘀咕。

「早準備好了。」弓箭手右手持弓微微顫抖，因為經驗的緣故，那不是興奮而是緊張。雖然剛剛嘴上罵得厲害，但這次對手是幾乎統一整個大陸的『夜雲帝國』，心裡也不由得發毛。他左手搭著箭袋，維持單膝跪地的姿勢，但背上與膝後不停傳來陣陣刺痛，他心想：我只再等一分鐘，我說真的！我的耐性就只有一分鐘，等超過一分鐘我就不管了先往林裡射一箭再說，再看跑出來的是烏鴉還是人……

嘎！突然一聲淒厲的鳥鳴從林內竄出，聲線中帶有一絲沙啞，挑動小丘上一老一少的緊張神經。老大絲毫不為所動，弓箭手卻差點跳起來。

等到四周再次安靜，弓箭手吞口口水輕聲說：「是剛剛那隻烏鴉？」

「嗯。」老大隨意應了一聲，他不知道是不是，但看來對方也到了，而且不是空手而來。他左手按上腰側的劍鞘，這次是以使節的身分前來，腰間空餘劍鞘沒有劍。「想想你身配弓箭代表的意義，希望對你有幫助，回去後你至少可以炫耀上過戰場了。」

弓箭手舔了舔嘴唇，僵硬的點點頭，他，以及所有年齡相近的夥伴們，沒有人上過，甚至看過『戰場』。

突然一陣銀光閃過，緊緊抓住兩人的視線，弓箭手旋即倒抽一口涼氣。這也難怪，森林口那人銀光閃爍卻沒有發出任何聲音，幾乎光頭的短髮與臉上的八字鬍非常顯眼，穿著幾乎覆滿全身的鎖子甲。當然老大馬上就聯想到，『夜雲帝國』並不盛產金屬，那件罕見的鐵甲恐怕是自己國家供應的。

真是諷刺！老大與那人相視微笑，心裡卻忍不住罵了一句。

「在下此來代表『夜雲帝國』，請問二位是代表『亙流城』嗎？」

「你就是『夜雲帝國』使節，呂中奇先生嗎？」

「呂先生臨時有事無法前來，在下伍藜，隸屬於司軍師手下。」那人頓了一頓又說：「我瞧先生也不是默商總吧？」

「確實不是，默商總今日適逢臨時會議，派我代表前來，伍先生稱呼我霍子季便可。」老大忍不住皺眉，馬上又舒展開來。

這什麼狀況？弓箭手完全摸不著頭緒。意思是這場攸關兩國未來來往方式的會議，兩邊都派了非官方使節嗎？那有什麼好談的？而且，兩邊都派軍事人物也太不正式了。等等，剛剛沒想錯吧？現在分站兩邊是軍事人物嗎？

「意思是今天的會談霍先生說了算？」伍藜神色自若，拉了拉身上的鎖子甲，接著做出令人意想不到的動作：卸下了身上的鎖子甲！「那麼，事不宜遲，我們在林內談吧？」

弓箭手正要站起身往前走，霍子季卻搖了搖手說：「不了，這幾日我風濕犯了，不方便進林內，我們就在這談吧！讓伍先生失望，我的身分不方便給出承諾，但賭上我的名聲，今天會談的內容我必定如實轉達各商總。」

伍藜輕輕一笑，說：「也可以。這幾日帝國熱得很，想必貴城靠山濕氣太重，竟還勞煩霍團長遠道而來。那麼，在下會往前走二十步。」

霍子季神色一變，看來伍藜已經知道自己的身分，帝國的情報網不容小覷。「伍先生的隨從不出來一起談嗎？還是懷疑我方的人會趁機偷襲？」

踏、踏。「霍先生當真直爽，看來今天必然會談出好的結果。」伍藜說，腳上虎步不停朝霍子季接近，身上的黑袍臘臘，隨著他的腳步全往後拉扯。明明自己是居高臨下，弓箭手卻覺得此人的威勢非常，手指忍不住勾住袋中箭尾。

霍子季拍拍弓箭手的肩膀，似是叫他放輕鬆或提高警覺，走下小丘朝伍藜走去。

「『月下飛羽』司軍師聞名全國，伍將軍的名聲亦是如雷貫耳，充當使節豈不可惜？」

「哈！霍團長在『亙流城』征戰多年，這次不也是代替默商總來了嗎？」

兩人的距離轉眼間不滿十步，霍子季與伍藜兩人都看到對方眼中的剛勇神色，那是能多次在戰場上存活下來的，難得的眼神。「好說，這次伍將軍遠來是客，只不知要談的是什麼買賣？」

進入正題了，弓箭手緩緩抽出一支箭。

「在下代表『夜雲帝國』，想知道『亙流城』怎麼賣？」

「伍將軍是說笑吧？」買下整個國家？霍子季強壓下心頭的震撼，與伍藜同時停下腳步。這個距離，若是霍子季手上有劍，只要輕輕一揮便可將伍藜殺死當場。但對方也是頗負盛名的將領，也有可能死的是自己，臨敵對陣最要緊的是把握，目前不明。

「不，在下是認真的。」伍藜的笑容不減。「『亙流城』供應我國內需多年，如今大陸即將一統，我國希望能兵不血刃，共同迎向和平。」

「那麼，這是叢帝的意思，還是司軍師的意思？」

「哦？在下聽說霍子季只懂戰場，想不到對官場也有了解？」

「不敢，但弄清楚合作對象是商總們的潛規則，數年來南征北討，要說在這最後一刻突然大發慈悲想兵不血刃……我真難以置信。」

「那麼，若說是敝國叢帝的意思呢？」

霍子季冷冷說：「叢帝縱容司軍師這些年來用盡各種手段吞併各國，要說在這最後一刻突然大發慈悲想兵不血刃……我同樣難以置信。」

「哈哈！在下早覺霍團長直爽。看來就算傾敝國全力也買不下『亙流城』？」

「貴國好意我一定如實稟告，但今日既然談的是買賣，也請伍將軍帶林裡的隨從回去，替我向叢帝或司軍師問一聲：『夜雲帝國』怎麼賣？」這番話說的四平八穩，毫無懼色。後頭的弓箭手卻嚇得箭掉回袋中，他終於明白為什麼老大可以代替默商總來談判，但是為什麼？出發前默商總分析過兩國的兵力，差距大概是五倍，難道只有他覺得不會開戰？

「倒教霍團長失望，在下沒有帶隨從來。」

「什麼？」霍子季正在判斷對方是否故弄玄虛，後方突然傳來弓箭手的驚呼聲。

「老……老、老大，你看林口！」

從林口走出來的那人身材修長髮長及肩，一對丹鳳眼飽含光芒，儘管在正午的陽光下也毫不遜色。身上像套著一件黑色長袍，袍尾幾乎垂到地上，看著他迎面走來卻聽不到腳步聲。更奇特的是他左手拿著一張紙，右手握著羽毛筆，乍看之下只是一個路過的讀書人或寫生畫家。

所有人像被定在當場，眼睜睜看著那人如鬼影般走到霍子季與五藜身旁三步之處停下，並沒有特別靠近霍子季或五藜。霍子季迅速朝那人身後瞟了一眼，茂密的森林看不出來是否有人彎弓搭箭，更重要的是，他對這『驚喜』感到十分意外。

「在我有生之年，居然有榮幸看到『月下飛羽』本人，真是太有面子了。」霍子季的語氣罕見的微微顫抖。

「『箭雨』霍團長也不是常人可見的，久仰。」

霍子季對『月下飛羽』司飛羽的第一印象是說話速度非常快，跟伍藜不同的是廢話少很多，尤其是旁敲側擊的話術。

但這樣反而麻煩。

「剛才伍將軍說貴國願意提供兵不血刃的條件？」

「對。」司飛羽幾乎在霍子季還沒說完就回答了。「我想霍團長也猜得到是敝國叢帝的意思，如果是我絕對不會花時間商討這些迂迴的過程。」

不知道是談話的內容，或是司飛羽講話的速度，讓霍子季開始焦躁起來，直射背上的陽光在皮甲底下悶出一道不可見的汗漬。「那麼司軍師此刻的立場跟叢帝相同嗎？」

「叢帝旨意如何，司飛羽就如何。」司飛羽低下頭看著手上的紙，同時繼續說：「其實貴國也有拒絕的本錢，我國雖然占地大上百倍，兵力也才多出將近五倍，國內將近三成物資仰賴你們進口，其中更包含衣飾、鋼鐵與食材調味料等項目。再加上貴國兩大傭兵團平常訓練有素，真打起來勝負之分還很難說，當然那是假設在我們主動攻擊。」

霍子季前兩天才在內部的商會會議上聽過這些資料，但各商會統計推測出口到『夜雲帝國』的物資應該將近六成。這三成與六成的差別並不是太大，但凸顯的是情報上的落差，也或者這只是司飛羽故弄玄虛。

「那麼司軍師以為，若是『亙流城』主動攻打勝負如何呢？」談判要點是尋找各種可能性，必要時以此掩飾己方弱點。

「霍團長久戰沙場，這問題我需要回答嗎？」司飛羽一對丹鳳眼從紙上抬起眼，旋即將手上的紙遞過去。「這是敝國的議和書，你可以呈與六位商總參考過目，一個月後我在此處等候答覆。」

不是密信，反而攤在陽光底下？霍子季接過，簡單看了看上方的文字，表情越來越凝重，弓箭手只注意到老大突然站著不講話，呼吸不禁急促起來，拿不定主意是否要打破沉默。

「一個月半攻到『亙流城』牆外？司軍師的意思是，從這裡過亙流谷到『亙流城』只要那麼點時間就能拿下？」

「此處到『亙流城』外牆除了亙流谷外大多都是平原，適合我軍行軍，貴城難施奇襲。接著南向阻絕商道後我準備打消耗戰，只要擋住兩大傭兵團的襲擊，支撐三個月以上就是敝國贏了。我認為這個推測很合理。」

「你胡說什麼！」後頭的弓箭手聽不下去，忍不住罵道，顫抖的聲音卻透露了真實的情緒。

霍子季的目光一瞬間也不敢離開司飛羽，只伸手示意弓箭手安靜。「不是大國打起消耗戰就一定贏，司軍師這話說的太滿了。」

「據我所知，貴國的糧食仰賴進口。霍團長的意思是除了我國還有其他管道？」

霍子季頓了一頓說：「數十年來有賴你們交易糧食，我們全城上下感激不盡。因此我們希望能和平共處下去，而不是非得要你死我活。」

「那有什麼好猶豫的？在下以為買賣交易並無損貴國利益，敝國只希望統一全大陸帶來永久和平，這兩者沒有抵觸。」伍藜突然插口。

「用戰爭換取和平的方式真是前所未聞，我這趟也是開了眼界。」霍子季冷冷道。

「今日言盡於此。霍團長細想後就會明白，一個月後此處再見。」司飛羽不打算跟『亙流城』代理人爭辯什麼，回身就走，走了兩步突然又回過頭問：「有一事想請教，八年前貴城被『秋水』攻打時曾求援於我國。當時我國正值內亂無暇救援，後來聽說他們派去的三萬主軍全滅，戰場滿布零星火燒痕跡，箇中玄機能否透露一點提示？」

「『秋水』是給你們滅的，你們何不問問他們？」霍子季微微一笑，司飛羽的意思是他們早就研究過這個問題了但還沒有答案。

「霍團長言之有理，我打算問此地以西古崙山那群人，以免到時候我攻不到到貴城牆外，倒讓你們小看了。」司飛羽並沒有放慢講話速度或透露一絲不滿的情緒，語氣跟描述這片平原很大沒什麼不同。

但『月下飛羽』是認真的，他就是這樣的人。霍子季心想。「那群人的力量不同凡響，司軍師若有把握，可以試著問問看。」

司飛羽點點頭，也不知有懂沒有懂，就和伍藜一同回身往森林走去。

「老大，要動手嗎？」弓箭手滿臉殺氣，箭橫弓滿。

「不必了，你有注意到剛剛五藜脫下的鎖子甲哪去了嗎？」霍子季伸手擋住年輕的烈火，他能感覺到比頭頂的烈陽更烈。平靜的十月天，盛夏剛過，不平靜的下個『月』即將來到。「艾脩，去牽馬來，你回去稟報默商總，我有事要去古崙山一趟。」霍子季原想脫下身上的皮甲皮盔減少負重，但想了想還是沒脫下，既然地點是從司飛羽口中提及，最好以安全為上。

「是，老大！」艾脩直覺事態緊急，馬上拔腿狂奔。

難怪默商總會派老大來這裡，看來，即將開戰了，他已經聞到硝煙味了。

那個時候，一陣風從森林裡徐徐而出，拂過司飛羽袍內的鎖子甲與伍藜的耳畔，輕輕掠過霍子季的背後吹向古崙山。突然加速橫越過整個大平原走入森林，吹過山腳的樹海，吹進樹海後方黝黑的洞窟，吹過漫長而崎嶇的岩壁到古崙山道上未經人煙的蹊徑。沿著峭壁僅容一人寬的路徑盤旋向上，復又隱入另一片針葉林中，滿地的落葉隨風起舞，漫天的陰影拉扯光暈。這陣風毫不猶豫的轉左或轉右，避開一叢一叢的茂密枝幹與稀疏葉脈，不一會兒就吹入了古崙山的深處。

從古崙山頂一股冰冷清泉流下，沿著山形起伏匯聚成一處山凹。南岸散落幾間木造房屋，外觀沒有任何雕琢或裝飾，樸實無華，如同樹屋一般。而北岸卻只有一個建築物，依照『亙流城』的標準會叫它木製帳蓬，若是『夜雲帝國』的平民會叫它『雨遮』，當然，『夜雲帝國』的皇親只瞥一眼就會叫它『涼亭』。

那陣風異常盤旋在木製帳篷周圍，一旋一旋無形的包覆裡頭的三個人，一個身型壯碩的男子手放在耳朵旁傾聽風裡來的聲音。三人的服裝都是清一色的黑色罩衫，除了其中一名女子罩衫內有一件白色內裏外，完全是相同的樣式，下身則都是粗布混搭獸皮的長褲。

良久，壯碩男子打破沉默說：「外頭的人，他們要來了。」

坐在壯碩男子對面的是一名精瘦的男子，與壯碩男子形成極為強烈的對比。精瘦男子點點頭，問：「有土咒師的消息嗎？」。

壯碩男子搖搖頭，這個動作他們一看就是八年，等同土咒師失去音訊的時間。

「你打算怎麼做？」說話的女子坐在壯碩男子身旁，身材巧妙的介於兩位男子之間，三人同樣席地而坐。

精瘦男子向南岸看了一眼，眼神掃過一面又一面的屋頂，掃過所有的居民。兩百？不，一百間屋，大部分都是壯老年。上天賜予他們許多特別的力量，但不包括預知未來，而選擇未來就像是一頭闖入村外的小古崙林，在裡面連自己都看不到。

精瘦男子不說話，另外兩位也跟著沉默，最後還是消瘦男子開口說：「那就幫他們吧。」

「願神保佑我們的決定。」女子說。

「嗯，這話不可讓其他人聽到。」精瘦男子語氣稍微轉硬。

「她知道。」壯碩男子接著說。

三人陷入一陣短暫的沉默，各自思索著一些事情。太陽即將消失在群山彼端時，精瘦男子站起說：「即將日落，點燈。」

女子跟著消瘦男子的背影朝村落走去，自有記憶以來，南岸的人家點上燈的約有一百戶，到了近年只剩不到五十戶了。世界反噬了平衡，逐漸朝失序的那一端傾斜。

百年後・第四章

就著夜色，一輛黑色轎車從秋水大學的側門出發，安靜的載著蒙不語向西而去，教授和學生坐在轎車後座，兩人之間只有引擎嗡嗡響的聲音。沿途的路燈規律的閃進車內復又倒退逝去被留在後頭，蒙不語才開始冷靜下來思考自己在做什麼。這頓飯局有賄賂的嫌疑嗎？沒有。這樣算是教授與學生的課後輔導嗎？不算。那麼，他已經走投無路了嗎？很可惜，是的。所以他現在在這輛高級轎車裡，往某個未知前進。

車內的真皮座椅坐起來特別鬆軟，沒有新車那種令人不耐的刺激氣味，上次坐在後座的記憶已經像是上輩子的事情了。自七年前被取笑到現在，突然有人正視他的研究，不，現在還是假設，蒙不語的語氣也硬不起來。「要去哪？見誰？」

「我以為至少要離開這座山您才會問。」虞皓祠從一上車就把鴨舌帽丟到座椅後方，從前座座椅後方拿下一片長方形的東西，翻過來竟然是一片鏡子，這會兒還在用手當梳子整理頭髮。

蒙不語平靜的表情下隱藏著訝異，他從一上車就注意到座椅後方的那片鏡子背面是《艾草詩集》的第一首詩，開頭是：

或者烏鴉的到來只是純粹路過，
它無畏　或無視
刀光劍雨，於是整片大地在無意間染黑。

「那麼，很抱歉讓你失望了，現在可以回答我了嗎？」蒙不語仍是緊追不捨，至少在這點上必須像個近代史副教授。

虞皓祠依舊不受影響，連髮稍都不放過繼續塑形，看在蒙不語眼裡年輕人只是把頭髮從不蓬鬆變成有點蓬鬆罷了。「我們去秋水市的『火神』吃飯，教授您七年來應該沒去過吧？」

蒙不語聽出這句話裡的輕挑與輕視，可惜這裡不是課堂，不然他十之八九會當掉這個學生。「七年前吃過，它的炙燒牛排太貴了，我很好奇什麼樣的人會去吃。」

虞皓祠看著鏡中的自己，持續跟後腦勺一束翹起來的頭髮奮戰。「我也不知道，他指名要吃那間，到時候您可以問問他。」

「誰？是秋水市市長還是我國首相嗎？他們突然對我的研究有興趣了？還是你想用炙燒牛排強迫他們相信我嗎？」蒙不語看虞皓祠跟頭髮奮戰的樣子，說完忍不住笑出聲。

「沒那麼嚴重，您太緊張了。」虞皓祠終於勉強感到滿意，把鏡子遞給蒙不語。「你也整理一下吧。」

「不需要，我……」蒙不語本想斷然拒絕，但瞥眼間看到鏡子背後那幾句詩，吶吶然接過，看著那幾句詩發呆，當時激起他熱情的事物，如今卻覺得害人不淺。

「那幾句詩並不會讓您的近代史更體面。」

「你說的對，我最體面的時候已經過了。」蒙不語把鏡子放回前座椅背後，完美無缺的貼合嵌入。

「教授當初是因為〈艾草詩集〉才認為有『咒術師』的存在嗎？」

「沒錯，尤其是被描述的天火亂墜怒滔橫流的關鍵戰爭。詩集的前段都是很寫實的描述，沒有用太多譬喻或誇飾，但從中段起突然筆鋒一轉帶入各種奇幻景色，所以我推測……」

「不好意思打斷您的論文發表，這些話可以留著跟他說。我只是一個剛考上歷史系的大學生，對近代史與〈艾草詩集〉沒那麼熟，也不是很有興趣。」

蒙不語忍不住氣往上衝就要發作，但腦海裡閃過半小時前電視裡自己的那副模樣，舔了舔嘴唇又安靜了下來。車內又回復到只有引擎充當背景聲的沉寂，車身的傾斜程度已經趨緩，看來已經離開秋水大學的山區了，路上寥寥幾間便利商店的燈勉力支撐著無邊無際的黑暗。

他一開始其實沒有往那個方向想，他說的是『咒術師』的存在。再怎麼說要在現代提出魔法的概念實在太過虛幻；反過來說，現在的人類已經有太多太多的工具可以做出過去人們以為只有魔法才能辦到的事，譬如風力發電、水庫疏洪道或者瓦斯爐。魔法的唯一價值，或該說最大的爆點，只剩下推翻已知的歷史或上節目演出，當然那是指真的魔法，不是魔術。

這個時代沒有魔法，沒有，一丁點都沒有，所以電視上才有那麼多人想假裝會魔法。

「蒙教授，保險起見我想問一下。」虞皓祠突然轉過頭。「您手上應該握有關於『咒術師』的零星史料記載吧？」

「如果我說沒有呢？」蒙不語正視著盧皓祠，今天白天還在取笑他的學生。「我可以說是我幾代以前的曾祖父口耳相傳下來的，也可以說史料風化了，這有差嗎？你敢邀請我不就代表你相信這件事嗎？」

虞皓祠愣了一下，突然哈哈大笑。

這樣不錯，至少暫時聽不到引擎那千篇一律逼人發瘋的嗡嗡響，蒙不語心想。

「真對不起，是我沒有說清楚。」虞皓祠笑到眼淚都流出來了，再度拿起鏡子檢查臉上或頭髮上有沒有哪裡歪掉。「我並不相信有『咒術師』的存在，一點都不相信，我認為教授您在胡言亂語。而秋水大學之所以容忍您胡言亂語七年，單純只是因為沒有其他歷史系教授上過電視。」

這番話說的直白刺人，蒙不語又羞又氣，差點要開門跳車。

「但那不重要，我相信他，如果他相信您，那就好了。」虞皓祠直視前方像剛剛的對話並沒有發生似的。

「那還真是委屈你了。」

虞皓祠聳聳肩，代表有收到蒙不語的關心。「只剩不到半小時的路程，教授您最好把七年前的東西回想一下，對等一下的會談有幫助。」

『火神』，秋水市中心數一數二的高級餐廳，招牌菜色是炙燒牛排與夜雲羊肉串燒，一頓飯的價格可以在秋水大學的自助餐吃一個半月。蒙不語無法忘記七年前那晚的炙燒牛排，當時他正從電視台的訪問結束，對，就是他高談闊論要翻案歷史的訪問。但真正讓他忘不了的是，那雖然好吃但遠不如價格來得驚人的鮮嫩口感，似乎暗喻了他接下來的人生。

餐廳裡最值得一提的是氣味。地板是深色木紋，蒙不語懷疑那只是磁磚上貼著木紋紙，但牆上的壁紙肯定混了些許高級木料，除了天花板外都是像豪華版森林小屋的木紋，讓整個空間都充滿木屑的香味。天花板上每隔一公尺就有一只圓形的無聲抽風扇，維持室內的空氣清淨，每四個抽風扇中間有一盞黃色燈光，同時用無數條比手腕還粗的樹枝縱橫交錯在上頭做造景。如果這只是一般的熱炒店是沒有意義的，但跟炙燒牛排的濃厚的微焦氣息真的絕配。

但今晚『火神』有人灑重金包場，只開角落那桌，附上從三十五樓俯瞰整個秋水市中心的景色。蒙不語原本想先問虞皓祠到底是什麼來頭，就算是平日晚上，能有財力包場的恐怕沒有幾人。但這些疑問都在他看到虞皓祠口中的『他』時，瞬間煙消雲散。

「霍雨郎？」蒙不語揉揉雙眼，以為自己在文學院的辦公室裡睡著了在作夢。角落圓桌坐著的人臉上的鬍鬚刮的乾乾淨淨，連頷下的落腮鬍根都乾淨異常，細框金邊眼鏡將整張臉的氣質襯托得異常明顯。一頭稍微偏灰長髮綁起馬尾垂在後面，細窄的鷹勾鼻翼兩側，兩道細紋從內側眼角斜斜畫下，細長的雙眉與雙眼正定定看著他。可以看得出虞皓祠有備而來，整間都是方桌的餐廳不會特別準備一張圓桌，至於方桌和圓桌的差異恐怕是無法得知了。

「你是？」和外觀有點落差的是，霍雨郎的聲音非常低沉。

「等等再介紹吧。」虞皓祠扯了呆呆站著的蒙不語的衣袖，回頭跟櫃台的服務生說：「請準備上菜。對了，其中一位改成羊肉串燒。」蒙不語跟著虞皓祠走，雙眼完全沒有離開過霍雨郎的雙眼。

三人呈三角形對坐，虞皓祠率先開口：「我來介紹，這位是國家級考古權威霍雨郎先生，想必大家都知道，不過說起來這裡也就只有我們，哈哈。我右手邊這位是秋水大學近代史的副教授，蒙不語先生。」

篤、篤。霍雨郎右手食指輕輕敲著桌面，看著蒙不語不做任何表示，半响才露出恍然大悟的表情。「原來是你，當年我有特別讀過你的『假設』。」

蒙不語心頭猛然咚的一聲，被國家級權威特別提到是生平頭一遭。「那……那是……」

「所以你帶他來幹嘛？」霍雨郎轉過頭問虞皓祠，完全沒搭理蒙不語。

「同時找你們兩位當然是對現今的歷史有疑問……」

虞皓祠話還沒說完，霍雨郎嘩的一聲站起身。「現在媒體這麼發達，有什麼疑問打電話給爆料專線或是寫信給國家歷史協會。」蒙不語從今天早上起床到現在，第一次感到如此暢快，尤其是看到虞皓祠的臉明顯抽動一下的瞬間。

「等等，霍先生對蘇奇遠教授的論點沒有絲毫疑問嗎？」虞皓祠也站起身，稍微擋在霍雨郎身前，不料對方一跨步把他撞開。

「嗯，那你應該去考洛月大學歷史系。」霍雨郎經過虞皓祠身邊突然停下來，回頭說：「我今天來是看在你父親來信的面子，如果只有這些雞毛蒜皮的小事，你們另請高明。」

「霍先生聽過『咒術師』嗎？」一直在旁邊不說話的蒙不語插嘴說，跟著站起身。

霍雨郎再次把虞皓祠撞開站到蒙不語面前。「你少拿那些沒證據的推論來混淆視聽，現在的大學教育只剩下一張嘴，說的就是你們這種人。你想要我幫你背書翻案，最好放棄。」

虞皓祠暗捏一把冷汗，被蒙不語這樣一搞，今天這場會面是破局了，更慘的是他瞬間轉過數個想法竟沒有任何把握可以留下霍雨郎，還以為國家級的人物應該很識時務，不料也就這樣而已；但這樣不行，不能這樣讓霍雨郎離開。他太緊張，以至於沒注意到蒙不語臉上早已消逝無蹤的緊張。

「『夜雲帝國』攻下『秋水』後，馬上派出軍師司飛羽連同麾下大將伍藜前往『亙流城』，提出近代史上著名的『夜雲脅和書』，這點霍先生應該很熟。」

虞皓祠正想順勢打個圓場，不料霍雨郎竟然輕輕「嗯」一聲停下腳步。

「根據『亙流城』文書記載，傭兵團『箭雨』首領霍子季代表談判，但後來『脅和書』是另一個人帶回來的，霍子季直到將近半個月後才回到『亙流城』，到這裡霍先生應該也知道。」

「嗯。」霍雨郎原本還稍微側著身體，這會兒完全正面對蒙不語，有如一堵高塔般佇立著。蒙不語吞口口水，霍雨郎比他還高半個頭，加上那股沉默氛圍，威壓感十足驚人。

「將近半個月的時間霍子季去了哪裡，我相信霍先生家裡所有的書也無法填補這塊空白。」一蒙不語的背上一滴汗流下來，這句話是賭一把，賭的是這塊空白還沒有被人解開，以及霍雨郎家裡沒有私藏什麼未公開的關鍵文獻。

霍雨郎這次什麼都沒說，沉默，虞皓祠暗地裡雙手緊抓著衣袖，指關節紅裡帶白。直到霍雨郎邁開步，不是往『火神』門口，而是剛剛坐著的圓桌那角坐下，才終於鬆一口氣。

「繼續說。」霍雨郎的食指安靜的靠在桌面上。

秋水大學的教授與學生對看一眼同時鬆了口氣，坐回椅子上。虞皓祠同時向附近的服務生示意可以上前菜沙拉。

「另一個疑點是，當時距離『夜雲帝國』攻下『秋水』不到三個月，士兵尚未卸甲，『秋水』又位在『亙流城』東方不到七天的路程，司飛羽卻選擇原地駐軍逗留一個月，只為了等『亙流城』的回覆？我認為不合邏輯。」

「『亙流城』地形易守難攻，連一代大國『秋水』都敗得莫名其妙，國主盧莫為更從此一蹶不振。司飛羽身為帝國軍師，行事謹慎也不足為奇。」

「對了，就是這件事情……」虞皓祠聽到關鍵字忍不住插嘴，但馬上又被打斷。

「按過往『夜雲帝國』吞併周邊諸國的狠勁，司飛羽的長處在於戰場上臨機應變，到他過世前只有三次停留一個月的記錄，第一次是跟『秋水』國北城協商戰，但那次停留一個月是等待『秋水』國主履行約定；第二次是『夜雲內亂』，第三次就是『夜雲脅和書』。其他戰事都是以秋風掃落葉之姿接連攻下諸國，根本不會停下腳步……」

「人的習慣沒有不變的。」霍雨郎語帶保留的說，用意在觀察蒙不語的反應。

「霍先生的意思是，他打下全國百分之九十五的土地，領著五倍於對手的兵力駐守舊秋水國土，只因為突然轉性，想試試看脅和書有沒有用？」

篤、篤、篤……霍雨郎的食指再度規律的輕敲桌面。「蘇奇遠找到的文獻指出，『夜雲帝國』內早有反對司飛羽的勢力，國內九成皇親貴族反對進攻，按兵一個月可能是回頭統合意見，這不是沒有可能。」

「他的文獻也指出，那群皇親貴族當初有九成反對司飛羽就任軍師一職，這表示『月下飛羽』的民調維持得還滿穩定的？」

霍雨郎要再說話時服務生推著餐車上菜。那輛車完全用木頭製成，行走時零件磨擦運轉的叩唠叩唠聲很大，在只有他們三人的餐廳裡響起空曠的回音，不過只有虞皓祠注意到。

「不如我們先吃飯吧？」虞皓祠想不到還能等到這一刻，好不容易這兩人終於安靜了。

篤、篤……霍雨郎停下「指」步，拿起叉子，視線首次從蒙不語身上移開，蒙不語在首席考古權威面前像給教授審論文的應屆畢業生。霍雨郎插起第一片生菜放進口中時，蒙不語才真正放下心，這時瀰漫店內的羊肉串燒的氣味才深深的填滿他的鼻腔，並刺激起他幾乎遺忘的食慾。

「飯後我們再繼續談吧，到時候我再說明為什麼要找兩位學者來這裡。」虞皓祠說。但近代史教授與首席考古學家完全沒有要搭理他的意思，有默契的同時低頭處理眼前的晚餐。「跟『夜雲帝國』的祕密有關的……嗯，有密切的關係，我也還沒十足的把握能證明，但對於近代史會是一大…呃…不小的發現。你們有在聽嗎？」

最後，虞皓祠只得被迫理解眼前這兩人還是有相似之處。

百年前・第五章

古崙山的確實位置是在目前還沒有名字的平原以西數十里，位置上看來甚至在『亙流城』的西北北方，司飛羽的情報靈通的讓人害怕，霍子季騎著褐色母馬全力奔馳，腦海中卻不斷浮現疑問，『夜雲帝國』是位於神離大陸正東方的國家，是從哪得到古崙山的消息？

古崙山的名號並沒有太多史料記載——大多是鄉間野史，也沒有人想去探究它，其中一個原因是地點偏僻路途遙遠，歷史上沒有任何商隊或運輸隊會往那裡去；另一個原因是除非騎馬否則連山下的樹海邊緣都看不到，路上幾乎沒有任何的補給與人煙，距離最近的北城（十二年前被『秋水』國連同整個平原讓給當時還叫『夜雲國』的城市）也要超過三天路程。

沒有人宣稱過曾踏上那片土地，除了『亙流城』裡的傭兵團『陸浪』以外，他們是軍隊，傭兵團，同時也是記錄整個神離大陸以西的偵查團。想到這裡，霍子季不禁皺起眉頭，他不知道該相信『夜雲帝國』的情報團真的那麼厲害，或者『陸浪』甚至『亙流城』中有人向敵國通風報信？

深處內陸靠山，少有降雨，遍地矮草與黃土斑駁，霍子季忍不住脫下皮盔，露出剃得極短的頭髮，這趟趕路讓他熱透了。他沒忘記要隨時繃緊神經極目遠眺周遭環境，最差的狀況將會遇到『夜雲帝國』派往古崙山的使者，如果不幸遇到，衡量目前局勢他立刻就要殺掉對方，這片荒野就是最好的藏屍地。

但對方應該也是相同念頭吧！霍子季撫摸著皮盔上的銀色金屬星，觸手冰涼，『箭雨』傭兵團的象徵，才想起剛剛忘記跟艾脩說要是發生意外，下一任團長是誰。。

估計一個時辰後，霍子季稍微放慢速度，這趟是紮紮實實的長途奔馳，把馬累倒在這片杳無人煙的大平原上就完了。他辨明位置，突然偏離既定方向往左折轉，不到半小時後一間荒廢木屋出現在眼前。木屋旁邊有一口井，井旁是一排水槽與一只木桶，霍子季直接拿起木桶丟下井打水。

「我去準備吃的，今天就在這裡休息，明天再繼續趕路吧。」

他需要說話，朝某個對象發出聲音讓他保持心情穩定，馬兒也不知道有沒有聽懂，發出一串嘶嚕嚕的聲音，低下頭喝起水來。

相同的時間點，『夜雲帝國』位於大陸東北方的皇城內，皇帝叢夜雲一人立在人造荷花池中央的涼亭中。黑色袍子罩在淡黃色的亞麻衣外，他的服裝並不完全按照古禮，但整個皇城都已經習慣他這樣打扮，包含那群反戰的皇親。叢夜雲的雙眉較粗，眉間兩條細紋長年刻在固定位置，平常炯炯有神的雙眼此刻稍微斂下，梳理過的頭髮長過耳畔。雖說是『夜雲帝國』的皇帝，但整體外觀帶有一絲放浪不羈的味道。

原本應該是朵朵荷花相連到遠方的奇景，毫不例外的在這個秋天午後只剩下一片墨綠，綠得像遲早會吞沒涼亭全染上色，綠得像『夜雲帝國』的現況。『夜雲帝國』的領袖，人稱叢帝的叢夜雲獨自站在涼亭裡，侍衛全在荷花池的岸上待命，掃射的目光不斷的巡迴刺著叢夜雲的後背，那陣麻癢感他就是習慣不了。

今天是司飛羽和『亙流城』談和的日子，『月下飛羽』在朝中一直都是主戰派，託他的福，如今帝國半數以上的疆土都是他打下來的。叢帝幾乎快忘記當初還還是『夜雲』國的模樣，想來大概跟如今的『亙流城』差不多吧。或者完全不同，『亙流城』少了絞盡腦汁聯姻和談、交易物資與外交求援的那部分。

一陣騷動輕輕吹得他耳裡細癢，賞荷的時間結束了，直到此刻他才聞到淡淡的，帶著清水氣息的荷花香。

「稟報叢帝，軍師有信回來，已經向『亙流城』提出條件，大軍預計駐紮舊『秋水』國一個月。」其實『夜雲帝國』皇城距離霍子季與司飛羽談判的森林何止幾天的路程，就算是單騎前往也要將近一個月，按常理而論這封信根本不可能這麼快送到。

「嗯，還有呢？」這信根本是司飛羽還在半路上就寫好請人送來的，但他也很期待信裡面還未卜先知了什麼。

「軍師另外帶回口信，半個月前已經派人前往古崙山……叢帝還好嗎？」

「沒事，繼續說。」叢夜雲臉色蒼白，他完全明白古崙山代表的意思。司飛羽的動作好快！

「一個月後，軍師將會取得『亙流城』的回覆，古崙山來的援助會先回皇城，這就是發兵的信號。一個月內要將全國可動員兵力集結起來。」使者沒有說出口的是，協調帝國內的反戰勢力。

「司飛羽還真肯定古崙山會幫他。」叢夜雲露出一抹苦笑，旋即恢復平靜。「該去議事廳了。」

「是！」除了文官以外的四名侍衛異口同聲說。聽在『夜雲帝國』叢帝耳裡，卻異樣的分叉成四個聲音。

荷花池旁畔圍繞著一條長廊，大約囊括了一半的池緣，如果由上俯瞰可以看到深紅色雕欄畫出一條工整的圓弧線條，就連長廊頂座也是圓弧狀。圓弧中央一道筆直紅線直往皇城而去，叢帝走在前頭，六個人的步靴摩擦石子地的聲響異常整齊。長廊兩側的圓柱浮雕風雲紋路延伸到柱頂柱底，原本千篇一律的暗紅風雲紋並不顯眼，但兩年多前長廊外的紫色花叢首次盛開時，那幾乎被一片深紫埋沒的矗立之紅意外的引人注視。

權勢儘管讓人健忘，叢帝還記得三年多前的這裡只有一間三個涼亭大的議事廳，沒有荷花池，沒有皇城，甚至沒有奢華的紫色花園，全都是拿下北城開通商路後逐漸變化出來的。可怕的是，不過數年就讓人習慣了。

「這裡有多少東西出自『亙流城』？」叢夜雲頭也不回的問，沒有預期會聽到什麼答案。

四名侍衛的腳步依舊整齊，他們知道叢帝不是問他們。

「腳下石磚、兩旁石柱與廊頂瓦片出自我國，但雕工、設計、布置，包含八仙花與荷花全出自『亙流城』這四年來的輸入與協助。」文官說的不疾不徐，叢夜雲的眉頭卻越來越緊。「這些是花園的部分，叢帝和孟后居所、皇親居所與軍政財官員居所的設計也全出自『亙流城』之手。除了議事廳外，連皇城外牆都不是我們建造的。」

「『夜雲』糧食充足卻物資貧瘠，加上多年內亂，三代掌權者都主重強兵，這些技能確實是我國所缺乏。」叢帝心裡大嘆一口氣，司飛羽想開戰，這事真是難上加難。「那麼，子麒你認為該進攻『亙流城』嗎？」

「軍師執軍事之牛耳，既然決議要打，必然有原因。」文官洛子麒回答，也等於沒回答叢帝的問題。

行政一派一向不關心軍略，若是另一群人也跟他們一樣就不用頭痛了。叢夜雲心想。也說不定那樣反而更危險。

筆直長廊走到盡頭，六人走出長廊的遮蔭處，秋晚夕陽斜地裡打下，叢夜雲的妻子孟菲如自椅上緩緩站起，額上精緻的三抹紅瓣如指尖一朵小花盛，雙眼圓潤如珠，鼻樑細長唇形小巧，典雅細緻。身旁兩名宮女一左一右撐起兩把傘遮陽。

「看你的模樣，應該還對是否發兵『亙流城』拿不定主意。」孟菲如身上穿著跟叢夜雲類似的亞麻衣裙，只是更為剪裁合身，腰帶上彩色花朵相連滿佈，黑色袍子一顆鈕扣在胸前。

『夜雲』近百年來民風剽悍，極重軍事武裝，對於衣物居住的繁華虛榮毫不講究，唯獨黑色外袍是所有人共通的樣式，直到叢夜雲這一代雖然開始有物質上享受，在衣飾內裡做出變化，但文化與外觀上仍沿襲前人遺風。

「妳說的對。」叢夜雲只說了這四個字，腳步不停朝議事廳方向前進，孟菲如跟上他的腳步並行，一行九人浩浩蕩蕩從皇城角落往正中央的議事廳前進。

相較於後花園的精緻設計，議事廳則是一幢平實的木造建築位在皇城正中央，四四方方，上方鋪滿禾草，十分明顯唯一個作用就是容納所有官員入內議事。這是叢夜雲唯一一個不肯同意改建的地方，他認為後花園或各官員的居所可以依照個人喜好設計改建，但議事廳內講的都是軍政財國家大事，不應參雜任何私人喜好，因此只有此處仍保持先祖傳下的樸實模樣。

叢帝身後的四名侍衛留下兩名守住議事廳入口，只是他們並不孤單，議事廳內的皇親大部分都有自己的侍衛，也都留在入口，兩兩成對沿著議事廳門口排成常常的兩列人龍。原本嘈雜的議事廳在叢夜雲踏入廳內的那一瞬間突然安靜了下來，軍政財官員與皇親整齊的分左右兩邊立定站著。

孟菲如的座位在廳內左前方的一張木椅，沒有雕龍雕鳳或鋪上彩布，維持『夜雲』一貫的堅毅風格；皇帝的座位自然在她的旁邊，但通常只是擺好看而已，不管是皇帝、文武百官或貴族，進了議事廳都是站著。

直到叢帝入內，兩名宮女才從角落取出火種與燭台點亮議事廳內四周。叢帝站在廳內前方正中央的位置，兩名侍衛左右分開距離五步，剛剛跟叢帝稟報司飛羽軍情的洛子麒歸入行政官員行列裡。

燭台亮晃晃，人心暗漾漾。叢夜雲緩緩從右而左掃視過去，右手邊是行政與財政官員，軍事官員隨司飛羽往『亙流城』議和，所有人清一色的長袖黑袍與下擺，沒有任何的裝飾物或花樣圖案，就連布製鞋褲都是黑的；左手邊是皇親，黑袍多半滾上金邊與或山海或花木紋路，有幾個人甚至在兩袖或袍腳別上玉飾，相較之下同是貴族的皇后沒有過於華貴。

欣慰的是該出席的人除了臥萱身體不適外，一個都沒少，至少目前不管主戰或反戰都還在願意討論的程度。

「今天臨時召集眾人不為別的事，眼下正是『夜雲帝國』即將統一大陸的一刻。兩個多月前軍師以迅雷之勢攻下『秋水』，等同宣告全大陸九成以上的土地已經插上夜雲旗幟，而『亙流城』跟我們長期以來有商業交流，值此關鍵一刻，不容鬆懈。目前軍師駐軍在舊『秋水』邊境，向『亙流城』提出和平條約，限對方一個月答覆，各位怎麼看這件事？」

眾人你看看我我看看你，沒有人想先出聲，後來皇親中有人率先開口說：「何不先問問跟『月下飛羽』一同長大的親人有什麼看法？」

叢夜雲聽那股尖細沙啞的聲音就知道是孟后的二舅臥風此。

「謝臥大人提點。」答話的是司飛羽的弟弟，行政官司飛翊。不難注意到司家同時掌管軍事與行政兩大權力，兩兄弟年紀又過於年輕，長久以來一直是皇親一派的眼中釘，尤其在是否以武力拿下『亙流城』的議題上更是水火。其實所有人包含叢帝都知道，司飛翊確實擁有行政上的才能，且個性跟司飛羽有極大的差異，但現實就是他不可能走向反戰派。「就行政考量，『夜雲帝國』多年來仰賴『亙流城』輸入物資——包含建築技術與衣飾珠寶，尤其以馬匹與鋼鐵對運輸與軍事的貢獻為主，因此在短短十幾年打下如今的疆土。但戰事一旦結束，這兩項物資的需求將會大大降低，屆時『亙流城』會是一大隱憂，帝國的經濟命脈掌握在別人手中著實危險，我認為現在就應該打下來。」這段有遠見的言論不是一朝一夕就能擬出來的，部分皇親聽得忍不住點頭。

「什麼時候財政的事情輪到你評論？」然而臥風此仍毫不客氣的反駁，一半是基於皇親對司飛羽的敵意，身分，一半是真的認為司飛翊的分析超出行政範圍。

財政官岳止咳了一聲，將議事廳內的注意力放到自己身上。「行政官的說法有其道理。多年來『亙流城』的策略是趁著全大陸的亂象販售裝備或原料賺取戰爭財，永遠保持中立，從不主動擴張領土，也因此多年來和我國相安無事；然而單以民生必需品而論，帝國八成人民可自給自足，反倒是『亙流城』仰賴我們，未來勢必要重新定義雙方的供需關係。」岳止行事一向中立，以理論之，同時也是整個議事廳裡年紀最大的人，就連皇親也抱持尊重。

「恕我直言，當我們在此討論的同時，司軍師卻陳兵在『亙流城』外，這似乎已經定義了兩國的關係？」孟后大舅，臥風此的哥哥臥風彼也加入這場議事，他的聲音較為粗啞，在非皇親的人裡也頗受人尊敬，原因是他身為前軍事官的身分。

「這趟司軍師是去談和，陳兵只是預防措施。」司飛翊接口說。

「陳兵談和？那專責外交的人怎麼跟我們一起在這裡議事？」臥風此說，部分人轉過頭看向專責外交的行政員呂中奇，呂中奇的眼神卻是飄向他的上司。

「這一趟我們面對的不是一個國家，而是一個地方，而『亙流城』更是由各方商人組成的聯合組織，與之前交涉的對象有極大的差異。」司飛翊緩緩說，頓時間議事廳內細語此起彼落。「當年『秋水』國覬覦『亙流城』的資源，傾全國半數以上兵力想迫其投降，不料卻全軍覆沒。有這個前例，軍師決定採軍事代行外交的方式，我認為並無不妥。」

「此事是我同意的，當時也是歷經一番討論，眾人不必再多做文章。」叢帝眼看皇親一派多數人的表情不對，開口讓場面冷靜下來。

「既然如此，敢問叢帝是否有軍師準備與『亙流城』談和的條件？」臥風彼說，這個提問大有道理，到目前為止沒有人注意到這件事，同時也顯示司飛羽並未公開談和相關的資訊。

行政官司飛翊馬上說：「軍師提的條件先按下不談，目前皇親一派尚未表態對『亙流城』的立場，是反對以武力進攻嗎？」

「臥前軍事官是問叢帝，不是問軍師的親人，或者現在軍師與行政官已經權傾一方可以代替叢帝回答了嗎？」臥風此再次反唇相譏。

這句話顯然提醒半數以上的貴族威權受到影響，頓時間議事廳內再次吵嚷起來，除了財政體系的官員外明顯分成兩派。

「夠了！『夜雲帝國』百年以上歷史不是靠冷嘲熱諷或互相譏刺，我們連平靜的表達立場都做不到嗎？」叢帝一喝宛如平地響雷，議事廳內再度恢復安靜。

方才一向針對司飛羽兄弟冷言冷語的臥風此首先恢復冷靜。「財政官說的對，一旦戰爭結束，『亙流城』的地位無形中將會與我們平起平坐。」講到這裡稍微停頓一下，迅速掌握議事廳內的氛圍後繼續說：「乍看之下『夜雲帝國』有兵力上的優勢，『亙流城』應是手到拿來；但各位仔細想想，我們身邊有多少東西來自『亙流城』？只有鋼鐵和軍馬嗎？不，我們身上穿的嘴裡吃的甚至連住的都有大部分來自『亙流城』！一旦走到兩地交戰，對我們的隱形損傷可能比較大，這事還需要更謹慎的評估。」

「那麼你的意思是？」叢帝聽得皺起眉頭，不是因為臥風此言語中透露的不樂觀，而是這一席話跟稍早在後花園洛子麒的回答相仿，只是講得比較冗長並更具煽動性。臥風此看看臥風彼，似乎拿不定主意。

「我們遵循叢帝的意思。」最後，臥風此擠出這句話，像一顆石頭擲入水中，撲通過後又是一陣寧靜，剛才那一大段鋪陳的最後只留下意義不明的結論。

這群人還在觀望風向。叢帝看得暗地搖頭，如果是當年『夜雲』剛開始發展時，怎可能有如此光景？那時他們打過絕對劣勢的戰爭，也做出飲恨吞敗求和的決議，或許時代真的變了。但他既然居於此位就不得不做出決定，如此光景有如此光景的處理方式。

「好，我明白了，眾人準備發兵吧！」叢帝做了結語。「趁著剛打下『秋水』，兵馬尚未卸甲，馬上發兵，一個月後與軍師會合。談和一旦失敗，全軍拿下『亙流城』！」

「是！」整個議事廳裡都說同一個字。但叢夜雲知道敵人不只是『亙流城』，還包含所有搖擺不定的人。在這場議事上，只有叢夜雲與司飛翊知道司飛羽派人前往古崙山的事情，這次勉強靠著叢帝威嚴強迫眾人有了結論，但遲早還是要公開的。

你最好保佑古崙山站在我們這邊。叢夜雲默默的重複這句話，目光飄向極遠處，那獨自領頭衝前宛如烏鴉的黑色背影。

古崙山的深處，尚未標記於任何地圖上的未知之處，一群人悄悄在這生活數百年之久，他們的生活是『夜雲帝國』與『亙流城』無法想像的簡樸。這村落給人最大的印象是火熱的信仰，所有人共同侍奉著三個活神，而活神則帶來光亮，帶來農作物豐饒，帶來山裡飛禽走獸的聲息；活神甚至能照亮暖冬，驅散霧氣，以及局部性的改變天候。

每個傍晚的固定時間，三位活神會從河流北岸涉水到南岸，以女子形象呈現在眾人面前的活神會讓河流暫時停止流動，歷年來不管是山洪或是細流，在女子的手上沒有不停下腳步的。接著壯碩男子形象的活神會使喚風逐一輕敲所有房屋的木門，不管當時在屋外或房內的人都會聽到那規律有禮的到來之音，各自立在自家門前，手捧著陶瓷製的盤子，或圓或方，上頭放著蜂蠟與一條絲線。最後，精瘦男子會依序在盤上點亮燈火，一盤接一盤，一抹接一抹，空手讓整個村子安靜的搖曳發光。

對所有村人來說，這是無條件的祝福，是不熄滅的溫熱。點上燈的人家會將盤子放在地上，安穩的進屋入睡。只有最後面最靠近村口的那兩戶人家看到最後，看到活神們走到村口停下腳步，手牽著手圍成『ㄇ』字型。

這並不是什麼特別的儀式，他們默禱完就會回到北岸，只是每天要做的例行性作業，甚至沒有人知道他們默禱的內容是祈求天地或再次祝福村民。村口兩間屋舍簷下的中年人與年輕人互看一眼，同時看到對方眼中的熱情，兩人一同往村子裡看去，平靜無聲，純樸自然。

「我要去看看那更廣大的世界。」年輕人低聲說，放下盤子的同時拾起一把泥土，握拳後再次張開，幻化為跟盤子上一模一樣的火光。

村子口，壯碩男子身旁一陣風吹過，耳朵動了一下。

霍子季在黑夜裡驚醒，依天色判斷距離天亮至少還有一個時辰，他夢見一只巨輪不停的追在他身後，他慢輪快，他快輪更快。他費了一番功夫才重新穩定心神再次入睡，深深刺在心頭的不安來自於這一趟往古崙山的可能結果。

司飛羽恐怕打下『秋水』時就已經派人往古崙山去了吧。霍子季難以盤算出他跟司飛羽的使者誰比較接近目的地。話說回來，司飛羽如何得知古崙山是最大的問題，八年前『亙流城』跟『秋水』的那場仗他也有打，甚至他還得幫忙善後──所謂的善後是指沒留下一個活口，沒留下一個可能把爭戰過程說出去的活口。

要是再年輕個十歲，霍子季肯定按耐不住心底的躁動，他強迫自己等到東方第一道曙光打入廢屋，才騎著褐馬繼續前進。

讓他意想不到的是，直到他看到古崙山下的樹海出現在地平線的彼端時，已經是第三天的中午過後，這段時間那匹馬安靜的聽他叨叨唸了不下一百種猜測，大部分都不是好的。過去三天，『箭雨』團長連幾乎快把皮盔上的星星磨擦到發亮卻一個人都沒遇到，他甚至還懷疑過自己被跟蹤，花一個晚上照原路回返確認是否有其他足跡。但沒有，什麼都沒有。

這樣更糟，恐怕他已經落後太多了。

直到此刻看清樹海前一個黑色像入口的物體是一匹活生生的黑馬時，霍子季倒吸一口涼氣，不幸與幸運的預感同時讓他驚訝。馬在代表人還在，上天真的撥弄了一個很大的巧合，與挑戰。

「跑到那裡，你就可以休息了。」霍子季低聲跟坐騎說話，也不管它聽不聽得懂，催緊馬步朝前方奔去。「說不定你還可以從此不再聽我講那些有的沒的猜測。」

『亙流城』來的使者繞著樹海多走了半圈，確定『夜雲帝國』的使者是從東南方來的，從足跡的狀況來看到此不超過一天。霍子季反方向多繞半圈將馬繫好，旋即戴上皮盔，往林內走了幾步又回頭說：「不過你最好保佑我能活著回來，不然你就要自己扯斷韁繩才走得了了。」

霍子季嘆口氣踏入林中，按照記憶中的地圖往北方筆直前進，『亙流城』早在現今大陸最強帝國還叫『秋水』時就已經知道古崙山了，跟帝國談判前他還特地再確認一次方位。光是氣味就讓進入樹海者體會到年代與恆久，腳下踏的並非泥土而是幾十年幾百年堆積而成的落葉，頭上頂的是幾十年幾百年生了又落落了又生的茂密枝幹，陽光滲透林間的空隙供應勉強的光。

根據少數書籍——『亙流城』的書庫裡——的記載，這裡之所以被稱呼為樹海，是因為這些茂密綠色毫不留情的沿著後方橫向的綿延山脈持續蔓延，就像無視地形高低逐漸往山上侵蝕的海水，一路跨過整片山脈。

「當初命名的人應該看過真正的海。」霍子季低聲說，一邊行進一邊仔細聆聽四周有沒有其他聲音。其實整塊大陸幾乎被連綿的山脈包圍環繞，不要說『夜雲帝國』，就連『亙流城』都沒幾個人看過真正的大海。

踏、踏、踏……反正也看不出足跡，要是隨時注意是否有埋伏的話，走個十天半個月都上不了山。霍子季索性穿著皮盔皮甲在厚實的褐黃落葉地奔跑，白褐交雜的身軀迅速穿梭林間。天還沒黑他就看到往古崙山上的路在左手邊的的緩坡。就在這時，布滿稀疏枯黃的地上赫然出現半截腳印！

「往山上而去的。」霍子季停步蹲下，用手稍微抹了下，痕跡很新。「看來對方剛上去沒多久。赤腳上山，這人的腳底是鐵打的嗎？」

如果真是這樣，沒帶兵刃可能是致命性的錯誤。霍子季隨手拾起一根樹枝充當兵器，揮了兩下，有總比沒有好。

正當他沿著山路向陽背陽不知道幾次，古崙林終於出現在視線範圍內的崖下。逆著光，一個人影正站在通往樹林的緩坡上，正面對著霍子季。

那人果然赤腳，相貌粗獷，頭髮束在後方，身上無袖亞麻布衣被陽光染成半黃半黑，黑袍上沾著些許落葉與塵土，更驚人的是腰間那把沒有鞘的大劍與鐵製的腰帶。兩人眼神交會的瞬間就知道，這趟短暫的旅程終於要告一段落了。

「『箭雨』傭兵團首領？」那人迅速拔起無鞘大劍，十足豪氣。

「『月下飛羽』麾下大將，白歲寒？」霍子季握緊手上的樹枝，這下好了，一個有兵刃，一個有皮甲，看來有得打了。

白歲寒咧嘴一笑，臉上拉出一道危險的笑容，緩步走下山道，危險的陰影逐漸籠罩住霍子季的心頭。

百年後・第六章

「誰先說？」霍雨郎一直等到同桌的兩人都吃完，服務生也來收完餐點，甚至連甜點都吃完了才問，眼側的細紋透露出極度不耐。這對他來說已經算是給足兩人禮貌了。

蒙不語和虞皓祠一老一少互看一眼，年輕的說：「教授不介意的話，讓我先說吧？」

「也可以。」蒙不語認為剛剛那一段話已經勾起霍雨郎的興趣，反正今晚是包場，不如也先聽聽虞皓祠到底要做什麼。隨即摘下掛了一整天的黑框眼鏡，雙手輕撫鼻樑上方的壓痕。

「我在找的是剛剛你們提到的，百年多前『秋水』國敗給『亙流城』那場戰役的真相。」虞皓祠看著霍雨郎臉上越來越深的細紋，決定省下原本預備好的開場白。

「真相？你剛剛是說『真相』嗎？」蒙不語忍不住笑出來，笑得太用力忍不住咳了起來。

「你說距離關鍵戰爭八年前，『秋水』國三萬大軍全軍覆沒的那場無名戰爭？現代的歷史文獻應該已經說得夠清楚了吧？」霍雨郎連法令紋都開始變深了，不知道這是不是好現象。

「我認為有疑點，那個年代不可能有那樣的……事情？」虞皓祠似乎沒料到會被霍雨郎一句話反駁，目光忍不住飄向教授，射出求救的目光。

蒙不語感覺像是被刀架著泡在暖度適中的溫水裡，既舒服又令人不快，只得強忍不滿，心下嘀咕這小子除了有錢以外就沒有其他技能嗎？慢條斯理的擦擦眼鏡鏡片再掛回原本的位置。「我想他的意思是，這可能跟我在找尋的答案有關。」

「蒙教授，我明白你可能對蘇教授——甚至全世界的教授的研究有些許存疑，但你應當站在完全客觀的立場看待歷史。難道你想說我們考古的近代史，其實只是一場沒留下任何證據的魔法大戰嗎？這是你身為教授該說的話嗎？」霍雨郎的一番話說得正氣凜然，像一把開啟連射模式的機關槍。

「我知道他當時的論點是透過『夜雲帝國』某個人的後代說詞佐證，但言傳的真實性霍先生應該最清楚才對。」蒙不語感覺剛剛吃下胃裡的晚餐開始翻攪。

「說得好！我有三個團隊分別在『夜雲帝國』首都與『亙流城』的遺址，到目前為止還沒有其他更確切的證據，或者你們有什麼可以提供我參考的意見嗎？」霍雨郎在『意見』兩個字上特別加重語氣，同時有意無意的瞟了一眼盧皓祠。

「據我所知，國家級的考古團隊只有兩個，第三個團隊是霍先生私人的嗎？應該不在那兩個地點吧？」諷刺的是，蒙不語研究考古團隊的蹤跡只是當成萬不得已的最後一條生路，他說出口時忍不住臉上發燒。

「哦，你知道的還滿詳細的。」霍雨郎微微傾身，臉上浮現微笑。「第三個就在秋水市，這附近。」

「這附近？」虞皓祠驚呼。「這附近能有什麼好挖的？」

霍雨郎突然臉色一沉，雙手重重拍在桌上，朝虞皓祠喝道：「是考古，不是挖，你用詞最好小心一點！」蒙不語連忙看向左右，幸好今天是包場，只要沒有真的打起來應該就沒問題。他勉強露出笑容對櫃檯處露出緊張神情的服務生揮揮手，希望這樣有效。

虞皓祠臉一紅就要回罵，蒙不語連忙插口說：「現在的電視媒體很發達，國家級的兩個團隊都有成員被採訪過，但第三個就我印象所及沒上過電視。話說回來，這附近是在舊『秋水』國邊界嗎？不錯的想法，大概找多久了？」

「剛開始沒多久，六七年而已。」霍雨郎聳聳肩。

「六七年叫做剛開始？」盧皓祠嘴巴張得大大的。「六七年我都念研究所了。」

首席考古學家已經懶得理大學生，繼續對蒙不語說：「那場戰爭隔山觀戰的『夜雲帝國』沒有任何的文獻記載，離奇的是事主『亙流城』也沒有記載。依照當時『秋水』動員的規模，不可能什麼都沒有留下。」

「我也有同樣的疑問。我甚至懷疑過其實根本沒有那場戰爭，但除非『秋水』的人口與軍事記錄到被『夜雲帝國』佔領之前都是假的，否則無法成立。」蒙不語舉出另一個事證做為交叉參考，那是他在當助理教授時研究的內容之一。

那年他眼角的自信還沒被磨蝕殆盡，還不是現在這樣屈就於課堂學生威脅的中年人。

「那份數據是真的，司飛羽攻克『秋水』國的過程還算順利。如果那三萬大軍沒有全軍覆沒，『夜雲帝國』不可能打得那麼輕鬆。」顯然霍雨郎也研究過那份記錄。

蒙不語點點頭，心頭燃起一股狂熱迫使他做出賭上眼前所有生活的決定。「霍先生講到這裡都沒有透露你的團隊到目前為止發現了什麼，既然如此，是否可以讓我加入你的團隊呢？」

「嗯？」霍雨郎露出意外的表情，手放到桌上看來要繼續敲桌面。「跟你聊天還滿有趣的，我還以為你跟旁邊這小子一樣只是想來沾醬油或炒話題的，看不出來想玩真的。」

盧皓祠刻意忽略霍雨郎尖酸的形容，耐著性子說：「我也有必須知道當年『秋水』怎麼滅亡的理由，算我一份吧！」

霍雨郎攝人的目光突然射在整間餐廳唯一的大學生臉上。「我感受不到你對歷史或真相的熱情，你的理由是什麼？」

「到底『秋水』國當初是敗給了什麼導致滅亡，滅亡後又發生了什麼事？現在的教科書寫得太籠統，也沒有其他參考資料，如果我可以發現它，對我未來的學業有很大的幫助。」場面突然陷入一陣奇異的沉默，只有霍雨郎的食指輕敲桌面的篤篤聲。

「我無法判斷這句話的真假，你至少教他半年，你說呢？」

蒙不語再次感受到虞皓祠求救的目光，但略一思索便依照事實說：「我也無法判斷，他的成績還不錯，至少近代史沒被我當掉過。」

虞皓祠知道自己再不拿出更有力的價值，今天晚上就只是牽成了蒙不語與霍雨郎兩人合作，自己將與真相失之交臂，餐桌下的雙手分別緊抓著兩根木桌腳。「我父親……我父親是洛月市市長，探究『秋水』國的真相如果有他的幫忙，相信可以給霍先生…很大的方便。」

蒙不語聽得瞪大眼睛，沒料到虞皓祠的來頭這麼大，然而桌上的篤篤聲絲毫不受影響。

「我的團隊代表的是國家，市長除了約我來這裡聽你廢話還可以給什麼方便？我話說在前頭，我們並不缺錢。」畢竟在考古界打滾十數年以上，霍雨郎知道考古並不是國家喜悅的事，既不會促進經濟發展，對各市的觀光也沒有太大影響，反而會阻礙產業發展；儘管他並不後悔取得國家考古學家的身分，但過往的經驗更告訴他就算是市長，也不一定能提供任何實質的幫助。

虞皓祠一愣，這是他完全想不到的結果，反而是蒙不語忍不住打圓場。「或者，他的意思是可以讓我們暫時封路？譬如把洛月平原的某處圍起來，連續十天不讓任何人車進入。這應該可以做到吧？」蒙不語看向虞皓祠，暗地希望就算只有一點點也沒關係，這個官二代可以有點作用。教授的論文不可能靠假設與參與考古就拿到升等或正名資格，還是得靠實際產出結果。

幸好，不知道是不是真的，虞皓祠至少脖子還有作用，選擇點頭而不是繼續呆愣。「這應該沒有問題。」

「嗯？」霍雨郎哼出一個疑問，站起身俯視虞皓祠。「請原諒我比較沒禮貌，但你正在說的是一個市長對一個國家級考古學者的承諾，我需要你再次保證，而且要再肯定一點。」

「我說，讓你的考古團隊在洛月平原不受打擾的研究，這沒有問題。」虞皓祠又說了一次，跟前一次相比沒有比較肯定，但也沒有明顯氣弱。

「好，那我邀請你們二位加入我的團隊，我是說暫時加入，蒙教授要找出關於『咒術師』的證據，虞……虞小子要找出『秋水』敗給『亙流城』的真相，沒有其他疑問的話下週一來我的辦公室簽約。不過虞小子你最好記得洛月市長的承諾。」

「不要叫我虞小子，我們既然談定合作那就是夥伴。」虞皓祠也站起身，沒注意到握緊的雙拳還抓著桌巾。「但下週一我不行，下週五晚上我再去簽約。」

「嗯？」霍雨郎的眼中像要射出電來，嚇得虞皓祠差點把整片桌巾扯掉。

「我下……下週一那個……」虞皓祠神色僵硬，像在說什麼難以啟齒的事情越說越小聲。「我下週一有期末考，週五考完的晚上再去找您簽約。」

「霍先生你應該也要準備說明文件與合約，我們就下週五晚上再見吧？」蒙不語順勢站起身，其實剛剛連他自己都忘了期末考這件事。

霍雨郎看看虞皓祠，又看看蒙不語，說：「好，那就下週五。」

虞皓祠僵硬如石頭的表情瞬間崩垮，陪笑說：「能加入霍先生的團隊是我的榮幸。」

國家考古權威沒聽完虞皓祠的話，站起身大步一邁就要離開。「你該感謝你的教授。另外，那些屁話自己留著吧！」毫不停步的走到餐廳門口，用力打開門走了出去。

「原來你父親來頭那麼大。」蒙不語把椅子靠好，今晚的會談算是完整落幕了，如果有下次，他會學著先搞清楚跟什麼人做交易，至少得是個實在的人。

「不然要靠〈艾草詩集〉來約霍雨郎嗎？」剋星霍雨郎已經離開，虞皓祠又恢復那股不可一世的模樣。

「您可以的話約約看，我看就算您把整本書吞下去他眉毛都不會動一下。」

蒙不語不理會這個大學生嘲諷，逕自跟著霍雨郎的方向而去，看來這個暑假有得忙了。

等到三人都走後，兩名服務生來整理餐桌時才發現桌巾的一角被揉得像紙團似的。

「這是剛剛那個大學生坐的位子吧？」

「是阿，這麼緊張，應該是來求情的吧，總會有期末考考滿分都過不了的狀況。」

「包下整間『火神』跟教授求情？又不是求婚，早點訂位也有一樣的效果阿！對了，那個大學生是誰啊？」

「誰知道？反正就是個有錢人而已，快收拾收拾！」

六月下旬，期末考的季節給予蒙不語一個鬆一口氣的空檔，至少他不用在課堂上面對虞皓祠，他總覺得他們的關係現在有點微妙。

經過上次『火神』那頓飯，他短時間內不想再跟官二代有任何交集。其實他心裡知道，那頓飯單以結果來說他要感謝虞皓祠，也或許是命運使然，他竟然真的加入霍雨郎的團隊，國家級的考古團隊。他身為副教授的職涯裡，就連前一兩年，終於認清靠自己無法翻過那道歷史之牆的低潮時刻，都夢想不到有幸加入國家團隊。

只是暫時的，不要太高興了！他暗自警惕自己。

從『火神』回來的那個晚上，蒙不語坐在自家書桌前，桌角的檯燈照亮凌亂文件四散的桌面上，他盯著最上面〈艾草詩集〉的封面看了很久。如果有人問起蒙不語家裡除了書桌、臥房跟浴室外其他地方長什麼模樣，恐怕連他自己都無法回答這個問題。

〈艾草詩集〉最後一次再版是五年多前，那是他在電視上口出翻案歷史的狂言後，出版社改了封面打算再撈一筆，沒想到嚴重滯銷。他們太高估電視節目激起普羅大眾研究歷史的影響力，沒有人願意花錢去買國中讀到大的類教科書，出版社花下去的成本隨著電視上的狂言一起被埋入現代歷史中，連撲通一聲都聽不到。

這七年，他到底做了什麼呢？沒印象，甚至無法想像。

〈艾草詩集〉的某一頁寫著：

使者奔馳在秋日，奔馳在秋晚，奔馳在秋夜，奔馳在秋朝，
滿載身後整片大陸的噩耗，卻不帶來一片陽光破片。

有人說這段話不是真的在講秋天，而是指泱泱大國『夜雲』在談判失利後返回朝中朝見叢帝的場景。

「很難想像對吧？整個朝廷不分行政財政貴族，都把決定權交給叢帝，而叢帝的決定是立刻舉兵支援司

飛羽。」蒙不語自言自語，目光移向下個學期的教材。當年『夜雲帝國』最可怕的便是動員整個國家的侵蝕式攻擊，一路上不補兵靠著戰俘不斷前進。

但其實有稍微研究過歷史的學者就會知道，那一頁百分之百是『亙流城』的使者回去呈報的背景，整本詩集幾乎都以『亙流城』為出發點。

秋水大學近代史副教授抽起桌上的一則文獻影本，著作者是『夜雲帝國』的情報組織首領，皇帝叢夜雲的岳母，臥萱。身為情報組織的她留下相當多且詳細的文書，國內外的都有，在蒙不語手上的是向『亙流城』發兵前幾天她沒有留給任何人的手記，蒙不語低聲唸著：「司飛羽聚集的三個人是代表戰爭的使者，而他卻在最前線下戰書逼對方開戰，一到那地貴族軍就在他手上了。」

貴族直到出發前才發現這是司飛羽的安排，目標只是讓那群反對攻打『亙流城』的貴族們有事情做，順便動動腦怎麼在一個月內促成兩國之間的和平協議。但他們不可能不按著叢帝的命令，只得召集所有兵力朝『亙流城』進發，誰又能揣摩出叢夜雲的立場是什麼？最後，這數以萬計的大軍全聚集在皇城近郊，演示給叢帝、孟后與回城報告的白歲寒三人看，淪為一場鬧劇！

蒙不語關上燈，到臥房順手拿了衣服與內衣褲後走進浴室洗澡。幸好沒有妻子或其他朋友跟他同住，因為沒五分鐘他突然碰的一聲打開浴室的門，滿頭泡泡跑出來拿起剛剛的文獻影本。

「不對，我們被結果蒙蔽了！」蒙不語喃喃說。「如果臥萱的重點不是司飛羽而是那三個人的話，那究竟是誰？白歲寒這段時間去了哪？帶了誰來到皇城？而且她怎麼會知道……」

盲點在於白歲寒，近代文書對他的著墨並不多，只知道他通常在戰場上擔任先鋒，身上的大劍永遠第一個劈向敵軍，如此身先士卒的人這次擔任回城報告的角色？而種種的跡象顯示白歲寒在司飛羽正式發表脅和書時人根本不在司飛羽身邊，這說不通！蒙不語再拿起桌角的另一份文獻，像是看出了什麼，忍不住揉揉眼睛，接著像要瞪穿那張紙似的猛然睜開。

虞皓祠唯一跟蒙不語相像的地方，大概只有一人獨居這件事，只是他獨居的地方是秋水市裡的一幢比蒙不語整個家加起來還要大的豪華套房。對他來說這些都是短暫的過程，霍雨郎、蒙不語、近代史、國家考古團隊……通通都是過程，短暫而又漫長的過程。

「我回來了。」虞皓祠的聲音沉悶的迴響在整個房裡。上大學後他獨自搬出來住，這樣的好處是洛月市的市長父親來訪時可以免去見面的尷尬，只是他不得不承認兩個人尷尬跟一個人尷尬說實在的沒什麼特別不一樣。尷尬，孤獨，不幸，如果真有那麼一天，他希望能一把火燒掉這些，全部。

豪華套房一進門是一個兩尺見方的小玄關，玄關的正前方側對著一整排相同寬度的書櫃與衣櫃，特別有挑過的設計；右方是隔間出來的浴室外牆，必須要向內走才會看到整個四方房間的樣貌。像一般大學生的房間一樣四方電視面對床，空盪盪的書桌旁有一個四層雜誌架。

虞皓祠每次進門目光都會忍不住飄向雜誌架最上方的那本。封面是一個尚未散發中年氣息的黑框眼鏡學者在左邊笑著，與右邊嚴肅的黑框眼鏡學者對看，標題是：『翻案！秋水憑什麼說洛月誤導近代史？』

「可惜這本雜誌等了七年還寫不出下一話。」虞皓祠呆站在門口，看著那兩人，一笑一怒，多強烈的對比。突然一股沒來由的憤怒，他衝上去抓起那本雜誌就要撕毀！

兩手正要往不同方向使力時還是頹然放下，唉，這也改變不了什麼，雜誌為自己活過今晚鬆了一口氣。

虞皓祠知道霍雨郎跟蒙不語可說是一拍即合；沒人注意他，沒人在意他想找出舊『秋水』國的真相。這點讓他莫名的火大，像有什麼根本性的已知事實被否定，不存在，或不重要了，這怎麼行！

虞皓祠趴在床上，雙手抓著頭，悶聲說：「可惡！我也有要找出『秋水』國滅亡原因的理由！虧你們還是歷史的代言人，連這點挑戰都接不下嗎？」不應該是這樣的。這一餐他費盡了所有資源與金錢才讓霍雨郎點頭吃這頓飯，還用論文困境釣出蒙不語來幫忙只為了更接近真相，怎麼能讓這兩人這麼輕鬆的往關鍵戰爭繼續研究下去？但偏偏他只是個大學生，躲不過的宿命是還有期末考要應付，根本沒空檔可以處理下週五簽約的事宜！

「母親，保佑我能找出扭轉我們人生的方法！」這句話雖然被床鋪給掩蓋住了，卻比任何聲音都還要震耳欲聾。「求妳了！」

一週轉眼過去，蒙不語與虞皓祠終於宣告這學期結束的禮拜五晚上，霍雨郎特別在自己的辦公室裡面多留了一些時候，原因自然不必多說。他正在端詳一疊照片，一張一張往下翻，看得非常仔細，像在挖掘過去被埋藏起來的歷史文物那樣仔細。越看，眉頭就越皺，他之後要好好問問古嶽這份調查的來源與真實性。而現在嘛，霍雨郎把照片收回紙袋裡，塞到辦公桌旁的第二層抽屜。

「如果這是真的，那個人的目的是為了什麼？」霍雨郎脫下金色細邊眼鏡，轉過身站在窗前，身上藍色牛仔褲與紮好的黑襯衫倒影在窗前。

霍雨郎的私人考古團隊位在秋水市近郊，就方向來看正好跟秋水市與秋水大學是連成一線，這裡隔了八個私人辦公室與兩個可容納十人的公共區域。當初在租下這間房時他高估了現代人對歷史的熱愛程度，公共區域在時間的推演過程中隨著歷史的意義逐漸風化，而團隊裡也只有霍雨郎跟古嶽兩人會坐在辦公室。辦公室有窗戶這件事無法吸引更多人認領辦公室，其他人都選擇在公共區域打屁聊天製造垃圾。

窗外的景色並不如『火神』有那麼美麗的都市夜景，辦公室位於二樓，大概只能看到樓下的馬路，連車牌幾號都能看清楚。沒多久就有一台黑色轎車開入視線範圍，霍雨郎看到蒙不語與虞皓祠雙雙走下車。

「年紀輕輕就想有『歷史性』的成就，真是不簡單。」這話說的不知道是蒙不語或是虞皓祠。

霍雨郎沒有等太久，大門的門鈴響起，他快步走出辦公室，打開那扇可能用力一敲就會碎掉的木門。

「霍先生晚安。」虞皓祠說，這對大學生和教授雙雙穿著襯衫，令霍雨郎有些訝異，有時候一個人的衣著打扮正反映著他內心願意付出的覺悟。

「寒暄就免了。」霍雨郎回過頭，又再拋出一句：「把門關上，輕一點。」

對著霍雨郎的背影，虞皓祠與蒙不語對看了一下，年輕人旋即跟著霍雨郎的腳步，中年人則不置可否的把門關上。

三人進辦公室一左二右坐在面對面。蒙不語對辦公室的第一印象是：霍雨郎近期應該沒什麼大案子，因為桌上地上旁邊的櫃子都太整齊了，從灰塵的痕跡可以看出不是最近才整理的，桌上的文件大概在原地已經有幾世紀了。虞皓祠則是對霍雨郎背後牆上的那幅地圖比較有興趣，地圖上畫的不是現代的城市分佈，而是百多年前，那些切塊斷片都還沒被『夜雲帝國』攻下的，真正的戰國時代地圖。

霍雨郎從桌邊第一個抽屜拿出兩疊紙，分別放到秋水大學來的兩位客人面前。「這是合約書，你們最好先仔細看看。」

蒙不語和虞皓祠這才把視線移到合約書上，不出所料，合約書上的甲方是『霍雨郎考古工作室』，表示簽約的對象不是位在舊『夜雲帝國』與舊『亙流城』的國家考古團隊，而是霍雨郎在『秋水』的私人團隊。

「對，是我私人的團隊，麻煩請繼續往下看，我今天不想睡這裡。」霍雨郎彷彿看透兩人的心思。

「霍先生為什麼要成立自己的私人團隊呢？」虞皓祠問。

「我們的近代史是以大陸最後兩大強權『夜雲帝國』與『亙流城』為主，這你們應該知道。」霍雨郎也不管虞皓祠有沒有聽懂，繼續說：「國家承認的也只有這兩個國家的歷史，畢竟存活最久的資料想必最完整，這理論也不能說錯。但是這會增加考古的難度，當考古範圍超過這兩國，我就必須要提出證據證明我訂定的目標緣由，經過層層的審核後才能作業，有時候甚至要花上半年以上。因此與其花時間在寫報告上，我寧可開事務所養一群考古團隊，這樣我只要應付地方官，相對自由。」

「原來如此。」蒙不語低下頭一頁一頁往下翻，前面的考古法條、隱私與制式化的服務項目他根本不在意，手不停的往後翻到這次合作的目的，出乎意料的是，他以為只會看到上次在『火神』討論到的歷史謎題，或是『翻掉蘇奇遠教授的荒唐說詞』之類的，不料卻是一行一行的選項，上面寫：「請在需要提供的項目上打勾」。蒙不語往旁邊看虞皓祠，這個專要小聰明的大學生已經在勾選了。

「你什麼都打勾，有沒有看內容阿？」蒙不語忍不住問。

「這上面列的，『秋水』國歷史、『夜雲帝國』歷史、大陸近代史、『亙流城』的歷史、關鍵戰爭、『夜雲帝國』對諸國的無名戰爭……哪一個不再我們要探討的範圍內？」虞皓祠反問，同時繼續打勾。

「虞小子這次說的挺有道理。」霍雨郎說，右手食指已經在桌上就定位準備敲穿桌面，一副我看你們還能出什麼問題的模樣。

「感謝霍老兒讚許。」虞皓祠低著頭繼續看合約書，像剛剛沒說什麼一樣。

「你剛剛叫我什麼？」

「你叫我虞小子，我叫你霍老兒，公平阿，我們接下來不是要合作嗎？」
「嗯，好，好！的確公平。」
虞皓祠刻意把合約書斜立起來假裝正在觀看，努力壓抑住雙手雙腳的顫抖，他偷眼往旁邊看蒙不語似乎也沒發現，鬆一口氣之餘不由得也有些失望。蒙不語則陷入苦思，上面並沒有他想要探討的真相，或者說，他想探討的真相太大了，大過這些區域性的選項。
「蒙教授有什麼疑問嗎？」
「我想探討的是『咒術師』的存在。」蒙不語把整本合約書放回桌上，與此同時虞皓祠也做相同動作，差別在於虞皓祠那本全打滿了勾並且簽了名。
「抱歉，太超現實的東西我的工作室無法承接，事後要跟那群死公務員打交道也會有困難，這點你得要有所妥協。」霍雨郎接過虞皓祠的那本，隨意翻了翻便放在面前。
妥協。這兩個字深深的刺進蒙不語的心裡，或許那正是過去七年他唯一做的事情。
「我有兩個線索想先確認，第一點是叢夜雲的岳母，帝國情報組織之首臥萱，在白歲寒回皇城稟報軍情時的私人手記內容。」
「嗯，你懷疑臥萱不滿的對象不是司飛羽而是白歲寒，或『其他人』對吧？另一個線索呢？」蒙不語原以為霍雨郎會不清楚內容，想不到對這段細節還算清楚，『夜雲帝國』的手記少說有上萬則，其中六成來自於臥萱，若非刻意關注根本不可能對這個議題有反應。當然他不知道這一個禮拜霍雨郎惡補了多少關於『夜雲帝國』與『亙流城』的文獻。
「我要看一下『夜雲脅和書』的正本才能確定。」

「『夜雲脅和書』？這算什麼？你回你自己的辦公室翻課本就有圖片了。」霍雨郎雙眉微微挑起，不耐煩的細紋從臉上浮現。

「這麼說吧，第二點是當時司飛羽獨斷獨行送了『夜雲脅和書』引發貴族不滿，因此臥萱在發兵當天註記了那段話。」蒙不語從口袋拿出讓他付出事後清理地板上泡沫水漬代價的脅和書影本。

「對，你的好對手蘇奇遠教授是這樣說的。」想當然耳，霍雨郎的眼睛連看都不看一眼。

「我需要看脅和書的正本，再次確認『夜雲帝國』代表署名的人有誰。按史料記載，白歲寒個性剛勇常為先鋒，他並沒有參與『亙流城』的那場宣戰談判，而是擔任回皇城稟報軍情的角色。」蒙不語緩緩的把那張被視作廢紙的影本收回口袋。

「對，你的好對手蘇奇遠教授也是這樣說的。」

蒙不語不理會那些一而再的針對性的話語，繼續說：「白歲寒如果沒參與宣戰談判，那他有什麼軍情可以回報？原地駐兵一個月嗎？而遠在一個月路程外的皇城裡，臥萱怎麼知道司飛羽向『亙流城』逼戰？我的假設是，白歲寒回報的軍情跟談判本身沒有半點關係，但我能調到的脅和書圖片碰巧沒有節錄到署名，無法百分之百確定，不過這部分我的好對手蘇奇遠沒說吧？」

篤、篤、篤……

「這假設不錯，確實是我們常見的盲點。」霍雨郎站起身隨手拿起桌下的公事包，將蒙不語的合約書進去。因為是從現代看歷史，那個年代沒有電話，確實常理而論臥萱不可能知道司飛羽已經宣戰，除非脅和書裡面有其他跟貴族友好的人署名在上頭，或其他管道得知，如果是這樣，白歲寒的行動就可能具備另一種意思。「我準備一下，你們等我十分鐘。」

「要幹嘛？」沉默許久的虞皓祠問，他還沒搞懂那個盲點是什麼，剛剛那一大段迅速的史料反思他只知道出自臥萱的手記，但完全跟不上談話的內容。

「現在時間剛剛好，我們去洛月歷史文物館看『夜雲脅和書』。」霍雨郎一邊說一邊從櫃子裡拿一些文件。蒙不語的臉上閃過一瞬不情願的神情，但他思索這次把文獻影本帶出來是為了什麼？是為了真相，還是他自己？他得做出正確決定。

「怎麼去啊？」虞皓祠接著問。

「當然搭你的車阿！」霍雨郎和蒙不語同時說。

百年前・第七章

「碰！」

夜裡『亙流城』內傳出轟然巨響，城門碎裂，數百支長槍有如浪濤般全湧入城內！

城內堡軍大半聚集在中央市集嚴陣以待，兩支分隊埋伏在南北兩區的民房內，緊張的黑霧掩埋過一張又一張的臉。噠噠噠噠幾聲響，長槍魔術般全自動撤出城內，三名穿著黑色罩衫的男女緩步踏過殘留的城門木塊。居正中那位身材精瘦的男子雙手張開，無聲地在掌心燃起兩朵紅焰，光芒照耀的瞬間動搖了城內的守軍。

太遲了。

瞬間的猶豫造成無法收拾的後果。女子緩緩蹲下雙手觸地，沒多久城內的兩條運河突然暴漲淹過東西兩座石橋，接著有如柵欄將中央市集的人全部關在這座水牢籠中！透過急速流動的水幕，堡軍統領平克剛勉強看到兩件可怕的事正在發生。

三名黑衣人的身後湧入大量的『夜雲帝國』士兵，以及精瘦男子手上的火焰有了生命般一左一右飛上了最近的木材與可燃物上，一瞬間就掀起了沖天大火，簡直像是有生命般，比尋常火箭更加精準！濃煙追逐著埋伏的堡軍驚慌失措的往西逃跑！更可怕的是憑空生出的火焰像沒有極限般一朵接一朵飛出，掠過長空毫不停歇的畫出紅光瀲灩的柵欄，沒多久東北與東南的『器事』與『住事』兩堡就已開上數朵紅花，宣告淪陷。

幾名堡軍按耐不住，選擇閉氣想衝破水牢，不料一接觸到水牆馬上身不由己地被帶入水中。這不是水牢，而是一道橫流半空的激流阿！如真似幻，水舞亡流。但眼見家園陷入火海，還能有什麼選擇呢？平克剛率領所有堡軍一聲令下全向東衝入激流內，果然這還是水，得以靠著人數優勢讓水流逐漸趨緩，一個突破點就截斷了整條瘋狂的激流水囚，但他的表情卻沒有一點欣喜，如果沒看錯，黑衣軍隊有如火上濃煙，從黑夜的裂隙混進了城內，等著他們的將是一場近身殊死戰。

然而直到現在他才看到那片密密麻麻滿佈東橋、南區『律事』堡與北區『行事』堡的兩支異樣大軍！怎麼可能？短短時間就攻進中央逼到如此近處，他們怎麼進來的？

而在另一處，『亙流城』六大商會的商總聚集在西北區的『食事』堡，不敢置信的震驚全寫在臉上，他們拚老命爬到堡頂把一切都看在眼裡，那是何等驚人的用兵調度！城門一破旋即築起水牆截斷防守中央的堡軍，城內的布置敵人完全瞭若指掌，連埋伏堡軍的民房位置也一一放火逐出，瞬間癱瘓整座城的防禦系統。

而在此時，圍住中央市集堡軍的是數千名長槍兵，長槍兵的外圍是帝國主力步兵，再外圍則是兩條火龍不斷朝西側侵蝕蔓延的火海，很快就會燒到『食事堡』底下，然後就是終結的到來。夜雲乘風破浪踏火而來，何等壯麗的畫面！

「距離十五步，發射！」不知道誰下了這道命令，長槍有如萬點流星，在火光中朝中央市集的守軍不停發射，哀號聲撐開了商總們眼眶的極限，剛從激流中突圍的平克剛也死在這一波攻勢之下，鐵甲在長槍雨面前毫無抵抗之力！平克剛死後，剩下的堡軍與『箭雨』傭兵團頓失頭領，紛紛往西撤退。

沙沙沙聲響，長槍緩緩拖地收回帝國軍的手上。

「『陸浪』與『箭雨』日前也是敗給此陣，我們輸了。」『律事』商總不忍再看接下來的畫面，因為從她的角度才看得到，火焰挾著風勢快了一步已經延燒到西橋附近的房舍了。

城門口又走進一人，黑袍長髮，一對丹鳳眼迅速找到落敗的目標，視線穿過層層濃煙烈焰直逼向『食事』堡頂的六人，手一指，就宣告了六人甚至整個『亙流城』的末路。

「若是『箭雨』團長霍子季沒死，或許『恆流城』還有機會反擊，可惜。」司飛羽像是說給自己聽的，但卻對整個事件的旁觀者造成莫大的震撼。

我死了？意識到這一點，突然整個畫面全陷入黑暗，宣告夢境的結束。

霍子季從城落惡夢中驚醒，發現自己在一間木製房屋裡面的木床上，他過於驚悸沒空去想自己是怎麼在這裡。木屋裡異常的寒冷，他猜測如果自己不是昏睡到冬天就是跑到某座山上了。稍微冷靜下來後，往事才緩緩流入腦海，他撫摸身上破損的皮盔皮甲，幸好有它們才沒死在古崙山的某處。

如果讓他用一句話總結：那時候他應該找別條路上山。

狹路相逢的當時，僅容兩人並肩的狹窄山道上，白歲寒手上的大劍比一般劍再長一尺，再寬一寸，像挾著整座古崙山的重量猛力一揮，山風吹得霍子季額上一涼，連退三步才勉強拉開距離。大劍碰一聲劈在地上的同時，白歲寒旋即踏前一步再次縮短距離，手一使勁大劍再度畫出一道銀色弧線逼命而來。霍子季手上樹枝後發先至刺向對方右脅，不料噗的一聲卻刺在左臂，原來白歲寒不閃不避，僅靠腰力側轉半圈用左臂硬擋。

霍子季那時感受到一股極其危險的氣息，如果他晚出生個一百年就會說那時就像是面對一輛疾駛而來的火車！他根本連形容那是什麼感覺的時間都沒有，大劍迴旋一記橫斬馬上就要把他斬成兩半！『箭雨』傭兵團團長迅速向旁一撲，大劍微微擦過他頭上皮盔，驚出一身冷汗，接著啪的一聲幾乎刺破耳膜，他再往前滾兩圈才敢回頭看，那柄異常巨大的兵刃竟砍進了山壁！

早知道就該建議『器事』商總不要販售兵器或鋼鐵給『夜雲帝國』！霍子季心想，馬上重整態勢。

白歲寒雙臂肌肉賁起猛力一拔，大劍卻紋風不動有如嵌在山壁上，臉上首次露出不可置信的表情。霍子季哪能放過這個機會？樹枝對著『夜雲帝國』叱吒多少戰場名將的右臂猛力衝去，只要廢去對手一臂就不用再看到大劍了！整場對決最關鍵的幸好，就是霍子季瞄準的是白歲寒的右臂而不是心臟。就在兩人的距離少於三尺，隨手撿來的樹枝就要發揮超乎想像的功用之際，霍子季直覺的看了一眼砍在山壁上的大劍。那是命運的瞬間。

那一眼救了他一命，他馬上發現太小看白歲寒了，那柄大劍是砍入了山壁沒錯，但，拔不起來是假的！大劍突然活過來，逆向橫劈！霍子季勉強把重心放在後腳跟，把樹枝當劍轉了半圈格擋，但哪能擋住白歲寒蓄力已久的必殺一擊呢？劈啪一聲，霍子季腕上一震，劍鋒已臨到身前。那個瞬間，霍子季沒有其他選擇，雙腳腳跟同時猛力一蹬反方向後跳，腳下一片模糊深綠不知道幾丈深；大劍的速度更快的猛力劈在他胸前，把肺裡的空氣給劈的乾乾淨淨全吐出來，神奇的是皮甲竟然承受住這一擊沒有裂開！

霍子季如流星墜地風中飄絮一般凌空飛起，突然的缺氧讓他幾乎失去意識，不知多久才碰的一聲落地，翻滾了好幾圈，還沒停下來就已經失去意識。

木門緩緩打開，從門縫裡出現的人影是個差不多二十歲的少女，膚色白皙輪廓深邃只是臉上滿是雀斑，兩條髮辮垂在肩上，身上穿的是紫色的粗布罩衫，領口可以看到白色的內裏。水靈大眼與霍子季的雙眼對到的瞬間露出訝異的表情，霍子季出於本能想示意她不要大叫，但一開口只覺得嘴唇好像要裂開了，說不出半句話。少女見狀，轉過頭對門外說：「甦圮，拿一些草給我。」

草？霍子季以為自己聽錯了。

另一個人的腳步聲靠近，底下的門縫看到另一道影子，名叫甦圮的人聲音像個少年，他小聲的問少女：「怎麼？他醒了嗎？」

「先別多問。」門整個打開，一位年紀更輕的少年站在外頭，幾乎與少女相同的服裝，只是罩衫是紅色且沒有白色內裏，頭上紅髮根根倒豎，長短不一，重點是正在燃燒！霍子季從未見過有人頭髮自帶火焰，頓時看到呆住，差點忘了注意少女手上的草是什麼。

「嘴張開。」少女站著俯視霍子季說，眉頭透露出一絲擔心，那是醫師的眼神。霍子季瞥眼看向少女手中的草，一束紫色的不知道是什麼來頭，一時間不知道該不該信任她。

「這……這是哪裡？」霍子季一開口，聲音沙啞到連自己都不認識，胸口像是乾扁裝滿沙子的水壺。

門口的少年甦圮把門關上，也靠近床前說：「你先張開嘴讓沂餵藥，其他的我來說明吧，不然我怕你等一下昏過去就糟了。」甦圮說的正經八百，少女卻轉頭白了他一眼。

怎麼會有人取名叫甦圮或沂？這是哪個地方的取名方式？霍子季心頭疑惑但心下十分清楚疑惑不能解決任何問題，只得勉強將嘴張開。名叫沂的少女雙手抓著藥草對準霍子季的嘴唇，默默閉上眼；霍子季以為少女想把那束草硬塞進他嘴裡，幸好只停留在半空。

「這裡是古崙山裡的咒術村，我們村有四個咒師，十幾個術師，剩下的都是一般人。」甦圮開始說了起來。光聽到這裡霍子季就忍不住皺眉，完全聽不懂對方在描述的是一個什麼樣的村落，但甦圮根本不管他聽不聽得懂繼續往下說。「像沂是我們村裡的醫術師，可以空手將藥草揉成藥水。當然我們自己採藥草加水攪拌也是一樣的效果，但在沒有水的地方就很方便，譬如這裡。」

霍子季聽到這裡忍不住把目光聚焦在懸在半空中雙手握住的藥草，那個畫面讓他想起『亙流城』的『住事』商總的髮型；一滴一滴的紫色藥草水沿著草根部滴下來，苦澀的味道旋即充滿整個嘴裡。甦圮從他的表情看得出來是什麼狀況，接著說：「有點苦是正常的，但這個水能加速你的身體恢復。三天前要不是我正好去林裡，你應該死定了吧。」

「三天？我昏迷三天了？」霍子季叫出聲才發現聲音突然恢復了，但仔細想想，從跌落不知道幾丈的深谷竟然還沒死，而且只昏迷三天，那也是一大奇蹟了。

沂的雙眼突然張開射出冰寒目光，一縷藍光滿溢瞳孔。「把藥喝完！」霍子季原本不想接受這個命令，但轉念一想，咒術村正是此行目的，既然陰錯陽差來到這裡，任務就得繼續。

「你最好聽她的，不然我不敢保證會發生什麼事。」甦圮帶著戲謔的笑容說。霍子季再張開口，沂的雙眼又再閉起，術力催動，藥草水再度滴下。一旁的甦圮繼續說：「這些事情你應該知道，畢竟三天前你同伴來過了。」

霍子季立刻拚盡全力按下想問問題的衝動，雙拳都握到發痛，沉靜以對。如果沒猜過，甦圮口中的同伴差點殺死他。

「你是失足跌落谷底吧，你同伴也真粗心，竟然就放你在那裡等死。我把你扛回來以後就直接放到我房裡，幸好我住村口，等到天黑才把你偷渡進來，隔天再找沂來醫治你。你身上的傷重得差點救不回來，光治療你就花了快整整兩天，還得瞞著沂的父母偷偷進行。但這都不算什麼，我說，你好了之後乾脆帶上我們回去，我們好……」甦玘說到這裡突然閉嘴，霍子季不用猜也知道必定是沂的雙眼又睜開了，從紫水停止滴落就可以推測出來。

接下來三人沉默，其實也就是甦玘一人停止說話而已。霍子季大概喝了一盞茶的時間，醫術師才收回雙手，把剩下的藥草收入懷中，睜開已非湛藍的雙眼看著甦玘。「我知道你很想出去，但三位咒師已經去了，就不需要你插手。」

雖然只有一瞬間，但霍子季注意到沂收進懷中的那束藥草，顏色似乎變為綠色，跟一般的雜草沒兩樣。

「這怎麼行？山下亂得很，很多地方打來打去，光靠咒神的力量怎麼打得完整片大陸？」

「你又在胡說，三位咒師只是去幫忙打一個地方就回來了，誰說要打整片大陸？」

「哎呀，跟妳說了也是白說。」甦玘搖搖頭，突然像想到什麼似的向霍子季說：「對了，你也是從外面來的，你來說，外面是不是亂得很？」

兩對少年少女的目光同時盯著霍子季，他突然有些不自在，輕咳了一聲說：「如果是十幾年前，確實是亂得很。」

「妳看，我就說吧！」甦玘像拿到什麼獎賞似的得意洋洋。

沂當然不可能這樣就放棄，接著問：「那現在呢？」

霍子季愣了下，思考怎麼把現在的狀況說清楚。「現在整個大陸分成『夜雲帝國』與『亙流城』兩個國家，幾乎整塊大陸都是『夜雲帝國』的領土。目前兩國正在準備交戰，時間大約是一個月後。」

「三天前來的那個男人是代表『亙流城』來找三位咒師幫忙的嗎？」甦玘看霍子季說的內容對自己剛剛的話不利，趕緊轉移話題。

「很不幸的，他代表『夜雲帝國』，就是你說的那位同伴。」

「都佔領了幾乎全大陸還要找我們幫忙？『亙流城』有這麼可怕嗎？那他還會來救你嗎？」

「我想他應該不會。」霍子季深深的嘆了口氣。「因為我是代表『亙流城』來的，如果你口中的三位咒師決定幫他，那就表示我的任務徹底失敗了。」

「你代表『亙流城』？那怎麼會跟那位將軍一起走？」甦圮腦袋一時間轉不過來。

「所以你不是失足掉下去，是被那個『夜雲帝國』的人打下去的？」沂的反應比較快，瞬間把目前的狀況弄清楚了。「那麼他左手臂上的傷是你刺的囉？」

「對，他們威脅我們投降，還說要找你們幫忙，於是我趕過來要阻止他。可惜還是遲了一步，遲了好大一步，我得趕緊回去。」霍子季坐起身，只覺得全身的骨架好像全被拆了一樣。

沂的雙手突然壓在霍子季的雙肩說：「你過完今晚再走吧，等一下藥效發作你就動不了了。」

「真的？」霍子季看著沂認真的眼神，只得重新倒下。「這什麼藥？」

「我們也不知道什麼藥，但從小到大都靠這藥治病，不過近年來能製作藥草的術師越來越少了。總之你今天先在這休息吧，反正也不差這半天。」霍子季敢肯定，甦圮完全是找到機會就要插幾句話的個性。

「那他就交給你，我先回房了，明天早上我會再來。」沂說完站起身就要離開。

不料甦圮卻伸手拉住沂的手臂說：「等等，有一件事情我考慮很久了，如果明天他要回去，妳要不要……」

「我說過了，不要！」沂突然大叫，霍子季跟甦圮同時嚇了一跳。沂說完就自顧自的快步走出房門，留下尷尬的兩人對望。

「你要什麼？」

「呃……其實是我一直以來都想……」甦圮話還沒說完，房門突然再次打開，這次卻是一個看起來剛過三十歲的中年男子。

「我剛剛好像聽到沂在發脾氣？你又說那件事了？」中年男子的罩衫顏色是淡黃色，看來這就是咒術村的服裝了，女子是罩衫加內裏，男子則只有罩衫。

「是阿。」甦圮抓抓後腦勺，頭上紅髮跟著微微垂下，奇特的效果讓霍子季有點看呆了。

「你就別強迫她了，有這個機會你自己去不就得了嗎？」

「是沒錯，但……要是她不在，我受了傷誰幫我醫阿？」甦圮說著說著兩頰有些發紅，但這其實是非常實際的考量。

「大不了多帶些藥草自己找水醫吧，身為男人這有什麼大不了的。」中年男子露出『這種理由真讓人受不了』的表情，接著看向霍子季說：「哦？你醒了，那真是太好了，我叫穹弓，你呢？」

霍子季還未說話，甦圮搶在前頭說：「穹弓是全村最厲害的弓箭手，如果我們想吃肉的話就得靠他去山的另一邊打獵。」

「我叫霍子季。」弓箭手？霍子季仔細端詳穹弓的雙手，果然雙臂肌肉看起來特別發達。「你想下山？」

「是阿，原本想等你明天好了再說，我不是覺得這裡有什麼不好，但就是不想被困在……呃……你知道我想說什麼吧？」甦圮的臉更紅了，頭上的火焰也幾乎塌了。

「不過看沂的反應……」霍子季說到一半，突然一陣暈眩，眼前的景色全失了焦，對身體的感覺除了呼吸外什麼都不知道了。茫然間只聽到甦圮的聲音說：「哎呀，藥效發作了，剩下的明天再聊吧。對了穹弓，你幫我想個辦法勸沂一起走吧，三個人結伴比較有趣阿，我還想去找……」接著什麼都聽不到了。

三天前，霍子季剛抵達古崙山下的樹海時，艾脩也帶著『夜雲帝國』的議和書快馬趕回到『亙流城』。踏入亙流谷直到遠方的城牆映入眼簾時，跟他一起連續奔馳的黑馬卻撐不住，一步也不肯往前，他只得被迫休息半天。因此直到站在護城河前與十公尺高的城牆下時，是第三天的凌晨了，城牆上的守衛是『箭雨』的人，看到艾脩趕緊走下城牆替他開門並放下吊橋。當時霍子季正夢到『亙流城』淪陷。

「怎麼只有你回來？老大呢？」那人身上揹著一把弓，是團內負責文書與情報處理的，艾脩遠遠看到兩道極粗的眉毛就知道是官進藤。

「他去古崙山，我有要緊事得先去商會一趟，今天商總們在哪開會？」艾脩一邊問一邊快步疾走在亙流大道上，那是橫貫東西也是城內最主要的幹道。

「今天在『食事』堡，我這幾天看商會會議後每個人都一臉嚴肅，應該要打仗了吧。」如果連官進藤也這麼說，那就八九不離十了。

「怪了，三四天前我跟老大剛出發前不是還好好的嗎？」

「怎麼可能？那是你覺得好好的，你看默商總原本要去跟『夜雲帝國』交涉，會議一開決定改派老大去，這不就代表我們態度也挺硬的嗎？帝國那邊派誰來？」

「『月下飛羽』。」

「司飛羽本人嗎？你是我們裡面第一個看過他本人的，真不錯！晚些你再給我他的特徵，我要記錄到檔案庫裡。」官進藤說完便回頭往城牆走去。

『亙流城』以外的人可能不知道城內井井有條的規劃道路與區塊。東城門往內走是東西向主要幹道『亙流大道』，往西走到城中央是中央市集；以中央市集為中心點，西北是以『食事』堡為中心的食事區，正北是以『行事』堡為中心的運輸區，東北是以『器事』堡為中心的鋼鐵冶煉區，東南是以『住事』堡為中心的建築區，西南是以『衣事』堡為中心的服飾區。最後，正南是以『律事』堡為中心的行政總管區，原本這次的外交就是『律事』堡的商總默蕊要去交涉。

整個『亙流城』南北倚著大陸山脈坐擁自然天險與資源，東西各有一道城門，除了城外的護城河，城內的水源沿著整座城的城牆內緣連接成一圈河道；接著引入兩條垂直的主河道將城內區域切成三部分，搭配亙流大道等於把整座城分成六大區，河道與亙流大道交叉處建造石橋，命名為東橋與西橋，北中南各二，兩兩成對。對於商業大城『亙流城』而言，運輸的速度決定商流的活絡程度，這些河道扮演了不可或缺的關鍵性角色；除此之外，各區又各有三口水井供應民生用水，分佔各區的堡附近。

若是以佔地規模搭配超過十萬人的人口來看，放眼目前全大陸恐怕不輸給『夜雲帝國』的首都『夜雲城』，因此司飛羽口出狂言三個月內要攻下『亙流城』時霍子季與艾脩會如此驚訝。當時沒有人想到的是，若按照事情發展，司飛羽確實做得到，他們全都跨過了一個命運轉捩點而不自知。

皮靴摩擦石塊的急促聲響中，艾脩在亙流大道的灰色石磚路上奔跑，不一會兒就進入市集走上東橋，幸好這時還是凌晨，太陽還在城牆後，中央市集各攤位的帳篷搭好了但還沒開市，否則至少會拖慢半個時辰的時間。艾脩輕易的穿過市集來到西橋，這時陽光已經高過城牆照在他汗流涔涔的背上激起一陣涼意。艾脩轉往西北方的『食事』堡，路上沒遇到半個商會人員，看來會議八成在進行中，他著急了起來，隔著布衣確定脅和書還在身上。

『食事』堡外，守門的兩名守衛是城內的堡軍，直屬於『律事』堡管轄，與艾脩所屬的傭兵團是完全不同的體系。

『亙流城』內的六座堡外觀與格局完全相同，都是用石磚一塊一塊堆砌成的，以現代觀點是兩層的城堡外加一座四層樓的高塔，堡頂平坦可以俯瞰整個城內的狀況。

「我是『箭雨』傭兵團艾脩，三天前代替默商總與『夜雲帝國』談判，帶了帝國開出的議和書回來稟報商會。」艾脩耐著性子把事情交代清楚。

「請稍等。」其中一名守衛說，另一名守衛便入內稟報。

艾脩注意到兩名守衛身上穿著的是貨真價實的鐵甲，比談判那天伍藜身上那件鎖子甲還要更貴重，心想畢竟是直屬軍隊配備真是精良，與金錢總花在刀口上的傭兵團屬於完全不同的等級。他突然有點擔心獨自前往古崙山的老大霍子季的皮盔皮甲遇到『夜雲帝國』的使者能擋得住嗎？

「請進。」一句話又把他從假想思緒拉回現實。艾脩鬆了一口氣，還好沒有被擋在外面，可能是他想太多，但他對於商會決議事情的方式十分難以理解。過去老大曾帶著官進藤來要報告重要情報，結果商會『討論』後不放行，他們只能等到商會會議結束。

背後的門碰一聲關上，艾脩踏入『食事』堡才開始後悔以前沒有好好聽官進藤天花亂墜的描述堡內格局，他怎麼想得到會有這麼一天他要自己來報告呢？幸好堡內格局非常簡單，一進門就是一到大階梯直通二樓，階梯頂部與底部各有兩名『律事』守衛，看起來路線很明顯了。艾脩一邊往前走一邊把握機會左顧右盼，一樓左右各有一扇門，門後面可能是餐廳或儲藏室；二樓正前方是議事廳，廳前走廊往左到底應該是堡主勻洛水的主臥房，往右到底則是一道螺旋階梯圍繞整個堡圓形的內部盤旋向上。

當初蓋這座堡不知道用掉多少石頭。艾脩心想。三樓以上固定三個角度有開窗，陽光從東邊的窗戶灑進堡裡，由下往上看一整排光束像橫樑那樣一橫一劃往上排列整齊，像一整排弓箭手朝同一方向射出飛箭。他們沒有機會看到幾十年後盛行大陸的〈艾草詩集〉描寫『亙流城』的建築內部的內容：

六座受到光束祝福的城堡
六道光束宛如天梯　從早到晚定時顯現
矗立支撐世界的頂端

艾脩剛踏上二樓，兩名守衛馬上進行搜身，他只得拿出司飛羽議和書雙手舉高，等到守衛們滿意了或膩了才一左一右打開會議室的門。門內是一個正方形的大空間，透過窗戶自然採光，擺設上左三右三前一共七桌整齊分布，『食事』堡的主人勻洛水在正前方的桌前坐著主持整場會議。左三由外而內分別是『住事』、『律事』與『衣事』，右三分別是『器事』、『行事』與『食事』，商會會議參與者自然是六大商會，每桌都有三到五人不等，唯一的共同點是現在所有人都盯著他，而且很顯然的陷入莫名的沉默。

勻洛水穿著一襲暗紅衣袍，身上所有縫線處都是金色格紋，顯得略胖的身材更是龐大。「你叫艾脩吧？請幫我們朗讀司飛羽的議和書。」

艾脩被場面給震懾住，手忙腳亂的把白紙攤開就要開始讀，發現上頭竟然一個字都沒有，這才發現信拿反了，手心的汗在紙上印出墨色水漬。這時勻洛水適時說：「不要緊張，先站到我這裡來。還好今天是在

『食事』開會，如果在『律事』你就大難臨頭了。」匀洛水的語氣絲毫沒有嚴肅感，艾脩只覺眼眶一熱，差點流下淚來。

「這點我贊成。」說話的女子服飾是整個會議室最華麗的，衣角流蘇袖口荷葉，由內而外是紅綠黃三種顏色混搭並綴有金色邊線，頭上挽了個髻，正是『衣事』商總華千顏；身旁有另一位長相相似的女子穿著相同服飾，則是她的妹妹華千虹。兩人一般的鵝蛋臉柳葉眉，這個距離看過去只能約略分出姊姊的眼睛較為圓潤，妹妹的則較為細長

「贊成。」『行事』商總行一帆白衫短袖，寬鬆自然，除了落腮鬍外臉上的鬍鬚刮的乾乾淨淨，聲音有些沙啞。

「我也贊成。」『住事』商總木三分兩旁的頭髮剃短，頭上的則是白色細繩綁成一束雜草樣，淡黃色的寬袖大袍配上褐色腰帶，透露出一股不怒自威的氣息。

「哈哈，我當然也贊成！」一個粗豪的聲音嚇得艾脩頓時止住腳步，偷眼看去說話的是『器事』商總谷人越，一撮大鬍子是他的正字標記，裸露雙臂身上只穿薄薄的無袖衣，風聞整個『亙流城』。

「連這種事也要表決，你們太沒危機感了吧？」終於有人提出不同的意見，因為說話的人聲音就在艾脩旁邊，他自然而然的和那人四目相交，登時打了一個冷顫。說話的女子短髮披肩，黑衣黑裙，面若冰霜，雙眉如劍，唇薄頰削，眉間的細紋深得像刀刻，臉上一點笑意也沒有。「但我贊成，如果你真的在門口唸，在『律事』堡我會把你轟出去。」

艾脩知道六大商會裡面絕對不能惹的就是她，『律事』商總默蕊，吞了口口水便快步走到匀洛水面前。匀洛水眼睛微瞇，臉圓嘴闊，負責『食事』看來對身材有一定的影響，幸好他是男的。

艾脩轉過身面對所有人，拿起議和書緩緩念：「司飛羽僅代表『夜雲帝國』協議，如今大陸統一在即，雙方多年合作比之兄弟手足猶有過之，故盼貴國能有條件歸入我國，為此我國將盡最大誠意滿足貴國。但若貴國偏好戰場對談，司飛羽身為帝國軍師也當客隨主便，一個半月城下相見，三個月內應能與六位商總有所共識。司飛羽將在舊『秋水』國駐軍一個月，盼能得到善意回應；尤以我國叢帝極度盼望能攜手和平結束亂世，為此將不遺餘力締造和平，創造下個世代。」他抬眼看看所有商總都在和自己商會的人討論。

「議和書給我看看。」後面傳來聲音，嚇得艾脩差點鬆手，想也不想便轉過身將議和書呈上。

勻洛水看了看，走到左側交給華千顏，說：「內容正確。」

華千顏與華千虹各伸一隻手拿著議和書一起看了看，而後華千顏說：「我贊成。」華千虹則把議和書交給默蕊。默蕊看得非常仔細，事後艾脩回想起來才發現，『律事』商總的意見永遠都最花時間或最後發表，但其他商會已經習以為常了。默蕊幾乎快把艾脩微薄的信心給看碎了才終於說：「我贊成。」而後遞給木三分。

默蕊之後很快就輪完一圈，所有商總看完都說贊成。最後由勻洛水總結：「那麼我們的問題就是，過去我們之所以援助『夜雲帝國』並不是為了讓他們強大起來。但他們還是把其他國家都打下來了，既然世界的趨勢如此，我們也只能順勢而為。」

「和平對『器事』和『行事』並沒有好處，我們兩個商會之所以能屹立多年是因為戰爭，沒有戰爭我們將被迫轉型，往其他方面經營。」谷人越率先發表意見。

「但沒有戰爭後『衣事』跟『食事』越能拓展規模，並不是只有壞處。」華千顏也提出相反看法。

「受影響的還有我。」木三分說。「如果房屋不再被戰爭破壞，不需要建造城牆或堡壘，我的市場將會逐漸縮小。」

「不對，木商總應該跟我們一樣能持續拓展才對。」華千顏持相反說。「確實不會再有房子需要重建，但人們的需求理當會轉向生活品質的提升，譬如『夜雲』的皇宮就是最好的範例。況且目前『夜雲帝國』的木工建築技術遠遠落後我國，不影響我們在市場上的地位。」

不料木三分卻搖搖頭說：「華商總的看法以半年前來講其實沒錯，但這半年來『夜雲帝國』屢屢派人接洽『住事』商會的成員前去設立工作坊，提出的利益越來越高，這代表一旦『夜雲帝國』的經費不須花在軍事上，將有可能提出更高的利誘條件，市場將會逐漸流向東方。」

坐在木三分對面的谷人越手撫下巴。「除了木商總外，帝國也想跟我購買採礦權，談的條件也是一次比一次優渥。匀商總那邊呢？」

「糧食的部分他們也有提出優渥的條件，但那是對他們優渥而不是我們，因為主食是我們靠他們進口，近期一直在漲價，要不是我們調味料的產地沒被他們摸透，恐怕早已經是天價了。」匀洛水大概彙總了一下目前的狀況。「建築和礦產，這兩項確實是『夜雲帝國』的弱項，當初我們也是看準這點才提供援助賺取利潤，看來多年下來他們變聰明了。」

華千顏突然問：「那默商總呢？沒有人想突破我們的城內防線嗎？」

「沒有。」默蕊淡淡的說。「倒是司飛羽親自寫信給我，希望我能當他的參謀。這點上次有跟各位商總提到，因此我才派霍子季代表我的回答。」

還呆呆站在中間匀洛水身前的艾脩突然醒了過來，漫長的討論讓他走神了一會，幸好沒有漏掉為什麼要老大以傭兵團身分去談國家大事的原因。

「莫非是酬勞太低，不如默商總的期望嗎？」華千顏說，難以分辨是認真的問還是開玩笑。

「商如流水，戰爭如焰，火總有一天會熄滅的。」默蕊似乎也沒有要正面回答的意思。

「對了，『箭雨』團長呢？」一直沒說話的行一帆像是抓到最佳時機點突然發問，於是全場目光盯向唯一有在現場的年輕人。霍子季年近四十，各商總的歲數都跟他伯仲之間，但以職位來說傭兵團的地位隸屬於各商會底下。

艾脩這才轉緊發條仔細回想當時的狀況。「會談時司飛羽說要去古崙山找人幫忙，免得一個半月後打不到我國城外，團長認為有風險，談完後就急急忙忙的去了。」現場突然哦了一聲，各商總均露出訝異神色，艾脩原以為所有人跟他一樣都不知道古崙山上到底有什麼，但馬上他就知道他錯得離譜了。

行一帆聞言點點頭。「古崙山，司飛羽的想法不錯，他的話應該有機會說服他們幫忙。」

「哈哈，行商總既然認為有可能，那『夜雲帝國』這趟要無功而返了。」谷人越哈哈一笑說，他並不是真的針對行一帆，而是生性本就喜歡開玩笑。

木三分臉色一沉。「難怪『箭雨』團長會派你回來報告，但既然司飛羽敢說，想必他的使者早就出發了吧。」現場的各商會突然激烈的討論起來，艾脩頓時間不知道如何是好。而在場所有人更沒想到，司飛羽派的不是一般的使者，更險些讓霍子季死於古崙山中。

良久，匀洛水才舉起手，各商會都恢復安靜。「那麼現況是除非有轉機，否則我們這次面臨的是空前危機。古崙山雖然跟我們有過短暫交易，但意向不明，一旦出手對帝國來說將是如虎添翼，恐怕比八年前的『秋水』傾國之力更難對付。如果沒有人要再發表意見，我們準備提議附議。」話剛說完，所有人全部看向『律事』商總，『亙流城』實質上的最高行政官。

默蕊對此絲毫沒有不自在，臉上的表情依舊，冷冷說：「司飛羽攻下秋水時只靠他自己的軍隊就取得勝利，面對我們卻傾全國之力而來，送出這封挑釁意味濃厚的議和書，又給我們一個月的時間討論。這四件事都足以混淆我們的判斷，我認為，戰爭早在他派出使者時就已經開始了，包含利誘木商總與谷商總的商會，當然還有我。」

現場陷入沉默。他們這半年來並沒有特別注意『夜雲帝國』的動向，收到司飛羽來信想商討和平議題時才開始討論起這件事，和平八年對他們來說太過安逸了。或者應該說，沒想到那會造成『秋水』國一蹶不振甚至被『夜雲帝國』迅速吞併。

「那麼，我們剩下一個月的準備時間，要開條件還是開戰對『亙流城』來說至關重要。」勻洛水接著做出總結，接著突然話鋒一轉。「八年前，在座各位還不一定是商總時都打過與『秋水』那場戰爭，這一次對我來說並沒有什麼不同，就算對方的腳步比我們快更多。我身為今日會議的主持人，我想先拋出的提議是……」

艾脩從來沒有參與過政治或軍事相關的會議，也對整場會議的進行方式似懂非懂；但他直覺此時此刻的決議將是未來的重大轉折，受到現場的氣氛渲染，他的心臟怦怦跳得發疼。

「商場規則很簡單，賠本的生意不能做。我要捍衛『亙流城』百多年來的商流，沒有條件！」勻洛水拋出的不是符合他形象的溫和做法，而是震撼全場的熊熊火焰，熱意難耐，灼向現場的所有商會成員。

當晚，『夜雲帝國』也有一群人用不該有的立場在討論這場戰爭。

皇城東北方是三天前叢帝划舟賞荷的後花園，而西北方則是另一層涵義的獨立房舍，門口更比照皇帝寢宮編制十六名定點守衛。房舍正面一片漆黑，與其他居所以暗紅色為底的色調有極大的差異，屋簷與屋頂也沒有比照貴族居所做太多造型，樸素的像是一塊黑布斜斜的罩在上頭。

黑舍的建立是為了情報蒐集。裏頭格局以十字形的走道居中，東西兩端各有兩張長桌，四個區域都是一本本分門別類的典籍整齊的放在書架上，當然多虧十二年前正式開始與『亙流城』交易，才導入了書架這種設備。

皇城內有權踏進黑舍的人不超過五個，就連大部分的皇親貴族都不得參閱。自從『月下飛羽』決定跟『亙流城』談判，整個皇城內的氣氛越見緊張，黑舍的主人更是謹慎的探索一絲一毫可能代表未來的關鍵。原因無他，所有的現在都是過去所累積，而所有的未來也是相同道理。

叢夜雲的岳母剛過中年，臉上未施半點脂粉，髮色全灰挽了一個髻，顏色統一到讓人有種她天生灰髮的感覺，身上的黑色布衣除了滾金邊外袖口更繡上夜雲紋。貴族核心而又身兼情報組織首領的臥萱，正在西側審視司飛羽幾個月間送回來的物資清冊，皺著眉像在拆解一球糾纏的毛線，右手在鬢旁勾弄著一束髮絲。

有地方不太對，尤其是先斬後奏的把所有『秋水』國士兵居民乃至國主盧莫為通通殺掉，不留半個活口。

和大哥臥風彼與二哥臥風此不同，她認同『月下飛羽』對『秋水』國速戰速決的屠殺攻略。原因是八年前兩國同時遇到重大事件導致國力衰敗，當時的時機點非常微妙，誰先站起來誰就有機會統一神離大陸，透過如此激進方式削減『秋水』國力有違人道，但不能說錯。

但這整件事情就是有個地方讓她感到不對勁。

「大哥，這趟又叫我們籌備兵力，不是又要玩十二年前那一套吧？」臥風此尖細的聲音在黑舍內格外刺耳，他正在東側與臥風彼激烈的討論舉兵之事。

「你今晚已經問過不下五次了。這回連叢帝都要御駕親征，不太可能再發生那種事。」事實上，臥風此已經把整場會議重複到三天前身體不適沒參加會議的臥萱都聽個大概了；包含他用了什麼話質問或諷刺行政官，當然免不了加入更多尖酸刻薄的描述。

「誰知道司飛羽那傢伙有沒有篡位之心？他和司飛翊掌管了軍政兩大權，只差一個正當的理由或名分，他就可以……」

「如果他真的這樣做，我會先殺了他。」臥風彼身為前軍事官，說得毫無轉圜餘地。「但在此之前，他代表的是帝國的發言人，就算他越權挪用了呂中奇的外交權力，他還是代表帝國。」

「大哥，那是過往君君臣臣的觀念了，司飛羽打起仗來有在管人命的嗎？」

情報組織創立十二年了，從司飛羽跟『秋水』國主盧莫為在北城商談獲得空前成功，敲開與『瓦流城』交易的大門更取得『秋水』國北部的領土開始。那次空前成功的背後卻是貴族方派去的兵力全數戰死沙場，那些人命可惜，更可惜的是怎麼死的、為什麼死的竟沒有人知道。在那樣的背景下臥萱向叢帝提案成立了這個無名的情報組織，並要求獨立一間黑舍作為辦事處，人數更精簡到最少。

十二年來他們明查暗訪了不知道多少人多少資料，到目前彙總的情報在在指出：司飛羽在戰場上必然隱瞞了一件極度重要，可能足以動搖整個帝國，甚至整塊大陸的祕密。最好的證據就是北城那場談判，沒有人相信司飛羽靠著不明刺客的那一箭就能說服『秋水』國讓出北部領土，要知道當時的『夜雲』國還得聯合周邊諸國才有跟盧莫為談判的空間。

「二哥，那個作法確實有違道德，但也因為如此才有辦法八年就打下『秋水』國。不論領土或兵力，當時對方都跟我們相當阿。」臥萱緩緩站起身，坐了將近一天腳都麻痺了。

「錯了，那是因為整個神離大陸只剩下『夜雲帝國』與『秋水』國，不需要顧及其他國家的觀感，若是十二年以前，司飛羽幹得出這種駭人聽聞、泯滅良心的事嗎？」臥風此激動的臉都紅了。「他的眼裡根本沒有帝國！還不是叢帝挺他？不然他早就該死了！」

「二弟，當初叢帝是我們三人為了不讓司飛羽獨大才拱上位，按身分來看他也算是皇親，只要他還在位，他同意就是帝國同意。」

「司飛羽跟叢夜…叢帝都是平民出身，當時我就反對這件事，什麼血濃於水？大哥，你仗打太多年，腦子給打壞了嗎？」臥風此氣頭上忍不住罵道。

臥萱一掌拍在長桌上啪的一聲，怒斥：「二哥！你冷靜一點！」

臥風此登時臉色一白，趕忙賠不是道：「大哥，抱歉，我太激動了。」

「沒關係，我們都是為了帝國。二弟你說的沒錯，我雖然從軍事官的位子上退下來，但我還是軍人，只懂得打仗。如果要說有人能看到帝國一統大陸的未來，可能就是你們跟司飛羽了。」臥風彼沒說的是，這段話的『你們』包含了他們的姻親，叢夜雲。

「大哥，你在說什麼？」臥萱有那麼一刻真的以為臥風彼在說氣話，但馬上她就知道自己想錯了，臥風彼根本不受影響。

「以前，司飛羽還沒當權時，我們靠著超乎常人的勇氣與武力建國，再強的敵國騎兵、重裝步兵、弓兵與槍兵，多少不同的攻擊方式我們都守下來了。從那時到現在，我們打仗是不穿盔帶甲的！你們還記得吧？那個年代，每個士兵都帶著自己的武器，長短粗細各不相同。」臥風彼拿起東側書架最上層的一本書，輕輕吹掉上頭的灰塵。「時代不是掌握在我這種賦閒之人手中了，當年司飛羽一接任軍事官，把武器改成統一規格的長劍與弓箭，說是這樣容易做陣型調度，先帝也同意了；而那些武器的材料全被他沒收去哪，到現在還沒有相關資料，但多少年下來汗馬功勞，他並沒有做出有愧於帝國的事情。」

臥萱突然靈光一閃，想起剛剛感到不對勁的原因了，所有『秋水』國擄掠回來的文物、金銀、畫冊、雕飾，零零總總不下千項，但一本書都沒有！如果她推測方向沒有錯，那司飛羽軍中應該也有一人跟臥風彼一樣對現狀抱有疑問。

「更離奇的是，我們借他四千兵力去北城商談，最後全數客死異鄉，但他卻勝利了，對，他勝利了，帶著不滿五百人的兵力談出了空前的勝利。一夜之間將『夜雲』國變更為『夜雲帝國』。」臥風彼翻了翻封面上註記『北城勘異錄』的書，但內頁卻都是空白。「我以為總有一天，會知道北城那場仗我們除了四千多條人命之外還付出了什麼。想不到司飛羽採取什麼堅壁清野策略，馬上派人肅清國境內所有未回『秋水』國的居民，十幾年來竟無一人敢自稱來自『秋水』國。太多太多人都給殺了。」

臥風此大概知道大哥要說什麼，從臥風彼手中接過那本空白書冊，十二年前的謎團沉甸甸的壓在手上。

「現在的戰爭到底在打什麼，我越來越難以理解了。」前任軍事官用一句話做總結。

「我有個想法，你們聽聽看。」臥萱把鬢旁的那束頭髮撥到耳後說。那個晚上，帝國情報組織的三位負責人，臥家的三兄妹為了『夜雲帝國』的未來，拼湊出了足以影響關鍵戰爭的重要人物。

百年後・第八章

黑色轎車在秋水市往洛月市的高速公路上，路旁護欄連成一堵暗夜中的牆，一盞盞白色燈光從它身上來了又走，被拋在腦後，被拋在尋找真相的足跡上；虞皓祠一如往常坐在副駕駛座照鏡子梳理每一根頭髮，不時注意後面兩個講古的有沒有看過來，因為他們安靜的可怕。將近一個小時過去，還是沒有人講半句話，這樣簡直跟平常他搭轎車上課沒什麼兩樣。

「大概再半小時內就到了，文物館在高速公路底下沒多遠。」司機彷彿也被這份莫名的沉默壓得喘不過氣，又或者看穿了虞皓祠的想法，主動開口說。

感謝神！感謝老劉！虞皓祠在心裡大喊。順勢接著問：「等一下是鎖定『夜雲脅和書』吧？」

「對。」「不一定。」蒙不語和霍雨郎同時開口，接著互看一眼。

「不一定？你還要看其他文物嗎？」蒙不語不記得剛剛有討論到其他可能的線索，他直覺認為霍雨郎有其他秘密瞞著他。

「嗯，我可能得找你的好對手問幾件事情。」霍雨郎一派自然，假裝沒注意到蒙不語身子一震。

「哈！找蘇奇遠？跟他說我們要推翻他定義的歷史嗎？」蒙不語故作輕挑的說，心裡卻是直沉入谷底。

「對，順便告訴他我們在找『咒術師』，請他改寫十幾年前的論文重新考一次教授。當然不是！你滿腦子只有翻案嗎？」

「我在意的是真相。」蒙不語語氣有些不自然。

「那就不要在意怎麼找到真相。除了『夜雲帝國』的動向,我們還需要『亙流城』收到脅和書後的會議記錄,如果我沒記錯的話『亙流城』為了這件事有意見分歧。」

「但後來關鍵戰爭還是打了阿?那些過程有什麼重要?」虞皓祠在前座插嘴。「許多戰爭不都是這樣嗎?一開始都會意見分歧,有人說打有人說不打,但最後還是打了。」

「以結果來說,沒錯。但我在意的是他們統一內部意見的過程,那才是真相。」

「搞不懂你們那麼在意幹嘛。」

「嗯,現在大學生都這副德性嗎?還是只有虞小子這樣?」霍雨郎問,這問題明顯不是問虞皓祠。

「你說自我髮型設計嗎?我班上只有他會這樣。」蒙不語其實知道這個問題在問什麼,但畢竟是自己班上的學生,這次機緣也是靠他意外湊成,不好意思多說什麼。

「我是說以膚淺的表象看待歷史。」於是霍雨郎只好毫不客氣的揭穿他。

「我班上其他人怎樣我不清楚,但他確實是這樣。」蒙不語注意到虞皓祠的手僵在半空中,但還是實話實說,這時候說再多好話也沒用。「去『火神』的那晚,我說『咒術師』的時候他還哈哈大笑,根本不信。」

「如果是這件事他不信,我倒認為沒什麼問題。」霍雨郎說完就看向窗外,表示不想在這個話題繼續聊下去。

話不投機,前途堪慮阿。蒙不語只得轉頭再看向窗外。虞皓祠繼續梳理幾根角度不夠精準的髮梢,一邊想著自己的事情。司機老劉突然說:「再十分鐘左右就到了,不過這個時間文物館已經打烊了。」

「沒關係,蘇奇遠在就可以了。」霍雨郎對著窗上自己的倒影說。「碰巧我知道他幾乎都在。」

洛月市坐落在一大片平原上，距離市中心有一段距離，以地點來說比較接近當時關鍵戰爭的戰場，當時幾座或大或小的森林大部分都還健在且發展成森林公園，然而幾座關鍵性的小丘卻都已經被剷平了，這也是都市化不可逆的發展其中一環。

現今的洛月市近郊，文物館的附近一望無際，科技帶入了引水的技術，居民多以此灌溉務農為生，也因此文物館的四周隨處可見一畝一畝的良田；不過近年來開始朝觀光業發展，洛月市市長自然沒錯過文物館可能帶來的商機，在市中心邊界逐漸推廣發展出民宿與房地產。

這一整片延伸包圍住洛月市中心的農田占地極廣，百年前此處僅是一片荒地草原，如今卻供應全大陸三成的糧食，時間的推移變化真是相當驚人。

文物館往北，往市中心的路上，大約五公里處有一座市場，早市晚市夜市都有攤販兼顧早晚的人潮，司機老劉等一下要去夜市吃一頓宵夜後再回來文物館等他們。抵達目的地，虞皓祠下車時還特別遠眺一下四周，只有幾條主要道路上有路燈，景象異常安靜蕭條，沒有縱橫交錯，簡直單調無聊。

文物館是蘇奇遠教授創辦，在他的教授生涯即將退休前把手上的積蓄全花在這棟『豪宅』上了，別的不說，單這點霍雨郎就很是敬佩他。幸好文物館是坐落在洛月市而不是秋水市，否則規模至少小上三倍不止。

就人口比例來說，秋水市的密集程度極高，可追溯到百年前『夜雲帝國』與『秋水』國在北城發生衝突的事件；儘管當時結果是『秋水』國割讓土地，但後來的數年間司飛羽施行焦土政策，把所有未撤回南方的『秋水』人民屠殺殆盡。直到『秋水』滅國後的數十年內，神離大陸靠近中央的區域——現今洛月市到秋水市之間——才慢慢恢復過來。重建過程為何南北兩邊的發展程度如此懸殊，則被歸類在經濟發展史上的議題。

文物館開幕時霍雨郎曾應邀前來，大門內的中庭並沒有留太多車位，所有空間與規畫都用在文物的展覽上，連值班警衛都沒有請；館內分東西兩館各三層樓，中央則是戶外中庭以及二三樓的空中聯絡走廊，如果是白天來就可以參觀仿『夜雲帝國』後花園的中庭花園，荷花池與池中央的涼亭都是參考書上記載設計的。

當然現在已經晚上十點多了，霍雨郎根本沒有心情想那些，他快步衝到柵門前按下門鈴，心中祈禱有人應聲。但迎接他的是一陣沉默，柵門內左右各兩盞黃色大燈默默的照在三名訪客身上，背後一面漆黑，蒙不語突然有種闖空門還按門鈴昭告天下趕快報警的錯覺。

「你們是要告訴我蘇教授不在家嗎？還是今晚睡這等他回來嗎？」虞皓祠哀聲說。

「那我們只能明天再來了。」蒙不語說完回頭一看卻只看到黑色轎車的車尾燈，老劉也離開的太快了。

「你們安靜點。」霍雨郎的手放在門鈴旁的柵門上輕敲，頭後方的馬尾似乎正憤怒的顫動。

這時幾聲沙沙響從門鈴對講機裡傳出，看來至少有人在。那頭的聲音說：「不好意思，文物館已經打烊了，想參觀的話……」

「蘇教授，我是霍雨郎，有事找你。」蒙不語事後對於霍雨郎可以在瞬間就聽出對方是蘇奇遠感到佩服不已，因為那台對講機的品質老實說不是很好，一說話就有低頻的沙沙聲在背景嘈雜，光是要聽出對方在說什麼都有難度。

「霍雨……霍雨郎？這麼晚？我去開門，請稍等我五分鐘。」喀擦一聲對講機那頭就掛斷了。同一時間蒙不語發現自己的雙腿正在顫抖，他從沒親眼見過蘇奇遠本人，就連七年前他發下狂語時都只收到一封勉勵大學生般的電子郵件。

不到兩分鐘，文物館東館的門碰的一聲打開，一位身材比蒙不語印象中略胖，頭髮全白的老年學者朝柵門走來，若不是那張國字臉與黑框眼鏡，恐怕完全無法跟電視上的印象連結起來。蘇奇遠步履穩健，身上穿著紅綠黃三色直條紋圓領衫，深黑色的西裝褲在黑暗中讓他有一種莫名的飄浮感。

「這麼晚還帶了兩個人來？算了，進來再說吧。」蘇奇遠打開柵門讓三名訪客進入，門還沒關上時突然直盯盯的看向蒙不語。「你該不會是秋水大學的……」

蒙不語沒想到會在沒有開場白的狀況下被識破身分，只得硬著頭皮說：「蘇教授您好，我是秋水大學近代史副教授蒙不語，之前……承蒙你來信教誨。」

「嗯……喔對，我想起來了，抱歉我年紀大了沒有馬上認出來，你是七年前提出翻案的教授吧？你的論點很有趣但後來就沒有消息了。」蘇奇遠說完馬上伸出手。反倒是蒙不語一陣錯愕，完全沒想到對方是這樣看待他當時狂妄的言論，反射性的也伸手跟蘇奇遠握手。或許因為背光，蘇奇遠卻沒注意到蒙不語的表情，接著說：「往東館走吧，看到同行的感覺真好，尤其這年頭我們這種人越來越少了，事實上光是白天裡參觀的遊客就快把我給打垮了。」

「往西館吧，我們想看『夜雲脅和書』。」霍雨郎說。

「也行，反正你們等一下會告訴我為什麼對吧？」蘇奇遠點點頭，率先往西館走去。

「對。」虞皓祠落在隊伍的最後面默默的說，這句話可能只有他自己有聽到。「你們等著看。」

文物館中的布置非常寬敞，展示物一律放在左右兩側的獨立櫥窗內，中間是四人寬的走道，沒有複雜曲折的動線，各櫥窗的燈光因應展示物的不同調整亮度；櫥窗後方的牆貼上米色的壁紙，上頭凹凸的極細條紋為燈光做了美好的折射角度。陰涼的館內除濕機運作風響，除此之外就只有四人的腳步聲迴盪整個空間。虞皓祠發現走在前面的三個學者都穿著皮鞋，就連考古學家霍雨郎也是休閒型的皮鞋，走在淡褐色的地板上叩叩有聲，自己腳上的運動鞋幾乎沒有聲響。就好像只有三個人來一樣。

一行人來到西館二樓，一模一樣的擺設就像複製一樓的布置，蘇奇遠來到右手邊的一個展示櫃，裡頭用的是兩組L型的深褐色雕木左右對開，橫向短邊末端還做了小小倒勾向上，『夜雲脅和書』斜斜靠在上頭左右對開，精緻的做工登時讓霍雨郎眼前一亮。

「這是風雲紋，仿『夜雲帝國』花園廊柱的立體雕刻版，現在也有人叫它夜雲紋，真的很像。」話語中的讚嘆之意是蒙不語與虞皓祠和他相處至今沒有聽見過的。

「我退休後的興趣，自己雕的，霍先生過獎。」蘇奇遠難掩臉上得色。「『夜雲帝國』當時外交用紙質非常厚，上頭的摺痕是『亙流城』使者帶回堡內時摺好收納在懷裡。幸好紙質沒有太硬，壓平後只殘留淡淡的摺痕，就算不具歷史意義，這張紙也算是古董了。」

蒙不語沒有參與這場討論，他忙著把上頭的文字一個字一個字看清楚。「只有司飛羽和伍藜的署名，連叢帝也沒有，足以證明這不是正式外交辭令。」

「事實上當時司飛羽並沒有要談和的意思，他的大軍就駐紮在附近蓄勢待發。『亙流城』其實可以選擇不理會這封脅和書，但他們也知道就算叢帝馬上從皇城出發，一個月內也到不了這裡，將在外君命不受，一切還是看司飛羽的意思，也難怪『亙流城』會意見分歧。」

霍雨郎本想接下去說些什麼，但看到蒙不語專注的神情便選擇安靜。

「奇怪，那帝國的貴族是怎麼知道脅和書內容的？顯然白歲寒並未經手這份協議。」蒙不語手忙腳亂的把臥萱的手記遞給蘇奇遠，目光直盯著脅和書末的兩個人名，伍藜半生軍旅都在司飛羽麾下，忠心不容質疑，除非司飛羽有脅和書副本讓白歲寒帶回去『夜雲帝國』覆命，但這樣動機更奇怪，尤其很難想像縱橫沙場的頭號戰將願意離開戰場回頭充當信使。

「這個問題不錯。」蘇奇遠看著手記馬上便聽出蒙不語話中之意。「關於這一點，我當初認定關鍵在白歲寒身上，雖然他出身貧寒年少從軍，但一定跟情報組織臥家有什麼關聯——最有可能的是前軍事官臥風彼，當時能有機會將情報帶回去皇城的只有他，但搭配手記的時間點來看嘛，說不定不是這麼一回事。」

一旁虞皓祠聽到這裡忍不住插嘴：「既然是情報組織，只要打聽一下不就知道了嗎？」

另外三人同時抬頭起來盯著他，彷彿有人在近代史課堂上問老師期末考要考什麼，並不是問題內容，而是問題本身就是問題。最後是身為授課教授的蒙不語咳了一聲回說：「這封書信只有司飛羽和伍藜兩人知道，情報組織不一定能取得內容；再來，那個年代沒有汽車，就算是『亙流城』的眼線也無法繞過整個帝國將情報帶給『夜雲帝國』。」

「那……那說不定是司飛羽早就派人回去放風聲，給貴族們一個驚喜阿，這樣我們搜索的範圍就變小了吧。」虞皓祠不知道在堅持什麼，繼續在假設上面纏鬥。

「太好了，我很高興你終於跟上我們討論的內容了。」霍雨郎忍不住打斷這段談話。「如果沒有其他問題的話，蒙教授你可以說說你的假設，不需要幫忙多說什麼。」

蒙不語鬆了口氣，不用再繼續跟虞皓祠爭辯。他接著從懷中拿出其他臥萱手記關於白歲寒的記載影本給蘇霍二人看。「白歲寒到過世前都沒有升官或受封，按當時文獻看來也沒有什麼積蓄，我認為他跟貴族沒有太大的關聯，至少沒有親密到會洩漏軍情。搭配臥萱這封不明不白的手記，我認為當時白歲寒回皇城稟報軍情時，應該還帶了……非帝國的人，可能是『秋水』國的某個關鍵人物，或是…呃…光存在就能讓臥萱馬上猜出司飛羽的動機的人。」

畢竟是第一次跟近代史權威蘇奇遠對話，蒙不語不敢一口氣把話說死。不料蘇奇遠聽完卻眼睛一亮，說：「這話引起我很大的興趣。事實上根據現有史料記載，司飛羽非常戒備『亙流城』強大的物資供應能力，或許是怕『秋水』假借別國復活，也或許是當時國內出了什麼問題只能採取堅壁清野，整塊大陸當時只剩下貨真價實的『兩個國家』，不論是意義上還是實質上。『秋水』的人民在帝國入侵時幾乎給殺得一乾二淨，至少到今時今日沒有人有證據證明自己來自『秋水』，但恕我直言，應該也沒有其他人足以代表這場關鍵戰爭的動機什麼。」蘇奇遠的語氣並不是贊成或反駁蒙不語的假設，只是提出實質性的背景提要。

虞皓祠突然說：「一定還有，只是你們找不到罷了！」音量之大讓所有人都錯愕了一下。

「有可能。」蘇奇遠務實的說，推了下黑框眼鏡但眼神旋即撇開。這樣的回應比直接說對或不對都還要讓虞皓祠感到不滿，他想再說什麼但還是選擇閉嘴。再說下去怕會掀出底牌，那就不妙了。

蒙不語則對一觸即發的氛圍恍若未聞，他正在思考一件難以證明的謎題；霍雨郎的目光在虞皓祠身上停留一下，確定這不是需要繼續討論的話題後就往長廊深處看去。

「『亙流城』的文獻也在這一層嗎？尤其是在收到脅和書那段時間的。」霍雨郎往二樓深處前進，蘇奇遠快步走在前頭，蒙不語反射性的加緊腳步追上。

「一定有可能。」虞皓祠看著他們三人的背影，卻自顧自的往一樓下去。「你們憑什麼說沒有？」

西館二樓底部往三樓的樓梯間有一張畫，名為『古洛月平原』，霍雨郎大老遠就注意到那幅畫沒有特別放在櫥窗或濕度控制的空間，孤零零的掛在牆上，但這時蘇奇遠在左側櫥窗停下腳步說：「是這篇，從『亙流城』商總會議書擷取出來的一部分，當時一共開了兩次會。」櫥窗裡是一整排由一張一張紙由左至右組成的紙龍，大概連接了十張以上，三公尺左右的長度。

「擷取出來？不，應該說你能分辨得出來這部分屬於哪時候的內容就很了不起了！」蒙不語驚呼道。

「『亙流城』商總會議書是我畢生看過最可怕的會議記錄，我在用〈艾草詩集〉寫論文之前本來想寫的就是它，但實在太分散、太多了。」

「真的不簡單，這真的是當時的會議記錄。」霍雨郎驚訝地搖搖頭，馬尾垂在肩上跟著晃動。

「這還是上篇而已，事實上我花了好幾個月才翻出來。如果你們要看整篇的話要到東館三樓我的辦公室裡，我有留完整影本。」

「不用，先讓我看一下。」蒙不語仔細端詳起來，喃喃唸著：「對，那個日子是脅和書送進『食事』堡的那場會議，原本在講的是……是否要把防線擴大到洛月平原中部，主持人匀洛水提出，行一帆贊成，木三分贊成，默蕊贊成，通過。接下來是實施方式，行一帆提出擴大馬匹牧養圈，匀洛水贊成，谷人越贊成，木三分贊成。等等，這個議題的盡頭在哪裡？」

「這就是為什麼很少人願意研究商總會議書的原因，他們記載的實在太繁複了，跟現代中央集權的社會完全不在同一個世界。」蘇奇遠搖搖頭語氣中滿是讚嘆之意，但那是屬於對藝術品鑑賞，而不是對珍貴歷史典籍的那種讚嘆。

霍雨郎接著說：「國家團隊剛找到藏書室的時候真的驚人。大概有整個這裡三層樓加起來的空間，全都是會議記錄。滿滿的鐵製書架，一架六層，一層大概三十本，全撒在地上好像幾百年前被搶劫過一樣，光是把那些書運出來就花了三個多月。」

「事實上你能找到『亙流城』埋藏的這些書也算是了不起了，誰想得到他們的書都不在城裡？那個年頭全世界都在找這些書，最後給你找到了，你那年還未滿三十歲吧？」

「二十七，我靠它們取得國家考古團隊資格。」霍雨郎說起往事並沒有得意或緬懷的感覺，反而像在講一件每天都會看到太陽下山一樣的自然。「正好二十年前了，接著還找出了當年『亙流城』的進出口資料。」

「對，大家才知道原來『亙流城』真的善用了他強大的地理位置，可惜後來……」

「是這裡了，他們還表決了『箭雨』傭兵團的艾脩如果在門口朗讀脅和書會被默蕊趕出去，結果包含默蕊全部贊成，這也要寫進議記錄嗎？」蒙不語看傻了眼，同時慶幸自己當初的論文不是研究這個主題，這證明古人的一個玩笑話足以害死多少現代人。「匀洛水提出無條件開戰，谷人越贊成，默蕊贊成，提議無效？等等，他們不想要打這場仗嗎？但後來還是開打了不是？」

「是的，雖然最後還是開戰，但事實上一開始『亙流城』意見分歧，表決不通過。」蘇奇遠的視線迅速跟到蒙不語正在閱讀的地方。「你們看，接下來是華千顏提出優先經商權，也就是『亙流城』出身的商人在『夜雲帝國』內可以有較低的稅金換取大陸統一。這個提議的結果，木三分贊成，行一帆贊成，提議無效。事實上『亙流城』的技術專利是在服飾、建築與運輸上，其他部分並沒有特別的優勢，光靠商戰難以取得共識。」

「接著還有提議……嗯，兩人贊成，沒過。再下去這個也……沒過。他們這場會議就這樣不停的提議然後沒過嗎？」蒙不語一直往後看，終於接近這段冗長的會議記錄的盡頭。「沒過、沒過、還是沒過，然後……艾脩提議……等等，艾脩是朗讀『夜雲脅和書』差點被趕出去的那位傭兵，哪時有了提議權？他提議等『箭雨』團長霍子季回來，到時候團長會帶著……嗯？沒了？怎麼斷在這？」

「事實上我沒看過接下來的文獻，『亙流城』記錄的方式太分散了，如果不知道那天的主持人是誰，根本無從查起。再來是這些片段埋在地底七十幾年，沒有全部風化掉就不錯了。」蘇奇遠十足惋惜，最可怕的不是史料風化，而是就算沒風化也難以解讀。

「所以現在一個謎團變兩個，霍子季與白歲寒帶了誰回自己國內？是什麼扭轉兩國決策與戰況？我還需要一點線索。」蒙不語雙手抱頭，這種真相就近在咫尺的感受實在太難以忍受，這是七年來最接近真相的一次了，他如何按捺得住心裡的焦躁？

「我們先往東館去吧，事實上我有找到這場會議的下篇，霍子季大概半個月後回到『亙流城』，那場會議才是選擇開戰的關鍵。」

「嗯，走吧。」或許是沒有桌面可以敲，霍雨郎也隱隱有點焦躁。「虞小子呢？」

蒙不語抬起頭，三人左右看看竟沒看到虞皓祠，仔細想想好像已經沒看到一段時間了。

「西館北側這裡只能通往三樓，他應該回一樓去了。」蘇奇遠接著指向剛剛上來的樓梯間。「你們先從那裡回一樓找找看，我先去打開辦公室的門，等等在東館二樓的空橋通道會合。」

「這小子到底在找什麼阿？」霍雨郎低語，再次看了一眼關於艾脩那段被截斷的殘篇。

虞皓祠一個人無聲走在西館一樓，恣意看著一件又一件的近代展覽物，偶爾故意用力跺出啪的聲響，可惜展覽物與櫥窗紋風不動。這裡主要是『夜雲帝國』的重要文獻，他的目光聚焦在當世乃至後世稱為叢帝的叢夜雲肖像畫上；多虧他平常都在照鏡子整理頭髮，他可以憑空比對自己和叢帝的樣貌。還沒看到之前原以為至少有七成像，但看著看著信心越減，索性就不看了。

接下來是帝國的四權分立示意圖，當時雖然是三權，但貴族影響力太大漸漸的形成了第四權，有足以干政或組織軍隊的能力。示意圖底下有一塊石碑，上頭刻著疑問句：『叢帝不怕被貴族推翻嗎？』，再往下看則是叢帝的出身。原來叢帝是平民出身，從軍後與司飛羽形同莫逆，那時司飛羽還只是個小卒，兩人一起參與過帝國無數次的防衛戰都活了下來；後來司飛羽的軍事長才越來越鋒芒畢露，貴族發現無法拉攏他又不能拉下他，帝國的壯大需要司飛羽的長才，因此改為拉攏對他有影響力的叢夜雲並拱上位。

「我還以為有什麼，搞半天又是政治聯姻。」虞皓祠看完冷哼一聲，暗自慶幸自己長得跟他不像。接著又往下看司飛羽，一樣的石碑則沒有對他的背景太過著墨，直接寫下他生平打下的無數戰績，擅長夜襲，人稱『月下飛羽』。結論是一生忠心為國，麾下將領伍藜與白歲寒也都是軍方重要人物。而毫不意外的，司飛羽那雙丹鳳眼太過突兀，虞皓祠找不出一點跟自己相像的痕跡。

虞皓祠又看叢夜雲，重點放在這兩位焦點人物的婚姻狀況。從記載上來看司飛羽終生未娶，叢夜雲則有皇后孟菲如與其子叢日穹。「也真是生不逢時，才剛要成年關鍵戰爭就打完了，此後大陸進入和平時代，大概等到叢夜雲死了以後才上位吧，真慘。」

整個世界都很慘，不論百年前百年後，他幾乎可以透過天空看到慘字橫空飛掠，俯視整個現代化的大陸如同在一塊蛋糕上和平相處的螞蟻。因為是現代，他已經知道關鍵戰爭的結果；因為是現代，他知道叢夜雲乃至於整個『夜雲帝國』最後的終局模樣。但他呢？他不知道在那個時代屬於他，或該說是他屬於的是什麼模樣。

虞皓祠按著順序繼續往下看，接下來是當代重要官員的肖像與職掌，行政官司飛翊，司飛羽的弟弟；財政官岳止，行政部門專責外交的呂中奇之舅。貴族派皇親國戚，臥風彼、臥風此，叢帝岳父孟遙志與岳母兼情報組織首領臥萱，還有更多更多下一學期的教科書上才會出現的人物，多不勝數。他想再往下探尋任何一個可能是他要找的答案時，熟悉的腳步聲從背後傳來。

「我不知道你什麼時候對帝國歷史感興趣了。」

「嗯，我以為會寫到『秋水』國戰敗的歷史。」虞皓祠早已想到一套理由，當然他完全沒想到下一秒就被拆穿了。

「我沒記錯的話，你在找的是『秋水』國敗給『亙流城』，三萬大軍覆滅的那場戰爭。」霍雨郎一步步走來雙眼內側的兩道細紋有如溝壑。「你卻在『夜雲帝國』這裡研究？你真的清楚你正在找的真相嗎？」

「我沒記錯的話，那場戰爭之前『秋水』國也曾敗給『夜雲帝國』……吧？」虞皓祠逼著自己不要移開目光，直盯盯的與霍雨郎對看。

「有，記載在司飛羽的傳奇戰役之中，而且還不只一次，你想要的話可以去圖書館查，至少有五百部相關書籍可以慢慢看。」蒙不語硬生生打斷兩人的對峙。「走吧，我們跟蘇教授會合，還有東西要查。」

曾在洛月大學授課的蘇奇遠教授，辦公室內飄盪著檀香與古木混和的氣味。顯然的他的文物館並沒有留太多空間給自己的辦公室，或該說，這只是在東館三樓的藏書庫門口清了一個空間放一副桌椅加一套沙發椅而已。真正驚人的是整個藏書庫的規模，一進入東館三樓，眼前就是面對四大排整齊的六層書架，有如行軍布陣般向後不斷延伸到深處，乍看之下東館似乎有西館的十倍大。

「這些古籍可以溯源到哪個年代阿？『夜雲帝國』建國前嗎？」蒙不語被眼前奇景給驚呆了。

「事實上只有到叢夜雲的前一代，近代史的文獻太多了，尤其是霍先生找出來的那些『亙流城』文獻。」

「我找到的都收歸國庫，你居然還能留下這麼多文獻，了不起。」

「大部分是影本，我去國家圖書館一張一張影印裝訂來的。」蘇奇遠來到左側走道，信步走到第五排書架，在左手邊的架上翻找。「希望脅和書會議的下篇能幫到你們，不然真的要去翻『亙流城』會議記錄的話，建議你們去洛月市住一晚再來。」

「不就是個會議記錄，哪有什麼難的？」虞皓祠問。

霍雨郎望另一邊書架上一看，隨手拿一本給虞皓祠說：「虞小子你先看看這本，看懂了等一下告訴我們三個老學弟上頭說了什麼。」

「老學弟不會包含我吧？」蒙不語問。

「嗯。」霍雨郎懶得在這話題上多作糾纏。

蘇奇遠從第六層的最邊邊抽出一本遞給蒙不語。「這跟上篇一樣都是我整理過的，你參考看看，從日期看距離艾脩朗讀脅和書已經過了將近半個月。」

「太好了，如果是原文我大概要看到一個半夜。」蒙不語發自內心的舒了一口氣，要把『亙流城』的某一件事情組合起來真的不是幾個人做得到的。「霍子季回來的這場主持人是『律事』商總默蕊，他們先針對霍子季帶回來的消息表決信任或不信任，沒人要提議信任，無效。接著是艾脩提出的建議，怎麼又是他？而且六位商總還都同意了。這裡的建議……應該有建議內容的文獻才對，怎麼沒寫在一起阿？」

「這上面一堆贊成跟提議有效沒效的，是在寫什麼鬼啊？最好有人看得懂！」虞皓祠突然大叫一聲用力把那本書闔上，丟回書架。

「那本書先借你吧，事實上我也希望能找出真相。」蘇奇遠這話當然是對蒙不語說的。「事實上近代史，〈艾草詩集〉都好，真相才是我們真正欲求，且永恆不滅的事物，你也是這樣覺得吧。」

好對手蘇奇遠的那句話讓蒙不語有點慚愧，多年來他在意的其實只有推翻對手的理論而已。他慎重地收下書，點點頭，心情激動得無話可說只能道謝。

「老劉應該回來了，今晚在洛月市過夜吧。」霍雨郎往樓梯口走去，沒人注意到那一瞬間他臉上露出微乎其微的微笑。

「霍先生等等。」蒙不語突然叫住考古學者，霍雨郎回過頭，看到蒙不語手上的東西登時一目了然。那是一枝筆。同時代表委託與信賴的一支筆，在如山堆積的文獻間閃耀金色光芒。

「我還以為你在洛月市睡一覺就要回你的教授辦公室去了，我猜你手上那本會議記錄沒有難倒你。」霍雨郎從公事包拿出一疊裝訂好的紙張，屬於蒙不語的那份合約書。

蒙不語接過後直接翻到最後一頁，寫上『咒術師的真相』，簽名，遞還給霍雨郎。考古學家眉毛一抬。

「我還是要說，你的需求實在太超現實。但既然你都簽名了，我會負責協同找出答案。」霍雨郎跟著簽上名，闔起來收回公事包裡。「當然不保證能找到。」

「那可能是真相，你身為考古學家，說話要小心點。」蒙不語微微一笑，經過這一晚的折騰後他感覺眼前一片光明，霍雨郎的笑聲罕見的響徹整個東館三樓。

比起自己剛從秋水大學的自助餐離開，當時車上虞皓祠的訕笑，他還是喜歡這種，一起追求真相的笑聲。

百年前・第九章

霍子季夢見『亙流城』亡國的那晚，司飛羽夢見的卻是八年前的夜雲內亂，直到百年後仍然不為人知的一場動亂，幾乎將他覆滅。如果不是那場內戰『夜雲帝國』會提早三年甚至五年打下『秋水』國，這是完全合理的推論，因為同一年『秋水』國全國三萬大軍攻打『亙流城』大敗。如果歷史長河改變流向，或許關鍵戰爭會提前爆發，或許神離大陸會提前統一，或許他，司飛羽，將成為歷史上死於內亂的某個將領之一。但內戰已經發生了，結束了，沒有商量的餘地。

那個秋天的晚上，司飛羽、伍藜、白歲寒和一名白髮蒼蒼的老人在『夜雲帝國』西南方與『秋水』國交界處的山丘上俯瞰著『秋水』國邊界，可能是下一個目標的大城。

「我不知道能不能活著看到神離大陸佈滿『夜雲』的黑袍。」老人遠眺著那座大城，身上的黑袍隨風臘臘，幾乎只是掛在他身上。「北城一戰到現在，過了四年又回到『秋水』國了，命運似乎就在這裡打轉。」

「也只剩下『秋水』國了。」司飛羽說話的語調和速度跟四年前毫無任何差別。

「多虧了他，我們才能四年就將其他諸國都平定。」白歲寒對著司飛羽說，定定的看著軍師。

「白將軍說的有道理，但『秋水』畢竟曾是第一大國，在進攻前還是需要萬全的準備。」伍藜指著那座城說。「北城的城牆灰飛煙滅只花一晚，四年可以改變很多事，說不定『秋水』國早已做好萬全準備，甚至取得我們的情報了。」

「就算他們知道，也無力破解。」司飛羽自信的說。「臥萱和那群皇親貴族也只能知道他會隨軍出征，無從得知他的力量。」

老人微微一笑，說：「還不到我們一族踏入歷史洪流的時候。」

白歲寒還要說什麼時，伍藜使了個眼色，不遠處一名『夜雲』的士兵跑了過來，慌亂的腳步透露了事態緊急。「稟報軍師，有人叛亂！」

「這裡距離『秋水』國還有一段距離，叛軍在『秋水』國必有人接應，難怪他們敢放心攻打『亙流城』，原來在這裡留下伏筆。」司飛羽毫不停留，朝主營方向回去。

「這是我國內首次內亂，影響還不明朗，此刻兵力不多，你不如先在這等等吧？」白歲寒對老人說。

「我先查探他們的分布吧。」老人雙手手掌背滿布老人斑微微顫抖，正要蹲下身時一旁伍藜卻伸手扶住他。

「在下認為既然在軍中反叛，時間就是雙方最大的籌碼，但他們必然會往『秋水』國前進不會戀戰，趁這個機會抓緊時間布置伏擊他們吧。」

「嗯，也好，四年來光是思考要用什麼地形拿下南方諸國就傷透腦筋。」老人收起雙手，一股微弱的氣息從掌心收回體內，像殘存的一口氣。

「白將軍，你跟這位傳令兵先回去，將我軍與敵軍分離開來。」司飛羽迅速下達指令，和往常沒什麼不同，甚至決斷的速度更快了．

「是。」白歲寒應了聲，朝老人看了一眼便離去了。

「伍將軍繞去營後探查叛軍是否跟『秋水』有關，大約多少人，我們在主營南方會合。」

「是！」伍藜朝另一邊離去。

「真麻煩，居然在準備進攻『秋水』時發動內亂。」司飛羽配合老人的腳步慢慢走著。

「哈！難得你覺得麻煩。」老人忍不住笑出聲。「我第一次聽到你說這兩個字。」

司飛羽微微一笑，說：「自己人總是比外敵難處理阿！」兩人走下山丘往過來的路上回去，那是『月下飛羽』最後一次跟未曾留名歷史的第四人並肩走在夜裡。

〈艾草詩集〉是這樣描述那半個月的：

秋天是奮力提起勇氣後的無力　跨越障壁的
英姿很美，但失敗後免於畢露的鋒芒則更是
別有一番風味

一個禮拜過去了，這個夜晚艾脩坐在城牆上遠眺東北方，開始覺得自己差不多安全了，雖然老大還沒回來，但那場會議自己說了話沒有被趕出去就算是一大成功了。

那場會議，後來各人都提了許多意見，有什麼優先經商權、年貢、政治聯姻、直接臣服、找其他傭兵團擴充臨時兵力等等，但每一個都沒過，總是一兩個或根本沒有人贊成。那時他站得腳都痠了，突然想起老大臨走前囑咐：「如果哪天我不幸陣亡，就把我葬在這吧。」

不知道為什麼，他突然覺得很火大，老大在前線拚死拚活，談判，尋訪古崙山，這群人卻躲在這麼豪華的塔裡，穿華貴的衣服，安全舒適的動動嘴說要求和？幾個提議從左耳進右耳出，又是幾個無效決議穿來插去，他突然忍不住說：「老大他，我是說團長，他說如果哪天他死了就葬在談判的地方……」他以為不會有人聽到他說什麼，不料全場突然一陣安靜，各商會商總都在聽他要說什麼。他不知道這就是『亙流城』的制度，在會議上所有人要做的就是發言、提議與贊成，除了贊成外無論誰都可以說出自己的意見，而他的意見在這場會議中的分量比想像中來得高。

「團長這次代表『亙流城』跟那個司飛羽談判，完全沒有被對方嚇倒，他一定會回來，還會帶著古崙山的情報，我們，才不會輸給『夜雲帝國』！」他不確定自己說了什麼，也不確定大家聽到了什麼，甚至連古崙山上有什麼都不確定；他只知道沉默的壓力挾帶未知不斷掐緊喉嚨，讓他呼吸困難，他必須說些什麼，而推了他一把的竟是每次附議都最後發表意見的人。

「霍子季是我特別挑的談判人選，他會回來，我贊成。」『律事』商總默蕊語氣冰冷的說。

「我相信默商總的眼光，贊成。」『食事』商總勻洛水第二個表態。

「既然司飛羽特別提到古崙山，還原地等一個月，足見此地具備扮演要角的條件，我也贊成。」『衣事』商總華千顏與妹妹華千虹討論後說。

「等情報的過程並不妨礙我進行防禦工事，贊成。」『住事』商總木三分雙手收攏到衣袖裡。

「哈哈！你小子夠有膽，我在你這個年紀還只能做會議記錄，我贊成。」『器事』商總谷人越撫著下巴，目光帶有一絲興趣。

「我贊成，另外我會派人帶馬往古崙山方向去，務要盡快接回霍子季。」『行事』商總行一帆啞著聲音說，身後一名商會成員馬上跑出會議室執行任務。

「提議通過，那我們接下來要針對各項商業政策做討論。」勻洛水說的輕描淡寫，艾脩卻感動得快要哭出來，儘管事實是現況沒有更有用的情報做決策，樂觀的他認為是自己的熱情或信心感動了在場所有人。
「那麼艾脩，你可以先離開，接下來應該沒有跟你有關的議題。」艾脩突然覺得有些頭重腳輕，直到走出『食事』才開始擔心會議後會不會有人追究他胡亂提議的罪責。

幸好，直到今天艾脩都還活得好好的，反而有點無聊。

「站哨站到忘記換班，真有你的！」官進藤的聲音突然從身後傳出，嚇了他一大跳。

「不……不好意思！」艾脩趕緊站起身。

「沒關係啦，上過戰場又參加過商總會議，『亙流城』近期最大的兩個事件你都參與到了，會有些茫然也是正常的，我之前跟老大去過一次商總會議也癡呆了幾天。」

「是阿。」艾脩說完馬上發現不對。「等等，我沒有癡呆！」

「嗯……我不知道該不該相信你。」官進藤兩道眉毛突然一上一下移動，擺出一個很逗趣的表情，接著又恢復原狀。「那場會議的表決方式很怪吧？我整場聽完只覺得一片空白，一堆人非常快速的輪流說話，完全不知道剛剛在討論什麼。」

「對，明明有主持人，但好像要有人附議才能繼續討論，沒有就直接流標的樣子。」艾脩想起默蕊贊成他提出的意見時，那種超脫自己身分盡興參與某件重大決策的感覺。

「我曾經跟著『行事』商會的人去調過一次會議記錄，那才叫可怕！」官進藤把雙手張開到極限，畫出一個大大的四方形。

「『行事』？調會議記錄為什麼是『行事』商會的人去？」

「因為會議記錄資料太過龐大，堡內放不下阿。」官進藤指著接近正北方的方向。「大概埋在那裡的某處吧，就算是現在我都感到害怕。」

「是埋起來的地方可怕嗎？有機關還是陷阱？」

「不是，是那個記錄的方式可怕。」官進藤平常主要負責文書與一些情報處理，難得露出恐懼的表情。

「那時要找的是關於賣給『夜雲帝國』的金屬價格與數量的爭議，要找出是誰提議的，以及回溯當時的考量，結果你知道商會他們怎麼記事嗎？」

艾脩用盡所有想像力，說出最有可能的答案：「是用逐字稿把整個討論對話跟爭吵都記下來，所以很厚一本嗎？」

「錯！那群人不知道從哪發明出來的制度，他們只記自己商會說的話。」

「那不就各記各的？這樣不會更有爭議嗎？」

官進藤好像要說什麼但又不知道怎麼表達，整個表情揪成一團，思索了一番後說：「這樣說好了，就好比老大、陸浪、你跟我在討論要不要打『夜雲帝國』……」

「陸團長滿腦子都是打架跟戰爭，應該討論不起來吧？」艾脩想起另一個傭兵團的首領模樣。

「這只是比方，你先聽我說完！」官進藤蹲下身在地上畫了四個格子，艾脩也跟著蹲下。「這四格分別代表我們四人，然後假設老大是主持人，他先提議說要打，於是老大所屬的商會會註記老大提議要打。」

「嗯。」艾脩正努力把腦海中的匀洛水想像成霍子季，但身材樣貌差距都過大，還是挑行一帆或谷人越比較適合一點。

「陸團長肯定第一個表態贊成，他是附議的，所以他的商會會註記他贊成老大的提議，到這裡應該還好吧？」官進藤看艾脩雖然皺緊眉頭但點點頭表示還可以，就繼續說：「然後你可能不想打，所以你不說話；

但我想打，所以我表示贊成，於是這樣就算表決成立，因為人數過半了，但我的商會還是只記錄我贊成陸團長的意見。」

「等等，為什麼不是贊成老大的意見？這不是老大提出的嗎？」

「所以我才說這個制度不知道怎麼發明出來的。如果未來有人要找這段記錄一定要把所有商會的會議記錄都翻開才知道發生了什麼事，如果只看你的，偏偏你沒發表意見，你的記錄沒這條；只看我的也只會看到我同意陸團長，但不知道同意他什麼。接著看陸團長同意老大的提議，再看老大到底提了什麼，一整串看下來才知道開頭過程跟結尾發生了什麼事。」

「聽起來並不難阿？不就把四本翻開就好了？」

「你說得太好了，我剛開始也以為是這樣，直到我找出那場會議的六本會議記錄，如果這世界上有神，我一定請祂來幫忙找。你知道他們一場會議可以討論上百個決議案嗎？大到賣給『夜雲帝國』的數量合不合理，小到『衣事』商總姊妹新研發的樣式能不能熱銷價格定在哪，或是『行事』商總想跟『食事』商總借一筆錢都在會議記錄裡面！」

「我想起來了，我剛進會議室的時候，他們在附議如果我在門口唸『夜雲帝國』的和平條款，『律事』商總會把我趕出去。」

「對，這樣你清楚了，幸好只是表決你會不會被趕出去，而不是要不要立刻把你趕出去。」一官進藤嘆口氣，用鞋底把地上的四個格子擦掉。「就那一件事情，我跟『行事』商會派去的兩個人足足找了一天，一個白天加一個晚上！太可怕了，幸好我這輩子應該沒機會去研究那堆會議記錄。」

艾脩突然一拍地板，說：「早知道開完會那天我就問你了，害我白白擔心了好幾天，還以為他們會議後會來追究我亂講話的罪責。」

不料官進藤眼睛一蹬。「你……你在會議上講話？你是附議嗎？」

「我是提議。」艾脩說完突然又想起另一件事。「那誰幫我記錄阿？」

「這你就不用擔心了，有人贊成你的意見，自然就被記下來了。」官進藤拍拍艾脩的肩膀，露出前輩看到有所成長的晚輩特有的神情。「你小子不簡單啊，敢在那種場合發言，等老大回來他一定也會這麼說。」

此時天空已經變亮，艾脩站起身伸了個懶腰，說：「哈哈，那老大回來你可得跟我說阿！」

「知道了知道了！」

後來，艾脩中午就被叫醒了，霍子季偏巧不巧就在今天回到『亙流城』，官進藤是第一個發現的，通報商會之餘沒忘記派人叫醒他。

這次霍子季回『亙流城』沒有太多文獻記載，只有〈艾草詩集〉中記下：

跟著勇士回堡的是希望

但不是眾人所希望的　希望

世界能在他們手上翻轉幻化

『行事』商會的人與霍子季還沒踏入中央市集，整個堡內已經沸騰了，所有人都知道『夜雲帝國』的議和書不代表和平。『行事』商會的人回堡覆命，霍子季等人則毫不停步的往『律事』堡前進，原因是今天的會議在那裡召開。霍子季滿臉倦容，更引人注意的是他身後的三個陌生人。

當時霍子季帶著三名術師離開咒術村，走出樹海時，果不其所然他騎來的褐色母馬早就不知道被誰放走了，要不是有『行事』商會的人接應，至少還要再一個月才能回到『亙流城』，而且還是步行。

「聽說霍團長去了趟『夜雲帝國』？」

「什麼『夜雲帝國』？他去古崙山！」

「古崙山？那是哪？」

「北邊的一座山啦，跟我們沒有生意上的往來。」

霍子季身後的三人不停左顧右盼，從來沒見過那麼大的場面或那麼多人，其中一名少女更是低著頭臉紅到耳根，一路走到往南方『律事』堡的路才安靜下來。『律事』堡掌管治安，因此最多穿盔戴甲的士兵駐守，氣氛也跟其他地方完全不同，堡內的百姓自然不敢跟過來。

「這麼多人，這麼大的房子，你們哪需要我們幫助阿？」三人中的少年說。「對了，我可以把我的頭髮恢復原狀了嗎？」

「最好是不要。」霍子季一邊走回過頭說。「用你們的話來說就是，我們沒有咒師，也沒有術師，全都是一般人。連一點咒術都沒看過的一般人。」

「我沒看過這麼繁華的地方，你們居然想得到用石頭來蓋房子，真是了不起。」中年男子露出讚嘆的表情看著『律事』堡，這裡跟山上實在差太多了。

「旁邊的水是你們自己引來的嗎？」少女看著兩旁的水道問。

「嗯，『亙流城』位處水脈之上，因此我們做了一些……嗯……佈置。」霍子季不知道該怎麼回答，這些在他過去四十多年的經驗裡是極其稀鬆平常的事情。

「真厲害，我沒見過這麼多石頭與水的地方。」少女左右看看，連腳下踩的地都是石磚，沒有一絲一毫『自然』的痕跡。「前面那座高房子就是你們說的『堡』嗎？」

「嗯，這裡有六座一模一樣的堡，這座叫『律事』堡。」霍子季暗地裡嘆口氣，如果在其他五堡就算了，運氣這麼差偏偏今天在『律事』堡，默商總主持的會議是出了名的麻煩。

「我覺得等一下跟你們首領見面時，我應該把頭髮恢復原狀。」少年打岔道，但霍子季已經不想理會這個話題，反而是少女瞪了他一眼。

「這裡是六個商會治理整個『亙流城』，各商會首領稱為『商總』。」

「六個人？六個人一起治理？」相較於另外兩人的少年心性，中年男子似乎對制度面比較感興趣。

「你們等一下就會知道了。」霍子季說完已經來到『律事』堡門口，請守衛向內通報，不料那名守衛從堡內出來卻說：「默商總有命，在這裡等其他商總以及艾脩。」

「在這裡？艾脩也要來？」霍子季回頭看看三名古崙山來的客人似乎沒感覺不自在，稍微放下心。「知道了。」

不久，『食事』、『器事』、『住事』三個商會依序來到，每一個商會都請守衛向裡通報，但都只能留在堡外等待；最後到的是『行事』商會以及『箭雨』傭兵團的年輕弓箭手艾脩。

「老大！看到你真是太好了！」艾脩人還沒到聲音先至，喜悅之情縱使相隔數十步也能感覺到。「這三位就是古崙山來的嗎？」他真正想問的是，司飛羽找這些人可以做什麼？看起來除了年紀最長揹著弓箭的那位以外，不就是一般人嗎？

「嗯，等一下再一起說。」霍子季看看了各商會成員都帶著好奇的目光往這裡看，不好先說什麼。而在意料之中的，跟著霍子季回來的三人自然是甦圮、沂與穹弓。

最後到場的是『陸浪』傭兵團的人，首領陸浪跟霍子季一樣年近中年，皮膚黝黑一頭長髮兩頰滿布麻子，瘦削的臉龐上兩塊顴骨高聳，遠看就像一具骷髏的臉，和霍子季略顯敦厚的形象有著強烈對比。有別於『箭雨』傭兵團的皮甲，陸浪身上的是獸皮混著灰布製成的衣服長褲乃至短靴，加上背後收在黑鞘裡的刀，更增添力量與野性的氣息。

這時『律事』堡門口兩名守衛後方突然出現『律事』堡軍統領平克剛，一身鐵甲只差沒戴頭盔，上唇刻意蓄鬍，剪得跟霍子季差不多的短髮，差別在於平克剛是捲髮，以及倒三角的冷漠眼神。在他後面的是黑衣黑裙的『律事』商總默蕊，她緩緩環顧了下四周，彷彿在一個一個確認人都到齊後才說：「那就在這裡進行會議吧。」代表『律事』的一男一女站在一起的畫面真是絕配。

「這裡？默商總知道這是大街上嗎？」『衣事』商總華千顏左右看看說，輕輕拍撫著身上的彩衣，似乎是怕灰塵沾染上。

『食事』商總勻洛水忙道：「華商總別急，默商總必定有安全上的考量。」

默蕊朝勻洛水輕輕點點頭，大概就表示謝意了吧。接著把視線移向甦圮等三人，問：「你們來自古崙山？」

甦圮、沂和穹弓互相看了一眼，甦圮率先開口說：「對，我們……」

突然霍子季的手肘推了推甦圮示意他不要多說。「默商總，我先說明一下這一趟往古崙山的過程吧。」

「嗯，請快一點，我還有別的安排。」默蕊的聲音毫無興趣或熱情。

霍子季簡潔扼要的把在古崙山遇到白歲寒的狀況，幾天前咒師已經隨白歲寒下山，沂的醫療方式以及三人想來幫忙的原因說明了一遍，暗自希望默蕊今天可以看在他剛長途跋涉回來的份上不要提出那個要求。那是讓所有向默蕊報告的人都會非常煩惱的要求，就連『陸浪』傭兵團團長陸浪都會受不了想拔刀砍人的要求。

但他失望了。

默蕊思考了一下，說：「請把剛剛的過程，扣掉跟白歲寒打架的那一段，再描述一遍。」

負責派人接應霍子季的『行事』商總行一帆忍不住說：「默商總，霍團長今天剛回堡，我認為可以讓他休息一下，先跟古崙山的三名客人了解一下可以幫我們什麼。」

「行商總，你認為白歲寒帶回去的三名咒師什麼時候會加入戰場？」默蕊轉過頭問，這句話不只是對行一帆說，也是對在場所有人說。

行一帆微微一愣，說：「古崙山距離『秋水』國境大約三天路程，就算用走的也要將近十天，也就是說現在已經在司飛羽軍中了。」當時所有人都不知道白歲寒與三名咒師先繞了一趟遠路回『夜雲帝國』皇城後才要過來，因此判斷上過於嚴謹。但所有人都抓到重點了，此刻是與時間的競賽，不容有絲毫鬆懈。

「現在不在議事廳，這個問題我認為不需要提議附議。」默蕊目光緩緩掃過每一個商總，確認大家的意見都一致後，定定的停留在霍子季身上。「霍團長，請繼續。」

『亙流城』中除了『律事』的軍隊外，還有長期雇用『箭雨』與『陸浪』一遠攻一近戰兩個傭兵團，因此在權責上霍子季不能拒絕默蕊的要求。霍子季正要開口時，突然發現『亙流城』所有的高階人員都在現場，也就是說這是一場攸關是否開戰的決定性會議。

霍子季仔細的按默蕊的要求重新述說一遍過程，最後停在古崙山的甦圮主動提出要跟霍子季來到『亙流城』。

「甦圮，你可以覆述一下你來這裡的原因嗎？」果不其所然默蕊提出與當時霍子季相同的疑問。

「我想看看更廣大的世界。」甦圮抬頭挺胸。

默蕊皺起眉，對這個問題極度不滿。「那你現在已經看到了，要回去了嗎？」

「還不夠。」甦圮儘管第一次看到這麼嚴肅的場合與毫不留情的質問，還是憑著年輕氣盛回答。「我要看到整個世界的樣貌，整塊神離大陸的！」

「如果只因為這樣，你去『夜雲帝國』也可以，不是嗎？」默蕊接著問，打從她知道咒師投向『夜雲帝國』，最擔心的事情就不是開戰的問題，當然過一會兒她將會完全改觀。

後頭的穹弓插嘴說：「這趟我們是私自下山，如果被咒師們發現就糟了……」

「我在問甦圮，等一下會接著問你，穹弓。」默蕊馬上搶回主導權，這期間目光完全沒離開甦圮的雙眼。

「同一個村，三人去『夜雲帝國』，三人來『亙流城』，你要如何證明你們沒有其他目的？」

「勾結什麼的你們就不用擔心了，我們真的是瞞著咒師們來的。」甦圮說的天真無邪，看在其他人眼裡卻更讓人擔憂。

默蕊雙眉幾乎倒豎，很想立刻把這三個人轟出『亙流城』，幸好這時候『住事』商總木三分先提問：

「你可以幫我們什麼？」

甦圮聽到這句話喜上眉梢，手一揮，一頭紅髮登時如火焰般燃燒起來，霍子季阻止不及。古崙山來的年輕人得意的說：「我可以讓碰到的東西燃燒起來，像這樣。」

「甦圮，慢著！」沂也看出不對喊了一聲，但反而造成更大的反應。現場響起密集的金屬吭噹的聲音，平克剛與陸浪同時手握兵刃準備拔出，附近四名『律事』堡的守衛快速逼近甦圮以防他出手攻擊。身處暴風中心的甦圮沒料到現場反應會這麼大，一時間竟完全傻在當場，連笑容都來不及收起來。

「大家都慢著。」穹弓迅速上前擋在甦圮面前。「甦圮不是有心的，請大家冷靜。」一旁的霍子季手捂著臉，已經說不出話來了，艾脩則是看得嘴巴微張，對自己日前提出的建議感到後悔，接下來只剩一個辦法。

「先讓他說完。」勻洛水略顯福態的形貌與地位自然有鎮定人心的力量，也或許是他對這件事起了濃厚的興趣。「如剛剛霍團長說的，這是咒術村術師的力量。但甦圮小兄弟，如今我們跟帝國開戰在即，你有可能會跟咒師對上，你要我們如何相信你們不會臨陣……脫逃？」勻洛水本來想說的是臨陣倒戈。

甦圮和沂同時看著穹弓，一副沒想過這個問題的模樣。霍子季見狀只能硬著頭皮說：「我到咒術村的時候，常理而論白歲寒應該認為我已經死了，因此會遇到甦圮純屬巧合。」『箭雨』團長講到這裡確認默蕊沒有要下逐客令的意思，便繼續說：「如果任由三名咒師加入『夜雲帝國』，那麼我願意在這三名術師身上賭一把，最起碼我們可以預先知道三名咒師的能力，以及司飛羽可能採取的戰術。」

「不然就讓甦圮他們先待在『箭雨』傭兵團裡吧，由我們來監管他們。」霍子季回過頭，陸浪也轉過頭，六大商會的人也一齊看向說話的人，艾脩。

「後生可畏。」『器事』商總谷人越一向跟傭兵團的關係不錯，這話倒是出自肺腑，只是不知道說的是甦圮還是艾脩。「這個方式，我贊成。」

「慢著，要附議的話進堡內再說，現在先處理更重要的事情。」默蕊向堡軍領袖平克剛使了眼色，霍子季看在眼裡不由得向神祈禱，希望不要搞砸，看起來默蕊是認真的。「甦玘，穹弓，請讓我們瞧瞧你們可以幫到什麼程度。沂只會醫療術的話就先算了。」

不出霍子季所料，所有商總都默認這個方式。或許原始，但總是很有效。

古崙山往『夜雲帝國』橫跨過無名平原後，白歲寒的路線明顯避開交通要道且沒有帶三名咒師留宿在任一座城內。原因其一是要避開情報組織的眼線，其二是他對這三名咒師身懷力量的直覺，如果沒處理好必定是一場可怕的災難。

『夜雲帝國』最著名的老將，生平大小戰役過百，他打過合理的戰爭，也打過不合理的戰爭，參加過跟『秋水』國的北城協商讓地，以及平定帝國內亂。過去從來、從來沒有一場如眼前情景這樣無聊透頂的情境，要不是政治考量，他根本不想接下這種宛如信差的工作。

「今晚才剛開始。」精瘦男子將樹枝堆好，右手兩指平平一放，樹枝就像自己生起火來。不管看幾次，白歲寒都懷疑名為火咒師的精瘦男子在罩衫裡藏有點火的器材。「十天了，白將軍想問我們什麼？」

「我就直接稱呼你們火咒師、水咒師與風咒師吧。」白歲寒略感意外，平常他不會特別跟古崙山的這三人搭話，今天他們卻自己開口，因此保險起見確認一下。三人點點頭表示同意，白歲寒接著說：「我想知道你們同意的原因，如果我沒猜錯，你們早就知道我在找你們。」

三人點點頭，什麼都沒說。

「那麼，你們是怎麼知道我找你們的目的？又是為什麼同意下山？」白歲寒問。這個問題就像是拋到空中的落葉，悄然無聲的降落。

最後是風咒師說：「我聽得到。」

「你聽得到？」白歲寒越聽越糊塗。「聽得到什麼？」

「你們的人跟另一邊的人，在樹林外對話，說會來找我們。」風咒師說，短短的描述就已經給了足夠的提示。但白歲寒沒有參與霍子季與司飛羽的那場和平條款會談，不明白風咒師在說什麼。

那天白歲寒將霍子季擊落山崖後，不一會兒就找到了咒術村，那時已經是晚上，讓他意外的不是村內亮晃晃的火光，而是有三個人就在村口等他。

「幸會，『夜雲帝國』的使者，事不宜遲，我們出發吧。」三人一般的黑色罩衫，身材較為精瘦的男子說。那句話順利完成了白歲寒的任務，同時開啟了接下來長達十五天的沉默與疑問。

而現在，白歲寒只能假定風咒師真的聽得到，基於某種無法理解的能力。「那原因呢？你們應該跟『夜雲帝國』或『亙流城』完全沒有交集才對，讓你們決定下山的原因是什麼？」白歲寒覺得自己應該已經問了兩次或三次了，都被這三人默默帶過，他這輩子從來沒有一個問題連續重複問三次過。

終於，水咒師可能體會到白歲寒的窘境，開口說：「我們在找一個人。」

白歲寒反常的沉默了下來，突然想起夜雲內亂的某個人，他很難判斷司飛羽跟眼前這三人哪一邊比較麻煩。想了想只得說：「我知道了，剩下的到皇城會見叢帝再說。我先說明一下到了皇城後的行程。」對於那個人司飛羽從來沒有透露什麼，但此刻白歲寒的心裡卻有了一個底。

「為什麼要先回皇城？而不是去戰場？」火咒師突然問，印象中他是首次發問。

「因為你們不在常備編制裡面，簡單說，你們不屬於帝國的軍隊，要先讓叢帝批准後才能加入軍隊。」白歲寒用字很小心，避免對方以為自己是物品或不受尊重。

「這個制度你認為合理？」火咒師接著問，表情並沒有透露出嫌惡或是刺探。白歲寒終於想到從見面起就不斷感受到的違和感是什麼了：咒師們就像石頭刻出來的人，他無法再更精準的描述，但就是跟一般人有一種本質上的不同，越是相處就越想起過去的傷痕。

「我認為不合理，但軍師的命令就是這樣，一國之將必須遵皇令行國命。」白歲寒也坦白說，但語氣中難免焦躁。

另一個原因是，按照以往司飛羽用兵的個性是從來不會特別回報皇城，北城之戰從協商改為侵攻以及要求割讓領土，或決定向『亙流城』遞出協商的和平條款都是專斷獨行。就這個標準與權力來看，古崙山的支援真的有需要特地回皇城稟報嗎？

三人又點點頭，可能懂了也可能聽不懂，或者根本不重要，白歲寒嘆口氣說：「那我就開始說到了皇城要做什麼。」

「快吧，我們的進度已經落後許多。」風咒師說。這句話的涵義一直到關鍵戰爭後，白歲寒都沒有想通裡頭的意思。

位處『亙流城』城內南方，『律事』堡特別增派兵力擋在中央市集往南的通道，以防一般民眾被波及或看到不該看的畫面；但其實根本沒人想靠近『律事』堡，會來這裡的只有罪犯與軍人，或前兩種最不想看到的，來告人的。

『律事』堡前的空地，六大商會加上『箭雨』、『陸浪』傭兵團的人以及堡軍一共兩百，堡內各單位領導人都在現場。所有人往南北方向分開讓出中間的區域，甦圮與一名全身鐵甲的年輕士兵站在場內，距離三步對峙著，雙方都沒有兵器。

「我先聲明，這只是單純比試。」默蕊強調，在開始前她已經強調三次了。「有人倒地就算結束，並不是爭輸贏，而是互相了解。」

「好。」甦圮頭上的火焰燒得更是狂熱，對面的士兵則是一臉戒備的看著他，畢竟從來沒看過有人頭上有一把火焰在燒。

轉眼間兩人迅速靠近，甦圮率先一拳揮出，士兵不敢大意往旁一讓，甦圮接著又是一拳，對手卻往後再退了兩步，如此一來一往雙方就像在跳舞，完全沒接觸到。甦圮忍不住說：「喂，你一直閃怎麼會有結……」

一句話還沒說完，年輕士兵飛快踏前兩步，一拳揮出正中甦圮右頰！全場登時哦了一聲，跟他們想像中完全不同的意外發展，就連年輕士兵也愣了一下，似乎完全沒想到會輕易打中對方。一槓血噴出，甦圮眼前金星亂冒還不忘說句：「我的神啊！我第一次被人這麼用力打，有夠痛的！」

沂皺了下眉和穹弓對看一眼，伸手入懷拿出一束草準備施術。

在場所有人不由得浮現一個共同的想法：「術師的本質也是人？」

反而那名士兵看到甦圮臉上那條自己造成的傑作感到放心，至少對方還是個人而不是神。於是他再度追擊一記右拳，火術師眼明手快，伸手在士兵的右手肘輕輕一按，士兵反射動作就要揮出左拳反擊，然而眼前卻火光一閃，右肘突然冒出火光！

「他的手肘，是鐵甲阿！」勻洛水忍不住叫出聲來，這一手憑空生火的技巧超乎常識，同時立刻翻轉了場上優劣。

士兵用力的摩擦鐵甲想把火撲滅，甦圮如一道飛火般展開追擊，士兵索性揮舞雙臂有如鐵棒大開大闔想逼退他。不料火術師靈活矮身在士兵腿部鐵甲一掃又是兩把火倏然升起，『住事』商總木三分與『器事』商總谷人越一直在等這把火想看破其中技巧，但卻看不出任何端倪，看起來沒有透過任何工具或手法。士兵反射性的想撲滅火勢，對方順勢在雙臂的鐵甲上燃起火頭，士兵霎時間感到雙臂奇燙無比，眼中登時映滿火光與恐懼，呼吸一窒，火術師的手掌已經抓在他的臉上。

那個瞬間所有人都知道，火術師只要一使力，那張年輕的臉下半輩子都毀了！突然有三個聲音竄入戰場：「住手！」

甦圮愕然，連忙把手放開後退幾步，士兵大口喘氣沒空看是什麼狀況，趕忙把手上腳上的火撲滅，但那股熱度卻揮之不去，逼迫他手忙腳亂的把鐵甲全部脫在地上。甦圮回頭一看，剛剛喝止他的人除了霍子季與陸浪外，第三個人竟是同村的穹弓！

「對不起，甦圮他久居山中，平常很少跟人爭鬥，下手不知輕重。」穹弓說。

「很少跟人爭鬥？我看身手不差阿。」今天會議的主角，『律事』商總默蕊的表情比平常還要冰冷，除了『衣事』商總華千顏外沒人知道默蕊此刻是一喜一憂。另一邊平克剛也在確認年輕士兵的狀況，意外的一點燒燙傷的痕跡也沒有。

甦圮也跟著賠禮說：「對……對不起，我……我下手不知輕重。」一時間不知道要說什麼只好複述穹弓的話。

平克剛仔細確認士兵無礙後，便轉過身說：「那換我來試試火術師的能力吧。」

「剛剛大家都看過甦圮的能力，接下來換我吧。」穹弓將隨身揹著的獵弓交給沂，接著把甦圮從往後拉，自己站前一步。

「也可以。」平克剛隨手把身上的鐵甲卸下，顯然是想跟對方空手較量。「按照霍團長描述，你的能力是跟『土』有關？」

「是的。」穹弓不疾不徐，身為現場三名術師中最年長的人，他的談吐與表現與甦圮完全是兩個層次。

「我同時是個獵人。」

「嗯。」平克剛脫下全身鐵甲，身上只穿著輕薄的短袖襯衣，稍微舒展了下筋骨後，站定身。「請！」

兩人就這麼一站，氣氛就完全跟剛才不一樣了，穹弓站得四平八穩，平克剛卻是如山凝嶽，一個沉氣，一個定心，卻又緊繃有如拉緊的弦。四目相交，同時大喝一聲，兩人拳來腳往打了起來，一旁陸浪差點忘記穹弓是土術師；穹弓的拳風直來直往毫不拖泥帶水，平克剛謹慎的化解攻勢，極少主動攻擊。

「這人真的是土術師嗎？怎麼光出手不施術啊？」華千顏忍不住跟妹妹華千虹低聲討論了起來。陸浪只覺雙手掌心出汗，恨不得親自下場跟穹弓對戰一場。一旁的沂手上握著紫色的藥草正準備幫甦圮療傷，不料他卻搖搖手示意不需要。

這時場中的平克剛開始反擊，場上拳腳相交的啪啪聲不絕於耳，穹弓開始左支右絀漸落下風只得改採守勢，平克剛的每一擊他都要拚盡全力才能閃躲或擋開，果然獵人與戰士在近身肉搏上仍有著決定性的差異。穹弓向後退第一步時六大商總都難掩興奮之情，在這樣硬碰硬的決鬥裡，退一步就可能毫無轉圜。

關鍵一擊來了！平克剛踏前一步兩拳一前一後分襲穹弓胸腹，土術師擋下當胸一拳卻避不過第二拳，頓時痛得彎下腰。沂與甦圮驚呼一聲，只見平克剛抬起一腳即將結束這場對決，避無可避之際來自古崙山的獵人微微一笑，矮身半跪在地。

默蕊突然發現有件事不對勁，平克剛的袖子原本有這麼短嗎？確實在打鬥過程中平克剛的袖子隨著破損漸漸變短，一開始不覺得有什麼，但此刻卻響起了警兆，正常的空手打鬥怎麼可能發生這種事？她想起剛剛年輕士兵被點燃的鐵甲，仔細一看，穹弓單手觸地，而地上不知何時竟出現一灘沙土！

想開口提醒時已來不及，隨著穹弓地上的手輕輕一抽，平克剛戲劇性的身形一晃連退兩步差點跌倒！這時場上其他人才注意到那灘憑空出現的沙土，平克剛的右腳正在上頭！場中突然響起拍手聲，一旁觀戰的陸浪說：「了不起！你是故意後退讓統領踏上去的，剛剛那一抽，厲害！連我都被你給騙了。」

「不，平統領剛剛那拳打得我差點吐出來，是我輸了。」穹弓手按著腹部仍然半跪著。

平克剛怎麼不知道剛剛自己差點仰天摔跤？土術師明顯是維護他的面子罷了，他輕輕拍落襯衣殘餘衣袖上的塵土，盡力克制想把衣服整件脫掉擺脫沙土的衝動；只要得知腳上踩的或身上沾黏的灰塵都有可能是陷阱，饒是打過與『秋水』一戰的他也忍不住心慌。「默商總，我想到這裡差不多確認完了。」

「接下來六大商會代表往會議室，其餘的人……」默蕊有如射線的目光掃向穹弓、甦圮與沂，最後停留在霍子季身上。「霍團長，他們交給你。」

一旁沉默許久的『行事』商總行一帆大嘆一口氣說：「終於！感謝神，可以進入正題了。」

甦圮左右看看，突然喜上眉梢。「這麼說，我可以留下來幫忙了！」

原本緩緩走入『律事』堡的默蕊突然回過頭，一道冰風隨著搖曳的裙襬凝結周遭空氣。「你想得，太美了！」

甦圮的笑容頓時僵住，頭上的火焰乍然止息。

百年後・第十章

咒術師在記載中留下一片空無的百年後，曾經是『夜雲帝國』、『亙流城』與『秋水』國三方爭鬥勝負，談判協商的洛月平原，如同長年被人們踩在腳下的大地，毫無憐憫與偏愛。她默默的看盡所有的忠誠與獨斷，祕密與難堪，卻又任由神離大陸的人們自行選擇遺忘或流傳；或者她也不在意那些真相從光明面被迫轉為黑暗面的那一刻，有多少人被一筆從歷史上掃除。

從文物館離開的那晚，司機老劉已經在車上等到睡著了，三人敲了好久的車窗才把他敲醒。老劉揉揉眼睛看了下時間，說：「我的神啊！這麼晚了，你們要不要乾脆在洛月市找一間旅館睡下吧？」

霍雨郎與蒙不語對看一眼都看到對方眼中的疲憊，反而虞皓祠說：「就這麼辦吧，明天我順便去一趟市長辦公室。」

霍雨郎聽到洛月市市長本來想說些什麼，但想了想只點頭說好。蒙不語則是拖著疲倦的語調問：「找完市長之後呢？接下來我們該往哪去？」

「明天再說吧，你至少還有本書可以看。」霍雨郎打了個呵欠。「明天虞小子回來我們再討論下一個目的地，今天光是蘇奇遠提供的資訊我們就處理不完了。」

四人就著深夜穿過有如田野鄉間的洛月平原來到洛月市中心，老劉熟門熟路的開著，可能是回到自己熟悉的地方，偶爾會穿插幾句話做導遊。對於平日生活只有歷史或考古的霍雨郎和蒙不語來說十分新鮮，只是他們實在太累，沒幾分鐘就只剩下老劉一個人在講，虞皓祠自然是完全不搭話。

「這裡就是我剛剛吃宵夜的市場，不過已經休市了。」老劉突然說，霍雨郎瞥眼看了下，只是一條路直通到底兩旁整齊的店面，現在只剩店門口的一盞盞路燈而已。

「接著會經過兩間專門給路過的旅客居住的飯店，但我建議再撐一下，不要住那裡。」老劉左右指指，被指到的飯店從外觀上看不出明顯的什麼，大概只有在地人才看得出什麼。

「你說了算。」霍雨郎平常都打著國家考古學家的名義報公帳住宿，完全不在意住哪。

老劉又往前開了一段路後右轉。「這裡比較靠近住宅區，但有些不錯的民宿，價格公道環境安靜，服務也不輸一般飯店。」

霍雨郎突然靈光一閃。「我以為我們有公款補助？」他透過後照鏡看向前座的虞皓祠。

「你們來得太臨時，我沒辦法事先申請。」虞皓祠調整頭上黑色鴨舌帽的角度。看來戴上黑色鴨舌帽代表的意義是等一下不用見重要人物。

「那你等一下睡官邸嗎？」蒙不語好奇問。

「當然不可能，這種時間就算是我也只會被擋在門外。」虞皓祠沒好氣的說。

「我以為你至少可以耍個官威什麼的。」霍雨郎說，觀察虞皓祠的反應有時候滿有趣的。

虞皓祠正要說些什麼——看起來不是什麼好話，老劉插口說：「另一個好處是，警察局也在附近，如果你們有危及生命的問題，這裡是很好的求助對象。」那是一棟佔地不小的兩層樓房屋，房屋中央有突起一座平頂塔樓，渾身漆黑只有在門口兩旁的延伸到左右的柱上有設計雕紋。

「蒙教授，你看這棟建築。」霍雨郎突然拍了下蒙不語的肩膀說。

老劉聞言稍微放慢車速，蒙不語只看一眼就知道那是什麼，也馬上就明白為什麼蘇奇遠會做出『戰後兩國反戰人民來此定居』的結論。

「這個建築是參考『互流城』各商會的城堡設計的，窗沿上的雕刻是風雲紋！」就著微弱的路燈，蒙不語仍是精準的看出重點，這些都是上學期教書的內容。

「老劉，旅店要到了嗎？」顯然虞皓祠毫不關心那些建築或紋路。

「再幾分鐘，等等訂兩間房？」

「嗯，一間單人房跟一間三人房。」

「好。」從老劉的語氣感覺他一點也不意外這樣訂房的方式。

「為什麼不乾脆一間四人房？」蒙不語問。

「我習慣一個人住，明天早上我去官邸才不會吵醒你們。」虞皓祠稍微把鴨舌帽拉低，讓自己的表情不要呈現在後照鏡上。「而且比較好拆帳，我那間單人房我自己出錢。」

「那老劉呢？虞小子你不會要跟我說帳掛在我的事務所吧？」

「那當然，我出借一輛轎車加一位司機給霍老兒的事務所，你不會以為這是免費服務吧？」虞皓祠說得理所當然明明只是個大學生模樣，想不到還挺會算的。

「嗯，好！這話挺有道理。」霍雨郎啞然失笑，也只能答應。

老劉偷眼透過後照鏡看霍雨郎的表情，絲毫沒有不滿的模樣，心下也不禁佩服。

四人終於來到民宿，確實跟老劉說的一樣，除了外觀比較像豪華公寓外，設備與服務一應俱全，但其實這種時候就算缺了什麼他們大概也不會發現，因為等老劉停好車走入房間時，蒙不語和霍雨郎已經在各自的單人床上鼾聲大作；他原本想去關心一下虞皓祠，但想了想還是讓年輕人自己獨處比較好，反正接下來可能還會相處個幾天。

隔天中午時分霍雨郎和蒙不語才起床，老劉已經穿好襯衫不知道醒來多久了，兩人簡單打理一下準備離開民宿，去市長官邸接虞皓祠——他居然真的一大早就去市長官邸，著實令霍雨郎訝異。

「近看你也不老嘛，這名字誰取的？」三人走進電梯時蒙不語突然跟老劉搭起話。

「虞皓祠取的，我接送他很多年了，年紀又比他大一些，他就這樣稱呼我。」

「你性劉？」霍雨郎突然問。

「可惜我不姓劉。」老劉哈哈一笑。

「這小子取外號的方式真夠隨便。」霍雨郎嘆口氣，結束這段短暫的對話。

在老劉去取車的空檔，霍雨郎在旅店門口彎下身綁鞋帶，蒙不語這才發現考古學家的鞋子竟然是有鞋帶的。

「我以為這年頭的考古學家都穿沒鞋帶的鞋子了，而且還是皮鞋，這樣作業時不會不方便嗎？」

「連襯衫都穿了，哪還有方不方便的問題，整天在遺跡裡面爬進爬出是電視給你們的錯誤印象，現實中哪那麼多地方給你挖？」霍雨郎低著頭仔細的綁著鞋帶，左腳綁完換綁右腳，仔細的程度跟虞皓祠整理自己的頭髮髮梢有拚。

「說起來，你還沒說你的私人團隊現在在哪作業？」蒙不語突然想起這件事，昨晚簽約後就馬不停蹄的一路跑到這裡，都沒機會問。

霍雨郎維持著綁鞋帶的姿勢，頭也不抬的說：「我怎麼知道？那裡可以挖到什麼就往哪去了吧。」

也太沒有規劃了吧？蒙不語心想。原本以為國家級考古學家應該是滿滿的計劃表，或隨身攜帶考古工具，不料才一個早上這些觀念就通通不適用了。

不一會兒老劉的黑色轎車緩緩駛到面前，霍雨郎才站起身跟蒙不語上車，往市長辦公室前進。

透過大白天的陽光蒙不語飽覽整個洛月市的全貌，如果跟秋水市做比較，差異在於秋水市的都市化程度非常高，一棟接一棟的高樓大廈與高架橋，洛月市則是以平房為主沒有高架化的道路，一望無際的視野可以輕易的看到遠方群山的陰影。時不時可以看到三三兩兩的老年人或年輕人聚在陽台聊天或嬉鬧，這些都是秋水市難得一見的景色，不管背景是郊區的田園風光或者市中心密集規劃的建築物。

「奇怪，洛月市也算是交通要道，怎麼還能保持這種感覺？」蒙不語過往他的活動範圍都在秋水市，尤其七年前發下豪語要翻案後幾乎就沒再去過其他都市。

「這裡主要是靠地下鐵路當交通工具。」老劉在前座回答，一邊注意路況。「正好，右手邊那個就是一個地下鐵出口。」

「地下鐵路？難怪路上的車子那麼少。」蒙不語看著那個突出地面的三角形物體，原本覺得市中心跟郊區的差別只在房屋密集度與農業商業的區別而已，想不到連交通也大不相同。

「用近代史的說法，地下鐵是從『亙流城』通往『夜雲帝國』皇城，這裡算是亙雲地下鐵路後端。不過地下鐵還沒開到『秋水』國，所以發展的方向不同。從另一個方面來說，洛月市算是純樸的市中心，秋水市則是繁榮的郊區。」霍雨郎分析說。

「當初選擇來這裡建立城鎮的人，真了不起。」蒙不語無限嚮往，沒有歷史學家能抗拒一段文化的演進過程，如果有任何證明那批人身分的文獻留下就好了。他相信『亙流城』的記錄一定會有蛛絲馬跡，但想到要讀完那滿坑滿谷的書就覺得異常頭痛。

「蘇奇遠給你的那本書，還有其他線索嗎？」霍雨郎會這麼問是因為早上有看到蒙不語在翻看那本『互流城』會議記錄，說是說翻，但其實說猛盯著看比較適合。

「中間感覺有漏掉一段事情，這次的表決內容是基於某件事的結論，但找不到源頭的提議資料，前面那段冗長的無效提議我看得頭都昏了。」蒙不語翻開前幾頁，光要找到早上看到的段落就花了點時間。「一開始還滿順利的，『律事』商總默蕊提議艾脩的提案其他商會都表示贊成，接著討論起『箭雨』是否要上戰場等等也算順利，但回到『夜雲帝國』的議題上，這些人又開始分歧了，真受不了。」

霍雨郎大概看了下，接下來是『衣事』商總華千顏再次提議經商優先權，這次只有『住事』商總木三分贊成，提議無效。『行事』商總行一帆提出無論戰或和都先強化軍備，其他商會都表示贊成，後面還有一大堆有效提議跟無效提議。看到這裡忍不住說：「嗯，這你比較行，我看不下去了。」

蒙不語嘆口氣慢慢往下翻，這時老劉突然說：「到了，在這邊等吧。」

「這邊？」霍雨郎往窗外一看，並不是預期中的洛月市市長辦公處或官邸停車場，如果印象沒錯的話至少還有幾百公尺的距離。「虞小子是怕被媒體採訪嗎？還是他喜歡走路？」

「每次我載他過來都只到這裡。」老劉並沒有回答霍雨郎的問題。「這一次只是順路拜訪，應該不會太久。」

這一次拜訪？霍雨郎留上了神，這好像不是回家跟父親聊天的說法。

「老劉你是洛月市人嗎？」霍雨郎問。

「是，土生土長的。」

「那這裡最早最早之前是什麼光景你有聽過嗎？」

「沒有，我出生的時候就已經差不多是這樣了，只差在地下鐵路還沒蓋起來罷了。」老劉不由得看向幾條街外的地下鐵入口，據說就連洛月市長也是搭地下鐵上下班。「說起來我也是近代史學系畢業的，但畢業後並沒有走上相關的路。」

「在神離大陸上，你不是走學術就只能去考古。」霍雨郎客觀的說明事實。「那是應徵虞小子的司機才變老劉的？」

「應該說，我原本應徵的是市長辦公室的文書職，可惜沒入選，碰巧遇到虞皓祠聊了幾句，過沒幾天就被特別推薦當私人司機。」老劉的視線筆直的看往前方。「我那年剛畢業，家裡需要一份穩定的收入，差點沒逼死我。後來就一路當司機當到現在。」

「你認識他多久啦？」霍雨郎刻意把問題導向虞皓祠身上。

「七年有了吧，從他上國中開始。」

「不可思議，國中開始就有司機載去上學，這樣說來市長應該滿在意他的吧。」霍雨郎本來想再接著問下去，但不確定哪時候虞皓祠會回來只得暫時截斷，看看旁邊的蒙不語還在努力鑽研會議記錄，食指下意識的在車門內側的扶手上輕敲。

沒多久虞皓祠就回來了，頭上戴著壓低的黑色鴨舌帽，拉開車門碰的一聲用力坐到車內，問：「有下一個目的地的線索了嗎？」

老劉看虞皓祠的樣子就知道發生了什麼事，盡量不做任何的大動作以免刺激到他。

後座的蒙不語和霍雨郎互看一眼同時回答。

「沒有。」「有。」結果仍是不同的答案。

「霍老兒你還有線索？」虞皓祠轉過頭，顯然對這個答案出乎意料。

霍雨郎停止敲擊『指』步說：「我的私人團隊日前在秋水市東北方有些發現，我們去看看結果。」你稍早不是說不知道他們跑去哪了嗎？蒙不語心頭閃過這個疑問，但馬上又被書上繁雜交錯的內容搞的分不了神。

「秋……秋水市東北方？你認真的嗎？」虞皓祠整個人從座椅上彈起來。「我們從秋水市大老遠跑來洛月市，現在要走回頭路穿過整個秋水市到另一頭？」

「對，或者我們可以考慮走夜雲市過去，如果你這麼在意走回頭路的話。」霍雨郎絲毫不給轉圜餘地。

「蒙教授要找的真相，跟你要找舊『秋水』國敗於『亙流城』的真相，從舊『秋水』國著手才是最有效益的吧？或者你手上有更可靠的線索？」

「沒有！既然定下了就出發吧。」虞皓祠忿忿然倒回座椅上，不知道在氣什麼。老劉跟霍雨郎對看一眼，不置可否，蒙不語則是低下頭繼續看『亙流城』的會議記錄。

黑色轎車緩緩轉回頭，在正午的陽光下朝大陸的另一頭前進。

一路上車上的四人各自想各自的事情，後來反而是蒙不語率先開口發表研究的片段結果。

「最後『亙流城』決定派堡軍與傭兵團隨默蕊去見司飛羽，免得對方當場開戰失去先機，但他們的目標是把戰場轉移到亙流谷外，不讓『夜雲帝國』的軍隊逼近城外。等一下，亙流谷是指什麼？」

虞皓祠完全不搭理教授的提問，霍雨郎想了想說：「洛月市西南方可以通到『高台風景區』。那裡有一處天然高台，好幾公尺高，高台附近的地形就像被人工處理過的山丘凹地，坑坑巴巴的，有地質學家指出那裡曾經短暫出現過河流，但沒有獲得證實。」

「我聽過那個地方，不過那就是亙流谷？我以為應該是更…壯闊的地方。」蒙不語推了下滑下鼻樑的黑框眼鏡，想起十幾年前的國中地理課本上看過照片。

「那裡就像被巨人踩過一腳，高台周圍整個凹陷下去，好幾十年前被規劃成風景區，不過現在已經沒人要去那個地方觀光了。據說『夜雲帝國』有在那裡跟『亙流城』交鋒過，只是那裡根本不是正常行軍路線會經過的地方。」

老劉突然說：「『高台風景區』北邊還有另一個較大的谷口，底下的道路也可以通到『亙流城』，那應該才是古代的亙流谷。」虞皓祠瞥一眼老劉，什麼都沒說。

「確實也有可能，那個地方我的團隊沒有去過，但應該就是那兩處之一。」霍雨郎抬頭看向後視鏡，正好和老劉的目光接觸到。一個司機和一個考古學家討論一個地理的問題，多有趣的狀況。

一旁的蒙不語早已經離開亙流谷的話題，他的思路完全被會議記錄的結論給牢牢勾住。「『亙流城』最後決議停在以『律事』商總默蕊代表，回覆司飛羽無法答應條件。看來他們評估過所有提案後只能選擇開戰，但這才是司飛羽要的答案．於是開啟了關鍵戰爭的序幕。」

隨著蒙不語的話音消失在空氣中，四人又回到自己的想像中，只剩下車子行進間的單調轟隆聲。

回到秋水市中心太陽都下山了，虞皓祠提議今天在秋水市過夜，明天再繼續前往目的地，霍雨郎估量了下路程認為合理。「我睡事務所，你們呢？」這裡的你們指的自然是不包含虞皓祠在內的另外兩個人，虞皓祠在秋水市本來就有住處。

「我的神啊，希望接下來不要再坐那麼久的車了，我全身都快石化了。」蒙不語用力拉直身體，本來想在霍雨郎的事務所找個地方睡，但轉念一想決定回自己家裡去找一些資料，反而老劉決定去事務所過夜，隔天早上一起出發，省得還要跑多個地方載人。

四人商議定後各自回到過夜的地方，未來的走向就是從這一天起急轉直下，走到一個無人能掌控全局的場面。

當晚，虞皓祠回到自己的宿舍裡，孑然一身，關上門滿胸的憤怒突然爆發出來，碰的一拳捶在旁邊的牆上，書櫃與衣櫃同時震動了一下。

「阿阿阿！可惡、可惡！就因為我的出身嗎？虞濤你這個渾蛋！」虞皓祠衝到床邊的雜誌架，把上頭的雜誌包含蘇奇遠與蒙不語對看的那本，一本一本全往牆上摔，伴隨著碰碰碰碰四響，繼續罵著：「就、因為、我的、出身嗎！」

虞皓祠再度把臉埋在被子裡大聲喊叫。「我這輩子，這輩子一定要挖出『秋水』國的所有歷史，一定！我要證明妳留給我的是真實的，是事實，沒人能反駁的事實！我非要虞濤承認這件事不可！」

「你的出身，是舊『秋水』國流落『夜雲帝國』的貴族。」一個聲音說。

「對，沒錯，我是貴族，但我需要證明，這就是整件事矛盾的起點。」

「但歷史上沒有記載他，一點痕跡都沒有，沒有人知道他。」聲音又說。

「對，我必須找出他是誰，我需要方向，線索，什麼都好。」

「只要找出他，虞濤就會認同你，因為市長不會拒絕貴族之後。」聲音說。

「沒錯，沒錯！母親妳等我，我一定會拿到證據，這樣妳就會回來了，對吧？」

沉默。

最後的吶喊聲斷句在這個地方，才二十幾歲，想知道的與真正要知道的全埋沒在這底下。

隔天一大早，秋水市還沒被暑假的太陽給蒸熟，過去幾年一般大學教授與大學生都趁這個假期開頭睡到飽或安排出遊，印象所及從未聽過如此充實的行程。四人像要去上會點名的第一堂課那樣在虞皓祠宿舍集合，或該說是三個中年人在車內吹冷氣等一個大學生起床後準備出發。

虞皓祠換下前兩天正經的襯衫西裝褲，改穿一件淡黃色休閒服與牛仔褲，唯一沒換的只有頭上黑色的鴨舌帽。不知道是不是蒙不語錯覺，虞皓祠好像幾天沒睡好似的，黑眼圈全畫在眼睛下方，前兩天還沒這麼明顯。

「我還以為這棟破房子就是我人生的最後一段風景！」好不容易等到虞皓祠走下樓，霍雨郎差點抓狂捏碎車門把手，那時距離原本的約定時間已經超過半小時，。

虞皓祠走到前座門旁卻不上車，回頭敲敲霍雨郎那邊的車窗大聲問：「那裡有什麼線索？」

霍雨郎把車窗降下來，頓了一下才說：「去了才知道。」

這幾天的相處下來，蒙不語輕易地發現剛剛霍雨郎一定知道了什麼，但正在猶豫是否要現在說，是有顧慮嗎？或只是未經證實抱持謹慎態度？但比起這個他更擔心的是虞皓祠剛剛猛然睜開的眼神，像要去赴死般的重大決心全映在裡頭，那身輕鬆的休閒服背後像獨自背負了什麼。

虞皓祠想了想，似乎正在掂量自己對刻意隱瞞的忍受程度，最後還是打開車門坐進副駕駛座。「出發吧。」

一路往東北方前進，陽光直射的感覺非常糟糕，除了蒙不語一直低頭研究會議記錄所以無感外，其他三人都想辦法找遮蔽物，開著黑色轎車的老劉戴起墨鏡來像黑社會似的嚴肅。整個車程由霍雨郎指揮行進的方向，不到三小時就宣布抵達目的地。虞皓祠原本以為會到一個挖掘現場，不料卻是一座公園，四周圍甚至還有老人、小孩與寵物在散步！沒人注意到他臉色發青的瞪著一隻白色的瑪爾濟斯。

老劉從車內往外看，從外圍參天的大片樹林認出這裡是東秋水公園，平常因為工作關係沒來過這裡。原來秋水市有規劃在東北西南兩側的郊區蓋兩座公園綠地，但後來秋水市跟亙流城談地下鐵路佈線，因此西南那塊地優先做地下鐵的前置作業，東秋水公園就成了秋水市唯一的公園。跨過公園往北走不到一小時就是南夜雲市，地理位置的關係也成了兩市居民悠晃的場所。

「霍老兒，可以請你解釋一下嗎？」若不是必須仰賴霍雨郎，虞皓祠早就氣到一拳揮過去！「今天是郊遊踏青的行程嗎？」

「虞小子別急，老劉先停在旁邊吧。」霍雨郎等車停好後下車，大概辨認一下方位後沿著公園外圍走。蒙不語和虞皓祠只得快步跟上，三人沿著人行道轉了個彎眼前突然出現一群人，大約七八位清一色的男人，服裝都跟霍雨郎一樣黑襯衫牛仔褲，站在一起很像某種組織。

「老闆！」那群人為首的是一位平常看起來就把健身當興趣的壯漢，看起來年紀比霍雨郎小了好幾十歲，黝黑的皮膚與平頭非常顯眼，聲音渾厚有力。「前兩天無意間發現的。」

「把探測器帶來公園玩，真有你們的！你們難道沒正事可做了嗎？」霍雨郎說完回過頭對蒙不語和虞皓祠說：「這是我私人的考古團隊，平常主要是機動性的考察除了『夜雲帝國』與『亙流城』以外的歷史線索。」

「你們好，我是秋水大學近代史副教授蒙不語，旁邊這是……」

「我是虞皓祠，洛月市市長的兒子。」虞皓祠沒有要讓蒙不語代為介紹的意思。

「哦，你就是虞市長的兒子。」健美先生說，後頭的人交頭接耳起來。

「這位是我表弟，叫古嶽。」霍雨郎介紹完馬上就接著說：「帶路吧！」

虞皓祠忍不住問：「去哪？散步嗎？還是遛狗？」說完自己忍不住笑了兩聲。

古嶽與霍雨郎對看一眼說：「這裡不好說明，我們邊走邊說。」

一群穿著黑襯衫牛仔褲的人走在公園外圍引來附近所有人的側目，蒙不語暗自希望旁人不要誤以為他跟虞皓祠正被黑道押送往某處而熱心報警。

「前些日子我們去借了一台地層探測器，本來想體驗一下科技感，你們應該知道我們從來不靠這些儀器的吧？」古嶽就如同剛剛說的開始邊走邊說。

秋水大學這對師生對看一眼，一齊搖搖頭，顯然不清楚這些考古工具。古嶽做了個誇張的笑容垮掉的表情問霍雨郎說：「你還沒跟他們講？」

「走得匆忙，沒空說。」霍雨郎搖搖頭。「我們剛從洛月市的歷史文物館回來。」

「這樣就有點麻煩了，我要從哪開始講起？」古嶽搔搔頭，似乎真的陷入苦惱當中。

「等等，讓我先問，你們到底發現了什麼？我從今天早上開始就被拉著跑，警告你們喔，人的耐心是有限度的！」虞皓祠根本不想聽過程，只想趕快聽到結果，尤其是到底跟他追尋的目標有沒有關係，不料古嶽那群人仍是一副有聽沒有到的樣子聊自己的。

「這你也還沒跟他們講？」古嶽問霍雨郎，後者再次搖搖頭說：「走得匆忙，沒空說。」

「真的有這麼匆忙嗎？好吧，我來說明。我們透過地層探測器發現這個東秋水公園底下的地層有混亂的痕跡。」古嶽帶著他們走到公園北入口，進去後有一塊半圓形的紅磚地，面前是整個公園的導覽圖。「差不多從這裡開始涵蓋半片公園，都有地層混亂。」

「等等，地層混亂是什麼東西？」虞皓祠第一次聽到這個名詞。

「地層混亂……嗯……我想想該怎麼解釋。」古嶽再次搔搔頭，看虞皓祠的年紀怕講得太艱深反而更不懂。

「地層是指我們腳踏的土地下其實是一層一層軟硬度或孔隙不同的岩層所組成，概念就像是把粗細不一的石塊與泥沙丟到水裡，越細的會沉到越底下，越粗的會留在上方，形成多個層次。」蒙不語說完，所有人都轉頭看著他。

「不好意思，蒙教授你剛剛說你教什麼？」古嶽忍不住問。

「近代史。那麼古先生你有地層混亂的地層剖析圖嗎？」

「近代史，你沒騙我吧？那段話根本是地理課本上抄下來的。來，這裡。」古嶽從另一個團隊成員手中拿出幾張圖片。「這是這裡的地層分布，我們用前面那張導覽圖來比對你們就知道了。」

所有人呈半圓圍在公園導覽圖前，古嶽絲毫沒有低調的意思，馬上指揮其他團員用透明膠帶把照片黏在導覽圖周圍，再用紅線標示地層剖析圖對應位置。古嶽先指向公園西北側的剖析圖照片說：「依照導覽圖來看，西北側有一座天然的緩坡，你們看剖析圖，套句剛剛教授說的，底下的地層不管粗或細都會有類似的地形，只是越往下弧度就會平緩。」他們後方的入口處有幾名想來公園散步的家庭看到這群黑衣人聚集在門口，馬上不太自然的轉過頭往其他入口前進。

蒙不語和虞皓祠努力的盯著那張黑白照片上的黑白灰色粗細不一的線條，蒙不語畢竟專攻近代史，對於地層的概念停留在課本上彩色的工整示意圖，不要說弧度彎曲或平緩了，光是要看出哪幾條線是同一個地層就快眼花了。

後頭的霍雨郎則是輕輕嗯了一聲，目光緊盯著紅色線條指向東秋水公園西側與中央的照片。

古嶽接著往導覽圖東北方的對稱點一指，繼續說：「而這個緩坡則是秋水市人工堆起來的，並不是天然形成的，你們可以比對一下。」

蒙不語左右看看，勉強可以看出西北方的剖析圖上，黑白色線條有勉強跟著表面地形的起伏在走，就像二十幾年前的美術課他要畫多條線時，第一條畫在最上面起伏最明顯，第二條第三條開始懶得畫於是越畫越隨便的感覺；然而東北方的剖析圖卻只有最上層的灰色線條有地形起伏，底下的所有線條都是平緩的。

虞皓祠則是端詳一會兒後決定用問的：「所以你要說的是百年前有人在這座公園堆沙堡？」這個問句其實有包含一點諷刺的口吻，大學生背後有兩個團隊成員臉上笑容忽然消失，但霍雨郎的表弟絲毫未覺，這份樂觀不管是考古學家或黑社會都是很了不起的態度。

「不只是堆沙堡這麼簡單，我認為最清楚的是西側與中央的這幾張圖，你們看得出差異嗎？」古嶽就像是設計好謎題的作者在等人破解，也不管對方有沒有興趣。

蒙不語把黑框眼鏡脫下稍微揉揉眼睛，接著又戴上仔細解謎。虞皓祠卻是用鼻孔重噴一口氣，沒耐心的躁動表露無遺，但當他看了一眼中央那張剖析圖，雙眼登時被吸引住無法移開。這張圖中最上層看起來毫無疑問是一座山丘，也是現在東秋水公園最高的地方，但山丘兩旁的下方卻彷彿地底深處突起一把白色鑽頭，從下而上幾乎刺出地面！

「這是……他們埋了什麼東西在這裡嗎？」虞皓祠說，蒙不語嚇得眼鏡差點滑落，這句話是從期末考前跟虞皓祠同行以來，這位大學生講過最接近學術性的一句話。

「不，正好相反。」霍雨郎雙手手指放在鑽頭左右細細比對。「原本應該沒有這兩塊白色三角椎，兩側地層雖然經過這麼多年邊緣的粗細有點不等，但當初應該是連在一起的。」

被考古學家一提醒，蒙不語忽然醒悟過來。「有某種力量硬生生的把整塊地層抽起拔高變成現在這個樣子。公園西側這張則是凹陷的地形，但是有幾層的線條中斷了。」

「如果是人工挖的應該也有一樣效果吧？」虞皓祠輕輕的在照片上沿著地表凹陷處畫了一個下弧。

「不一樣，人工挖的地層斷裂處線條應該是靠近地表空隙最大。」霍雨郎用一隻手指蓋住東北那張人造山丘剖析圖靠近地表處。「像這樣，底下的地層不受影響，上方的地層斷裂。但西側那張則是完全相反，是連同地層一起下陷。」

古嶽跟著提出另一個問題：「但你們看剖析圖中間的部分，地層的連接線是連續的，因此問題是在這樣的壓力下，多出來的土壤跑哪去了。」他說完馬上指向中央那張圖的兩個白色角椎，用力敲了兩下。

「移山換嶽？怎麼可能？又不是魔法！」蒙不語驚呼一聲，他這七年來在找的答案可能就在眼前，但真的看到反而無法相信。

「所以百年前有這樣的……科技嗎？」虞皓祠喃喃說。「不可能啊，就連現代都難以靠科技達到這樣的效果，光是能預測地震就可以申請經費補助了，哪有可能改造地層。」

「地殼變動有可能造成斷層，但這樣小範圍的我還沒見過，斷得太工整了。」霍雨郎伸指在中央的剖析圖旁輕輕敲著導覽圖示板。這時他和古嶽兩人一左一右各指著一個白色三角椎，具有某種不知名的說服力。

「百年前包含『秋水』國在內，諸國面對的『夜雲帝國』竟擁有這樣的力量嗎？」蒙不語大嘆一聲，那幾乎是神的力量了。

一旁的霍雨郎突然眼睛一亮，拍了下蒙不語的肩膀，對古嶽說：「對，『夜雲帝國』！古嶽你帶著探測儀到『夜雲』國與『秋水』國接壤的地方，應該在洛月平原北方某處，或許還有一個可以探測的地方！」說完旋即陷入苦思，剛剛閃過腦中的靈感是最近有討論過的，但偏偏緊要關頭連結不起來。

「洛月平原北方？哪裡啊？況且我們跟洛月市政府沒有任何交集……」古嶽說著說著看到虞皓祠突然露出恍然大悟的表情。「對了，有小兄弟在應該沒問題，但那裡是大陸工業重鎮，沒辦法像這裡可以隨意進出。或者我可以先從外圍……」

「不需要從外圍。」蒙不語突然從懷中拿出一張小型地圖，上頭是近代史課本上會放的，百年前的神離大陸各國分布圖影本。「你們鎖定這個位置，有人知道現在這裡是什麼嗎？」

霍雨郎和古嶽低聲討論了下，那裡距離當初他們發現『亙流城』的會議記錄儲藏室有幾十公里遠，他們沒去過，於是回過頭與各個團員討論起來。

「北城？」突然一個聲音劃破嘈雜的氣氛，所有人抬起頭，差點認不出來說話的人就是虞皓祠這個年輕人！「那是北城鎮，我幾年前曾經去過那裡。」頓了一下又說：「我爸送我去那裡讀國中。」

蒙不語和古嶽等人還楞著時，霍雨郎火速分配任務：「古嶽你再去借一台探測儀，去北城鎮看看。」

「是的，老闆！」古嶽馬上派一個團員去開車過來，突然又回頭問：「那我們手上這台探測儀呢？你要用？」

「對，我要用。你們打著、用我的…管他的，用任何名義去跟駐留夜雲市的團隊再借一台，就說我要用的。」霍雨郎想說的話太多，難得說話打結。

「好，結果怎樣我再留訊……再告訴你。」古嶽趕忙又叫了幾個團員幫忙把導覽圖上的膠帶、紅線與照片拆下來。「那你們呢？」

「我們接著去這裡。」回答古嶽的卻不是霍雨郎，秋水大學副教授的指尖停在北城村與東秋水公園中心點偏左的位置。「關鍵戰爭前『夜雲帝國』著名的戰役有三場，十二年前的北城夜襲戰，八年前的夜雲內亂，以及這兩場戰役之間的東南諸國侵攻戰。現在離我們最近的地點是夜雲內亂，也就是這裡。」

「好，我們也出發吧！」虞皓祠一改稍早的死氣沉沉，突然興致昂揚起來，自顧自的回過頭往老劉的車走去。

霍雨郎看著虞皓祠的背影，從公事包裡拿出一份文件給古嶽。「如果洛月市市長有意見，就把這份虞皓祠簽名的合約書給他們看。」接著又補了一句：「希望它有用。」

「我也希望。」古嶽看了一眼虞皓祠的背影，心裡其實沒什麼信心。

那天下午，霍雨郎的考古團隊分成兩條線進行搜索，蒙不語卻想著放在車上的那本，蘇奇遠教授借他的會議記錄。如果『夜雲帝國』真的擁有如此可怕的力量，『亙流城』的會議上一定有一個地方埋有線索，不可能什麼都沒寫到；反過來說，為什麼『夜雲帝國』也沒有任何文獻留下？最差的狀況是，他們有什麼原因不能留下記錄。

拜託不要！蒙不語一邊小跑步一邊跟不知名的神祈禱，他才剛看到七年霧霾透出一絲陽光，總不會接下來是梅雨季吧？

百年前・第十一章

霍子季回到『亙流城』的當晚，距離正式回覆只剩下半個月。氣溫微冷，『月下飛羽』在舊『秋水』國西南邊境的營地再度夢到那場後世稱之為夜雲內亂的重大事件，幾乎讓整個帝國軍葬身邊境。

八年前的那個晚上，司飛羽和第四人走下山丘回到主營東方數里，與白歲寒率領的軍隊順利會合，壞消息是主營暫時被對方佔領，伍藜前去查探敵軍數量尚未歸來，他們只得率領部分餘軍沉著氣等待伍藜回來。

幸好伍藜沒有讓眾人等太久，不到一個時辰就載著月色與幾支分隊回來稟報叛軍狀況。「叛軍聚集在主營南側，我聽到他們討論破曉時分立刻前往『秋水』邊境。」

「這時機點不錯，趁我們不在營內，一夜之間削去我方三成兵力，此消彼長下難以進攻。」司飛羽儘管處在劣勢仍然一如既往的沉著，北城那場戰如此，這場也差不多。「距離天亮剩不到兩個時辰，我們只能選擇凝聚四散的兵力或者在劣勢中展開奇襲，但敵人也有所準備，厲害。」

「是貴族的軍隊嗎？」第四人問，跟著司飛羽征戰多年，就連身為外人的他也知道司飛羽和朝中貴族之間的矛盾。

「四年前北城之戰後，貴族還在重新養兵，這次是四年來東南諸國的降兵，應是想藉由『秋水』復國。」伍藜分析說。

「可惜他們偏偏選在夜晚發動叛變。」『月下飛羽』看看天空，滿月的夜晚大地蒙光。「夜裡，是我的天下，他們該不會以為這樣就能困住我們？」

「保險起見，要派人向叢帝調兵嗎？」第四人蒼老的聲音迴盪在風中有種淒涼感。

「我們靠著自己走到今天，接下來也會繼續走進『秋水』國，早晚，我會回頭整頓朝內。」司飛羽發現白歲寒剛剛好像想說什麼。「白將軍，你有話要說？」

「軍師，請放叛軍一條生路。」身為現今『夜雲帝國』名氣最大的將領，白將軍罕見的半跪屈身。

「白將軍，你怎麼……」第四人和白歲寒共赴戰場多年，這一驚非同小可。

「白將軍，起來吧，你也知道我不會答應的。」司飛羽的臉上露出冷冽的笑容。「為了『夜雲帝國』的未來，一定要殲滅叛軍！」

白歲寒長嘆一口氣站起身，把腳上的鐵靴卸下隨手往後一拋。「既然如此，我願為夜襲先鋒。」後來那雙鐵靴再也沒穿上，接下來的八年間直到『秋水』國滅亡，他赤著腳踏遍每一寸土地，為的是紀念這晚死去的叛軍。

「很好！」司飛羽側耳傾聽一會兒，風聲捎來布陣的訊息。「這群部隊作為後援，我們三人先潛入主營西側中央擾亂敵軍。伍藜，等我們的信號。」接著對第四人說：「等等就看你的了。」第四人在月光下露出自信的笑容。

「是，軍師！」伍藜朝反方向朝待命的部隊下達指令，目送軍師、白將軍與第四人的背影漸漸消失在黑暗中，才咬著牙下令。「全軍聽令，換兵器！」

第四人的心裡是否曾閃過一絲不安，對這場突如其來叛變的不安?司飛羽走在第四人身邊，白歲寒靜悄悄無聲的走在最前方，忽然第四人緊緊抓住『夜雲帝國』軍師的肩膀，司飛羽回頭一看，那片白髮蒼蒼的髮色突然恢復墨黑，任風飄揚。

天地搖晃，老人的臉竟被置換成少年的臉，彷彿回到剛遇到第四人的那天，那張熟悉又陌生面孔帶著笑說：「能遇上你們，真是我的機緣！」

「軍師，軍師！」伍藜用力抓著軍師的肩膀搖晃，司飛羽倏地睜開眼睛。「看你滿頭大汗，做惡夢了嗎？」

『月下飛羽』搖搖頭擦藥額上汗水，確認現在的時間已經不是八年前，而是半個月後要收到『亙流城』回覆絕不妥協的現在，外面一陣安靜沒什麼事情。「有事稟報？」

「不，只是今天早會沒看到軍師出現在主營帳，在下來看看。」伍藜謹慎的觀察司飛羽的臉，像要從中解讀出某種訊息。

「照原定計畫，繼續訓練士兵。」司飛羽爬起身，看伍藜領命正要往外走，轉念一想又再說：「通報全軍休息一天，我們再去看看『秋水』國的俘虜。」

「軍師還在意當年『秋水』國怎麼敗給『亙流城』的？」伍藜著實感到意外，過去的每一場仗司飛羽都走在前面好幾步，通常是直接下決策的，很少有跟他一起確認某件事情的機會，而且還是多次確認同一件事。

「我們不可能再展現北城的神蹟。現在能站在這裡，是因為『秋水』國敗給『亙流城』，沒那場仗將是『秋水』國的反撲，恐怕我們才是階下囚。」司飛羽這番話並不誇張，當時的內亂耗損了超出想像中更多的兵力，逼得『月下飛羽』只能班師回朝。「若是弄不清這件事，我就沒有十足的把握。」

「但那位『秋水』國遺民也說了古崙山的咒師，現在白將軍正帶著咒師回皇城稟報叢帝，為什麼還要再次確認？」基於忠誠與一股多年建立的信任，伍藜很少向軍師提出疑問，是這次真的與往常經驗相差太大。

「如果『亙流城』當初真的靠咒術師抵擋『秋水』大軍，那就跟我們一樣有類似的經驗，那更該問詳細一點，戰場上容不得絲毫猶豫。」司飛羽快步走出營帳。

伍藜應了聲，一如往常，軍師說的有道理，八年前他們失去了身為咒術師的第四人，足足休養了四年才有餘力攻打『秋水』，在剩下的四年間破滅『秋水』是豁盡全力加上極不人道的戰略，非常勉強才有如今之景；對比八年之前靠著咒術師的威能像掃地一樣眨眼攻下『秋水』東北諸國的景況，不可同日而語。

兩人默默的穿過幾個營帳來到營後，有一座營帳特別派了四個人把守，四名士兵看到司飛羽和伍藜同時行禮，其中一人幫忙拉開簾幕，司飛羽目光直視著跨進去，伍藜則是接過士兵手上的簾幕仔細的拉上。

帳內只有一個人，雙手被綁在背後歪斜的躺在地上，身上衣衫襤褸蓬頭垢面，像是乞丐一樣。那人是在十天前闖入營區要飯被士兵們抓起來，本來要直接處死，要不是他堅稱自己是『秋水』國逃兵，曾打過與『亙流城』的那場仗，早就一命嗚呼了。

那人看到司飛羽頓時喜上眉梢，連忙坐起身說：「找到咒術師了嗎？終於要統一神離大陸了嗎？」

「還有半個月，夠你再複述一百次『秋水』是怎麼敗給『亙流城』的。」司飛羽微微一笑，伍藜卻注意到軍師的目光仍然盯著那人，但其中的光芒隱含著另一種混濁而陌生的扁平深黑。

那人一聽臉上的笑容全垮下來，忍不住嘆了一口氣。「軍師大人，這故事講兩百次了吧？」

「或者你想念盧莫為，想見見他也可以。」司飛羽站起身就要離開，或許是因為稍早做的惡夢，他特別沒有耐心聽那人瞎扯。

「等等！我說，我從亙流谷外那場戰爭開始說，當時我們三萬大軍浩浩蕩蕩往亙流谷開進，準備一口氣攻進去，才發現亙流谷口是自然天險。好幾丈高的峽谷根本不可能繞路過去，只能分隊前進。接著我們面對的是『箭雨』和『陸浪』兩隻傭兵團的夾殺，他們一進一退殲滅不知道多少支部隊……」

那人說得口沫橫飛，司飛羽也認真的聽，伍藜卻忍不住想起八年前『秋水』國北部邊境的夜雲內亂。如果第四人還在，好幾丈高的峽谷又有何懼？同樣的，若是當年的司飛羽，恐怕半個月前跟霍子季一言不合就立刻發兵了，哪來的駐兵一個月？他極不願意去想的是，司飛羽在害怕什麼？會有這個念頭本身就讓人害怕。

秋晚的涼風無聲從東北方的山上，挾帶蕭瑟的秋風颳入『夜雲帝國』皇城，行至黑舍上頭突然就停了腳步。隨著『亙流城』答覆時間逼近，朝中所有人都嚴陣以待，士兵、軍馬、糧食、武器全都緊鑼密鼓的在籌備中。

距離上次在黑舍裡的商談已經過了半個月，情報組織首領獨自在桌前抱頭煩惱，右手在鬢旁繞著一束髮絲，滿頭灰髮全散在身後，桌上鋪著的是『夜雲帝國』所有進出口資料。近八年的資料看來，帝國進口的鐵礦等金屬逐年遞減，軍馬更是趨近於無，只有食材調味料與衣飾不受影響，相較之下出口的糧食則是連年上升，現在只有兩個國家，進出口對象不用猜也知道是誰。看來對方也早就想到眼下的景況，早有準備。

「難以想像，這群人真的只是商人嗎？『秋水』國還在時就把出口帝國的資源減少到這種程度！」臥萱想像當時情勢，減少的物資如果不是輸往帝國那麼可能留在『亙流城』，或用來支援『秋水』國，一個疑問免不了的浮現心頭：「司飛羽難道也知道這件事才採取極端手段嗎？」

不，不太可能，要收集這些資料需要龐大的資訊來源與彙總記錄，司飛羽長期擁兵在外，哪來的人脈與情報收集來源？總不可能派伍蕤或白歲寒離開戰場去收集情報吧？

叩叩，敲門聲響起，臥萱站起身走到門前，透過門縫往外看是臥風彼、臥風此，他們身後那人黑袍包覆著亞麻布衣，竟是叢帝！臥萱一驚趕忙將門打開，待四人都進屋後才把門關上，四人站在黑舍正中央。

「叢帝特地前來，是對攻打『亙流城』一事有所疑問嗎？」臥萱其實知道叢帝來此八九不離十是要問這個。雖然她是叢夜雲的岳母，輩分上高他一截，但帝國的禮數仍要把握住。

「是。」叢帝也不拐彎抹角。「半個月後『亙流堡』將有可能拒和，你們四人代表皇親貴族，也是情報單位的主要成員，我想知道現在雙方整體的差距。」

這個問題問得簡單，層面卻包含得非常廣，臥風彼率先開口說：「兵力方面，根據之前軍事官送回來的情報以及帝國商人打聽到的比對，『亙流城』堡軍至少八千，兩個傭兵團各三千人左右，整體兵力兩萬不到。帝國則有軍事官駐紮在舊『秋水』國的四萬帝國軍與一萬戰俘。」

「那貴族軍這邊呢？」叢帝接著問，他想知道的不單單只是數量，而是這場戰役貴族願意出多少力。臥風彼突然大手按在二弟肩上，剛剛臥風此本想代為回答這個問題。

「兩萬人，全都是這些年我們重新養成的部隊，我刻意教導他們只聽從皇親貴族的命令。」前軍事官正面迎向叢帝的目光。

「你是想提十二年前客死異鄉的四千人嗎？」叢夜雲雙目電閃，雙眉如兩道黑雲凝結。

「是。」臥風彼白髮白鬚，一代老將同樣嚴肅。

臥風此再也忍不下去。「叢帝明鑑，司飛羽一家掌管軍事行政兩大權力，長年駐軍在外，我們只為防範軍師起叛逆之心……」

「二弟，不可搬弄是非！」臥風彼放在臥風此肩上的手用力一捏強迫他閉嘴。

不料叢夜雲卻伸手拿開了臥風彼的手。「大舅，沒關係，我既然讓你們建立制度外的單位，自然也了解這意味著什麼。我更知道，當初你們想拉攏的其實是司飛羽，我只是個媒介。」

臥萱聞言徐徐躬身說：「叢帝，我們拉攏你固然是因為司飛羽難以拉攏，但更重要的是我們如今得以擁有權力，擁有此處，才能與司飛羽分庭抗禮。先帝善戰之名威震南方諸國，但當時『夜雲』國仍不斷遭受攻擊以致國力逐漸衰微，足見只有善戰，不足以帶領整個國家。」

叢夜雲一開始不甚明白臥萱的意思，思考了一下才知道她在說什麼。「我明白了。那麼兵力以外呢？」

「武器供應只能說足堪使用，近年來『亙流城』輸入的鐵礦量逐漸減少，隨著軍師出征的有長劍五萬，弓一萬，勉強能供應全軍使用。」臥風此不待叢帝問，接下去說：「貴族軍則有長劍三萬，弓兩萬。」

「看來你們也很努力在整備這一塊。」叢夜雲苦笑，笑的是這場內憂的雙方都是長久以來無以弭平的對立。當初他確實是要削減貴族勢力因此強迫軍事官的職位從貴族手中讓出，但司飛羽的弟弟在政事方面的才能也是無庸置疑的，於是事態逐漸演變到現在的狀況。幸好財政官岳止始終保持中立，才讓兩邊的鬥爭不影響國庫或稅收。「還有呢？」

「糧食方面，大約八年前開始帝國出口量逐步增加，但畢竟有限，如果採取消耗戰術應該可行。但軍馬進口量十分吃緊，眼下只能維持國內基本物資運輸，無法兼顧作戰，幸好軍事官仍以步兵為主要戰力。」

「其他方面基本上對戰場影響不大。」臥萱用一句話總結。

「也就是說，如果不打消耗戰，以現有的物資恐怕我們經不起二次或三次再戰。」叢夜雲點點頭，凝重的雙眉將整張臉的情緒蒙上一層陰霾，堂堂一個帝國竟跟角落一隅之地僵持。「那麼，貴族們的意向呢？」

臥家三兄妹互相看了一眼，最後由大哥臥風彼回答：「我們已經做好為『夜雲帝國』犧牲的準備，只要叢帝一聲令下。」

臥萓接著問：「倒是叢帝會親征嗎？」

「這毫無疑問。」『夜雲帝國』的現任皇帝沒有絲毫猶豫，一旁的臥風彼忍不住露出讚嘆的眼光。臥萓點點頭看向二哥，叢夜雲捕捉到了這道目光。「有什麼問題嗎？」

臥風此看著叢帝，彷彿看到當年他們一手推舉出來，將整個國家存續未來都賭在其身上的年輕人，不知道從什麼時候開始也越來越有帝王之相了。臥風此俐落的單膝跪地，雙手交握在額前。「叢帝，每次會議我都針對司飛羽和司飛翊口出惡言，因為我，皇親貴族的一員，就是看不慣他們隻手遮天的做法，尤其這次，掌管外交的呂中奇被滯留朝中，面對這個決定，叢帝難道沒有一絲困惑嗎？」

如果是臥風彼絕對不可能面對面質問叢帝，臥萓的話則可能被認為話中有話，但臥風此一向敢言，相對適合提出這個疑問。面對這樣直接毫無灰色地帶的問題，叢夜雲雙手自然的垂在身側，他知道這個問題代表的是全皇親貴族的疑問。

一瞬間的沉默席捲整間黑舍，外頭的陽光漸漸地西沉，那個瞬間臥萓看到夕陽的光芒透過窗似乎全聚集在臥風此與叢夜雲身上。叢帝微乎其微的舒口氣說：「對，我確實有疑問。」

「長期以來，『亙流城』始終身為旁觀者居中取財，但那只是基於商業考量，利益優先。若是他們真想實施經濟封鎖，剛攻下『秋水』國的我們早就沒有戰爭資源了。因此，我們有十足的理由相信，他們也是基於維持整塊大陸民生的角度竭力避免開戰。真正想開戰的人一直以來只有軍事官！這就是問題，很明顯司飛羽透過弟弟刻意阻止和談的可能。」就算是臥風此也說得膽顫心驚，值此之際，一個沒說好就是尋釁起鬨的大罪。

如果是霍雨郎面對這番言論，八成又要動用右手食指輕敲書架，但此刻臥家三人的心頭早已響起命運的篤篤聲，他們只能希望當初沒有看錯人。

叢夜雲沉默良久，過去所知的一切在腦中流過，點點頭說：「二舅請起來吧，整個朝中，只有你敢說出這種話。經濟封鎖？看來現代的戰爭打法真的不同於以往。但眼下還有不開戰的選擇嗎？」

「一年前，司飛羽尚未打下『秋水』國時，我曾經試著跟『亙流城』其中一位商總聯繫試著用未來的大陸趨勢談條件。」臥萱確實是極具遠見的人物，但她遇到了超乎想像的阻礙。

「妳當時有稟報這件事。但後來不是失敗了嗎？」

「是。『亙流城』的制度跟我們甚至是其他國家都不同，沒有一人專權，會議採用表決制，過半數才成立。然而開戰的決定已經讓他們意見分歧，但這頂多只能讓他們採取守勢，無法避免戰場交鋒，除非我們撤回司飛羽的軍隊，或提出能同時滿足四位商總的條件否則無法達成共識。」

「如果能同時滿足四位商總，就不是祕密聯繫而是兩國外交了。有機會真想見識一下他們到底怎麼運作的。」叢帝是認真的，這種制度他活了三十多年還沒聽過，原來共治能有如此堅固防守之道。「那麼，妳要說說下一步的打算嗎？」

臥萱單膝跪下在臥風此身邊，雙手交握。「既然叢帝決定親征，我斗膽請求能有一次雙方戰場上和平商談的機會，如果真的談不成再開戰也不遲。」

這是十分大膽的提議。過往『夜雲帝國』靠著司飛羽南征北討從未敗仗，如今居然要屈身向一個領土不到帝國十分之一，兵力甚至比過去其他諸國少上許多的商會聯盟談條件？叢夜雲作夢都沒想過有這種情境。

「這場戰爭你們也會領兵出征，你們能保證一切都是為了『夜雲帝國』嗎？」叢夜雲並不會被姻親關係說服，甚至新的戰爭打法或是『亙流城』的制度也動搖不了他。

臥風彼單膝跪地，咚的一聲整個黑舍內的書架全猛然一震。「我，前任帝國軍事官，保證這個決定是為了『夜雲帝國』。若商談失敗，我將率領皇親軍隊第一個殺向敵陣，如有食言任憑叢帝處置！」

真正說服叢夜雲的，與其說是兩國之間現實面的考量，不如說是眼前這三人多年來整合了無數資料後冒著性命也要在他面前提出如此建議的覺悟。數據只能輔助決策，但真誠才能撼動人心。

黑暗中的最後一句話，也是決定關鍵戰爭走向的結論是：「好，我明白了，那麼有另外一件事情也請各位記在心裡，我們面對的可能是一場必然會發生的戰爭。」

接下來的時期對『亙流城』來說也相對難熬，光是否要信任術師以及將術師投入戰場這兩件事就僵持了三天。原因之一是火術師甦圮的理由過於薄弱，若是投入戰場後臨陣倒戈對戰局有決定性影響；原因之二是術師的身分與能力特殊，難以用軍隊或合約等方式進行控管。

為了盡快做出結論，第一天的會議上六大商會一致同意接下來將術師的議題放在第一優先討論；順序調動也意味著如果術師的議題不先解決，現場六大商會各自的商業議題就不用討論了，對所有人來說都是不小的壓力。因為在商場征戰多年磨練出的直覺，並不會比戰場上拚生死的經驗來得遜色，與『夜雲帝國』對壘是高風險高發生機率的重大要素。

而所謂的戰爭，更是抹滅同理心的極致表現。

「我認為可以讓『箭雨』特別派一個人帶著他們成立小隊，用以擾敵。只要在戰場外圍機動支援，就算真不幸他們叛變，也不至於造成致命影響。」今天的主席桌上鋪上了一塊邊緣繡有金色花朵的紅布，桌前是『衣事』商總華千顏，一開場就拿出昨晚跟華千虹討論一晚的結論。其他商會的桌上鋪的則是綠色的布，室內天花板四邊都圍上藍色長布，整個會議室內五顏六色得讓人有些目眩。

「可以再配給兵馬增加機動力，我贊成。」『行事』商總行一帆連續討論這議題兩天多，沙啞著聲音說，沒人確切知道他是天生聲音沙啞，或是討論多天所導致。

「贊成。」『器事』商總谷人越雙臂上的青筋今天異常明顯。

離主席台最遠的『住事』商總木三分卻搖搖頭，頭上如一束雜草地髮型跟著擺動。「若有個萬一他們跟司飛羽裡應外合，想要制住他們，我看至少要派一百人跟著他們。」言下之意是不贊成了。

華千顏沒想到一個晚上用盡超過六種提案的的結論竟然還差一票，頓時無法可想。接下來場面又再次重複提議失效與表決的循環，如同這三天來的狀況，六商會的書記人員忙著細聽自己所屬的商總有沒有贊成哪個意見難得露出疲態。眼看氣氛越來越焦慮緊繃，場面即將失控，『食事』商總勻洛水一怒之下，大手一掃把桌上的紙筆連同華千顏準備的綠色織布嘩的一聲全掃到地上去。

「我的神啊！這議題都討論三天了還定不了案，要是我們各自的生意早就賠慘了！不然這樣吧，把沂留下當抵押物，其他人投入戰場成立機動小隊，配給兵馬，要派人監視還是什麼的通通都做！這樣行了吧？」勻洛水下巴與脖子的贅肉氣到微微顫抖。

現場一陣靜默只剩下勻洛水粗重的呼吸聲，突然『律事』商總默蕊冷冷說：「人質的主意不錯，我贊成。」所有人包含勻洛水自己都嚇了一跳，所有人看向默蕊，這可能是有史以來頭一遭會議討論突然中斷，可惜流傳後世的記錄沒有這一段。『律事』的會議記錄人員呆住，一時間不知道該怎麼記錄這個提議。

「默商總認為可行，那我也贊成，配給兵馬也沒問題。」『行事』商總行一帆咳了一聲，嘶啞著嗓子說。

「搭配現有的防禦工事，就算面對五倍於我們的兵力也有機會守住，我贊成。」『住事』商總木三分的著眼點只在術師是否受控的問題上，所謂家賊難防，同一個屋簷下絕不容許一點疑慮。

「哈哈，這主意有趣，我贊成！」『器事』商總一掃剛剛臉上的不耐煩，投票贊成。

只剩下主席台上的『衣事』商總華千顏未表態，台下的華千虹看著姊姊，正猶豫是否要代為表達意見，不料華千顏圓潤如珍珠的雙眼微歛。「默商總，我有問題請教。他們平常久居山上，生活習慣跟我們有差，萬一他們根本不管沂的死活仍是臨陣倒戈，那怎麼辦呢？」

默蕊幾乎不需要思考就可以回答這個問題。「那麼，帝國軍事官司飛羽會比我們更頭痛，因為那代表他找的人也有可能倒向我方。」

「這是賭注？我沒聽錯吧？」

「戰爭本來就是賭注，妳有打過必勝之戰嗎？就算是在商場，也沒有百分之百賺錢的生意，不是嗎？」

兩女瞬間快問快答後，華千顏說：「好，我信任默商總，我贊成。」

此時在城牆上的三名術師並不知道，他們的命運從此刻起就被牢牢的牽扯進關鍵戰爭的漩渦之中。

〈艾草詩集〉裡沒有太多描述『夜雲帝國』與『亙流城』雙方的掙扎與抉擇，畢竟作者只是一個見證人而不是參與者，裡頭最接近這一天的描寫是：

夕陽墜落地平線之前　送別多少
抉擇　隨著褪去的光芒遠遠離去，
秋晚的涼風一來一去　戰火的蔓延一去一來。

城牆上，艾脩跟三位古崙山來的術師一同當班，當然這安排有就近監視的涵義，霍子季還特別多派兩個人在城牆下方待命。他們看著夕陽一點一點漸落西山，象徵夜晚的第一道秋風吹過城下千千萬萬的屋舍，幾道波浪透過顏色不一的木造或石造屋頂一漣一漣或快或慢的朝同一方向搖曳。那畫面太過美麗。

「太陽下山的那一頭有什麼啊？」年輕女子的聲音問。

「那又是另一個廣闊的世界了。」艾脩蹲在城牆上。「你們真的要為『亙流城』作戰？」

「怎麼？你也跟那群大人一樣多疑？」甦圯也跟著他蹲在旁邊，一模一樣的角度，以前在古崙山上沒有機會看到這樣廣闊的景致。

「當然，非親非故又沒有利益，怎麼相信你們？」艾脩雖然年紀輕輕，但身處在與『亙流城』合約關係的傭兵團中，觀念自然也是這樣。

「你們真的很奇怪，非親非故沒有利益就不能一起作戰嗎？穹弓，你說呢？」甦圯朝艾脩的另一頭喊。

穹弓蹲在艾脩的另一側，也是一模一樣的姿勢。「山下的人在想什麼真的難以理解。」

「我也覺得你們滿奇怪的，那個咒師，也就是個跟你們有相同能力的人怎麼被你們當成神一樣崇拜？而且為什麼你們三個人又要挑戰他們呢？連我都半信半疑。」艾脩這三天來跟術師們比較熟了，說話時也少了當初的顧忌。

站在甦圮右手邊的沂轉過身看著艾脩，稍早前還映著滿臉雀斑的臉上在漸暗的燈光下變得不太明顯。

「我才不想跟咒師他們對戰！是甦圮他……他……」

艾脩看她想說什麼又說不出口的窘態，心裡想的卻是：要是哪天大陸真的統一了，沒戰爭了，我一定要問她願不願意留下來。四個人由左而右，衣服一黃一褐一紅一紫，三蹲一站，形成一幅奇怪的景象配色。

「甦圮？」艾脩看向火術師，他頭上燃燒的紅髮越來越亮了，看來天開始黑了。

「我們這一代，前一代，前前一代可能都註定在古崙山上終老一生，不管是咒師或術師都一樣，突然獲得能力，造福全村的人，幫助大家在山上活下去，但沒有用，我們的人數還是不斷在減少。」甦圮難得一反常態正經八百的說。「最早最早之前，到底是誰來到古崙山？又是誰賦予我們這些咒術的能力？沒有人知道，也無從參考起。後來我們村裡有一個……人在十幾年前，可能是我剛出生那年偷偷下山，自此再也沒有回來。」

「阿？你們是為了要找他嗎？這十幾年正好是整個大陸最亂的時期。」

「一部分的原因當然是因為這樣。另一部分是，也就是那時候開始，村裡的大家都知道山下還有另一個世界。我這次下來才知道，這裡的人衣服有好多種顏色跟花樣，頭髮都是黑色的，沒有任何人有咒術的能力，幾萬人幾十萬人住在一起，每天都有人在開會。」甦圮頓了一頓，接著說：「所以，我想看看這更廣大的世界。而且，咒師們不也下山來了嗎？我想他們的原因恐怕跟我差不多吧！」

艾脩聽完正要表達內心的敬意，不料沂卻推了甦圮一把，險些把三個人都推倒。「少在那邊自作多情！根本就只是你想下山來罷了！」

「哈哈，這當然也有啦。」甦圮勉強維持住沒倒在艾脩身上，露出尷尬的笑容。

「不過就算在戰場上遇到咒師們，希望他們稍微留點情面吧。」穹弓站起身伸展僵硬的筋骨。「要真遇到，我還沒把握能活下來。」

「不過，咒跟術到底差在哪阿？」艾脩突然閃過這個疑問。「我看你們也是分兩種稱呼，也就是說有各自的定義對吧。」

「哦，這個阿，這算是我們的奧祕喔！」甦圮臉上放光，就像是下山以來就在等這個問題似的。「我可以告訴你，差別是在……」

「不好意思打擾你們談話。」霍子季剛剛上城牆來時有刻意咳了一聲，但沒人聽到。「他們討論的結果出來了。」

但艾脩卻率先注意到，老大揹著弓腰間的長劍在鞘，另一邊的箭袋裝滿了羽箭。「老大，商總們的結論該不會是……」

「什麼？」甦圮不明白發生了什麼事，看著艾脩想聽他要說什麼。沒有注意到霍子季的身後，一個接著一個的『箭雨』傭兵全副武裝的走上城牆，他們看著原本應當遠來是客的三名術師，提出並不算友善的提議。

入夜，距離『亙流城』徒步行軍不到一個月路程的營地裡，兩人的軍事會議卻遇到上了意外的插曲。一直以來，這兩人始終都有一定程度的共識，很少有意見不一的狀況，這點如果第四人還在可以作證，甚至白歲寒也可以說只看過一次。

「軍師，在下不明白這樣做的用意。」伍藜的面前擺著地圖，三支紅旗集中插在地圖西側代表『亙流城』，十支黑旗集中插在紅旗以東約莫三吋處，四支紫旗插在東北方表示貴族軍。伍藜看著司飛羽的目光，顯然表示剛剛的問題不在地圖上的佈軍。

司飛羽可能沒想到共事多年凡事遵守命令的伍藜會有反問他的一天，或者他也可能早有想到，回答的絲毫沒有停頓。「就照剛剛說的跟叢帝說，包含俘虜的身分以及他說過什麼。」

「軍師，在下把命令聽得很清楚，但是為什麼？這是欺君之罪阿！」伍藜真正想說的其實是：你瘋了嗎？

司飛羽遲疑了一下——也是少數幾次在別人面前顯露遲疑，說：「叢帝這趟親征是我要求的，貴族軍也要隨行；但貴族軍長久來與我軍不合，這一趟難免產生其他變數，因此我們跟貴族軍必須先有一致的目標。」

「軍師的意思是，讓貴族軍與咒師們保持距離，減少他們聯手的機會？」這不是沒有可能發生的狀況，視貴族們——尤其是臥萱為首的情報單位——掌握資訊的程度，會是一大變數。

司飛羽沒有回答伍藜的問題，他想起了第四人，但馬上收斂心神繼續說：「這場仗帝國總共派出空前的七萬大軍，我能調度的只有五萬，包含一萬降兵，不比當年『秋水』國派來的數目多，軍備更少，我們還要提防俘虜說的那件事。」

「在那也不需要幫俘虜製造身分吧？」

「如果他沒有任何身分，說出來的話就沒有可信度。對一個亡國俘虜來說，要嘛成為帝國軍的先鋒去前頭送死，或者可以選擇另一條路證明他有所價值，我可以幫他更上一層樓。別忘記打完這場仗我們要面對的是更加嚴峻的問題，那不是靠任何兵力或武器的優勢就能打的。」司飛羽說的是一旦大陸和平，『軍事』的地位勢必大大降低，將無法倚靠武力行事，這點與臥萱向叢帝提出的觀點雷同。

伍藜一時語塞，對軍師的忠誠與帝國的忠誠之間忽然產生裂隙，從八年以前就未曾再有過這樣的強烈感受。他緩緩深呼吸幾口氣，說：「請容許在下靜一靜，先告辭了。」

司飛羽點點頭，讓伍藜先下去休息，一個人看著毫無生氣的地圖，他突然無比懷念十二年前朝北城發進的那幾個晚上，四人共桌推演軍情的熱絡與衝突。但他必須得要行動。司飛羽拿起地圖上的旗子，一根旗一根旗的緩緩拔起、插下，萬千士兵從他的腦海中閃過，最後卻化成一個白髮老人的身影，化成那個晚上，阿，多少旗子將他們團團包圍，那也是他這一生最大的一次失策。

白歲寒帶著三名咒師回到皇城時是夜晚，百官為了與『亙流城』即將開戰的事情，早朝開到傍晚才將所有事情底定，為了這趟軍情稟報又全部跑來議事廳，眾人心頭的疲憊全寫在臉上與吐出的不滿話語中。此時太陽早已下山，大廳內亮晃晃的燭光分布在議事廳四周圍，儘管是秋天的晚上，燭火燃燒的廳內有些炎熱。

「聽說白歲寒除了軍情外還帶了人回來？」臥萱的丈夫孟遙志低聲問，不管是在貴族中或是後代記載，他都是一個低調模糊的人物。

「不清楚。」臥萱這次對丈夫口是心非，事實上她也是幾天前在黑舍才得知這件事，經由叢帝口中親口說的，因此她了解的也僅止於叢帝有說明的部分。不過此刻更重要的是，白歲寒怎麼會從戰場上回來？

「現在連打都還沒打，是有什麼軍情可以稟報？」臥風此冷冷說。「過去十幾年沒派人回報過軍情，這次倒是積極。」

「很難想像白歲寒竟然不在戰場。」臥風彼的疑問跟臥萱相同，白歲寒跟他年紀相仿卻仍堅守崗位不肯退休，這份忠誠愛國之心實屬難得，但老將應當活在戰場。

財政官岳止向呂中奇透露詢問的眼神，但呂中奇聳聳肩，顯是也不清楚發生了什麼事，這件事就連行政單位內部也是未知之事。

行政官司飛翊則是暗嘆一口氣，該來的還是來了，兄長早在將近一個月前——那時『秋水』國才剛被打下來——預告了這一天，他和叢帝為避免眾人情報混淆也瞞了百官一個月，今天就是開誠布公的日子，希望神能保佑議事過程順利。

接著，叢帝與孟后雙雙走入議事廳，現場頓時靜默下來，孟菲如就座，叢帝立於眾人面前，就等著白歲寒。不久後，突然遠遠傳來咚咚聲，規律的一聲一聲透過地板傳來，由遠而近，越見清晰，最後停留在議事廳門口。

「白歲寒奉軍事官之命，回朝稟報軍情。」這句話中氣十足蒼勁有力，但眾人更在意的是白歲寒那一雙赤足，這趟不知道踏過多少平地山丘，他們都不是太清楚從哪時開始他的鐵靴就消失無蹤。

「進來說吧。」叢帝對白歲寒也是敬重非常，畢竟當年自己在帝國軍中也有受過白歲寒的指導與照顧。

白歲寒不發一語，默默的踏入議事廳，身後跟著三名身穿黑色罩衫的陌生人，身材胖瘦不一，但至少那身黑衣在『夜雲帝國』中並不特別突兀，如果今天是去『亙流城』可能就是完全不同的光景了。

「軍師率領五萬帝國軍，正在『秋水』國邊境與『亙流城』對峙。同時，軍師……」白歲寒講到這裡卻突然哽住，更引起眾人的好奇。「軍師打下『秋水』國的過程中探聽到西邊平原北側古崙山上有一群不凡之士，便派我去請他們來……助我們一臂之力。」

除了叢夜雲、司飛翊、洛子麒與臥家三兄妹外，眾人不由得哦了一聲，同時看向穿著黑色罩衫的那三人，兩男一女，從外觀看起來跟他們跟一般人並沒有太大的區別。

叢帝立刻站起身，說：「三位怎麼稱呼？」

白歲寒當即向旁一讓，表示咒師們可以自己回答這個問題。三人中位居中間的精瘦男子站前一步說：「稱呼我火咒師即可，我右邊的是風咒師，左邊是水咒師。」

火咒師？這算是名字嗎？百官你看看我我看看你，開始低聲的嘈雜起來，比較沉不住氣的覺得這三人簡直在故弄玄虛。

反而叢帝一副泰然自若的樣子，繼續問：「你們遠道從古崙山下來幫助『夜雲帝國』，是為了什麼？」

火咒師的聲音有如古井無波，緩緩說：「我們在找一個人，他十幾年前下山後就失去音訊，此戰過後希望你們能幫忙找。」

以旁觀者的角度來看，帝國議事廳內的氣氛其實不比當時甦圮回答『律事』商總默蕊原因時來的好，百官心中都有莫名的疑惑，畢竟神離大陸這塊土地也不小，要在這地上找一個人也不是一件簡單的事情。

皇親貴族這時突然有了聲音。「你們十幾年來都不找，為什麼偏偏這時候找？」說話的人聲音尖細，但比平常質問司飛翊時多了一絲謹慎。

「遇到白將軍是我們的機緣。」火咒師回答得平靜，一旁白歲寒卻是全身一震，想起幾年前聽到的一句話，雙腳竟有些不安的顫動。

這番話自然無法說服性情直率的臥風此以及周遭的百官，然而臥風彼的聲音從逐漸擴大的嘈雜聲中銳利的透出，頓時又讓場面恢復平靜。「那麼在交換條件之前，你們三人有什麼不凡之處，能否讓我們瞧瞧？」

白歲寒在路上早已預告會有這個狀況，三名咒師互看一眼，最後由火咒師開口說：「請借燭台一用。」

叢夜雲往孟后身邊的一位侍女示意，侍女走到角落拿了一座燭台連著上頭的蠟燭一起遞給火咒師。火咒師接過後斜斜的拿在身前，燭火顫動映照得整個議事廳內陰影忽明忽滅。第一個有動作的是水咒師，伸出三指纖纖玉指輕輕將蠟燭從中扳斷，在空中輕輕一鬆手，斷燭連著燭火自然往下墜。

所有人看得伸長脖子，就連司飛翊與臥萱也不例外。斷燭上的螢螢燭火中途熄滅，火光一暗後廳內突然風聲大作，四周的燭光都雜亂的晃動起來，只見那根斷燭像被一隻看不見的手托著，竟徐徐然浮在半空中！

「他們莫非是神嗎？」司飛翊的聲音馬上被身旁的嘈雜聲給淹沒。

斷燭被托到半空，火咒師伸出兩指，空手在燭頭一捻一亮，燭火憑空重新點燃。燭火重新在斷燭處滴上一圈蠟油，平平穩穩的接上後，廳內的風終於止息。真的火焰，真的風，僅僅這一下就告訴所有人：他們不是一般人。

「水咒師的能力在這裡無法施展，請見諒，但我想這樣應該足夠。」火咒師說話同時將燭台遞給侍女。侍女看完剛剛整個過程，雙手顫巍巍怕被燭台燙傷似的接過，緩步走回角落放回原位。臥萱的手指正纏繞著一束頭髮，思索這番話是否也有想藏一手的含意，若是照眼前所見，水咒師的能力應當是……

叢夜雲從剛剛的演示中已經聯想到咒師要如何在戰場上發揮了，便說：「好，我明白了，此戰之後不管結果為何，我代表『夜雲帝國』答應你們的請求。如果沒有其他事情稟報，白將軍和三位咒師長途跋涉，先下去休息吧，明天我們就起兵與軍師會合。咒師們的住處交由行政官負責處理。」

「是！」白歲寒與司飛翊同時說。

兩人協同咒師們離開議事廳後，叢夜雲接著說：「自司飛羽就任軍事官以來，我們的希望便是給這片土地帶來和平，結束過去群雄割據的亂象。這場仗已然沒有後顧之憂，半個多月以來的準備就為了這一刻，兩天後早上，我將集全帝國的軍隊物資親自發兵『亙流城』！」

「此戰，就是神離大陸的最後一場戰爭！」叢夜雲激動的舉起手，撇開所有開戰或反戰的念頭，他的目標始終都放在神離大陸。

「是！」眾人齊聲喊道，甚至有幾根蠟燭被這一喊瞬間熄滅！

在整個議事廳內包含臥風彼與臥風此都熱血沸騰的同時，臥萱卻皺著眉思索著內心的一絲不安。司飛羽這一著確實厲害，咒師們的動機也沒有不合理之處，搭配這股有如神助的力量理應萬事底定，就連她也忍不住興起一股必勝的豪氣。但是為什麼要特地派白歲寒帶著咒師們回來皇城？剛剛白歲寒報告的內容根本沒有任何軍情價值，充其量只是讓咒師們在滿朝百官面前露一手能力罷了。

對，就是這件事，有某個非得要白歲寒才能執行的秘密是他們尚未掌握的，臥萱急忙拉著兩位兄長低低的說了幾句話，這一切都被叢夜雲看在眼裡。

百年後・第十二章

「還要多久啊？」虞皓祠在副駕駛座嘆口氣，雙腳開始發麻了，背後的僵硬感幾乎要跟座椅融為一體。

「我再比對一下。」蒙不語的聲音從後座傳來，教授正和考古學家一起盯著兩張地圖比劃，那本存在的其中一個意義就是讓人受挫的會議記錄，早在離開公園時被放到一邊曬太陽去了。

從東秋水公園出發後，他們一路往西北方前進，在秋水市與南夜雲市兩地交界處來回蛇行，中間也有過下車拿著地層檢測儀像白癡一樣到處漫遊的經驗。因為經過了百年的文明發展，無法確切找出當時的戰場，虞皓祠想著如果他們那支是掃帚的話說不定兩市市長會聯合頒發清潔市容獎給他們。

此刻他們停在一處高架橋下，橋上是往來秋水市與南夜雲市的快速道路，一但開上去移動的速度會變快，但勢必受限於出口位置無法仔細探測。扣掉老劉不參與討論以及虞皓祠反對無效，他們一致決定只走普通道路緩緩移動，盡可能先從不影響交通的空地開始地毯式搜索，譬如高架橋下的分隔島或停車場。老劉索性將車停在高架橋下的停車場，去附近的便利商店買飲料順便休息一下。

「你已經比對五百次了吧？」這漫長的搜索過程讓大學生幾乎快發瘋，他幾乎忘記稍早霍雨郎在宿舍樓下等待的心情。但這樣緩慢也怪不得蒙不語，能在東秋水公園有進展只能說是古嶽團隊的運氣太好了，仔細想想他們原本只是想去公園遛探測儀。

「或者虞小子你去跟老劉聊個天，反正也幫不上忙。」霍雨郎的目光從頭到尾都在手中的地圖上，接著又從公事包裡拿出不同比例尺的現代地圖，想從任何一個隱蔽處著手。

「剛剛的第七個點應該很接近了才對。」蒙不語拿著近代史地圖仔細比對『夜雲帝國』與『秋水』國的接壤處。「當時的夜雲內亂是在兩國接壤處發生的，司飛羽軍中的諸國俘虜夜晚群起叛變準備叛逃到『秋水』國境內。從這樣的記載應該是偏向南夜雲市那頭，但是這兩國的邊界也太長了。」

「時間點發生在『夜雲帝國』打下東南諸國後不久，『秋水』國首都的位置差不多是現在的秋水市，當時司飛羽的路線應該跟我們現在的行經路線一致。」霍雨郎綁在後腦勺的馬尾因為低頭的關係垂在頸側，看起來挺怪的，但此時沒有人有空注意這件事。他看了一眼蒙不語手上的地圖，接著又比對現代地圖。「內亂怎麼偏偏發生在只剩下兩國的時候阿？接壤處橫向貫穿整個大陸，無謂造成後人困擾！」

「你問我我問誰啊？我看起來像有打過那場仗嗎？」虞皓祠知道霍雨郎不是在問他，但還是忍不住在前座罵道，一吐怨氣。然而後座沒人要理他反而讓他更火大，他在路上不只一次默禱著找出線索，但每次都是失望作結。

「我印象中司飛羽平定內亂後因為兵力不足以攻克『秋水』國，於是幾天後就班師回朝，就常理而論既然能安然歸國，平亂地點不會距離皇城太遠。」蒙不語從皇城畫了幾條直線線到兩國接壤處。

「嗯，當時的『夜雲帝國』皇城對應到現在是……北夜雲市中心。那裡已經被列為古蹟了，去年還開展重現百年前『夜雲帝國』的風采，完成度挺高的。」

虞皓祠聽到這裡一個翻身趴在副駕駛座上。「去年我有跟我爸去參觀過，據說裡頭保留的文化資產高達百分之八十，大概除了皇城東北的荷花池外全都還在。」如他所料，沒有人要聽他講參展經驗，他一氣之下打開車門就出去了。

「呼，終於安靜了。」車門關上後蒙不語說，接著用手指畫了一個直徑約五公分的圓圈。「範圍大概在這個區塊內，當時的『夜雲帝國』還是步兵為主，幸好不是騎兵，不然範圍會大很多。」

霍雨郎瞥了一眼地圖右下角標示的比例尺數字說：「這範圍也不小，如果慢慢搜索的話，等找到可能虞小子都要畢業了。」

兩人一陣沉默，長長的嘆了一口氣，同時側倒在座椅上。

虞皓祠氣沖沖的過馬路往便利商店，氣勢強到雖然現在是行車綠燈，但沒有汽車不敢放慢速度讓他先過，於是他奇蹟似的安然走到便利商店外與老劉會合。老劉在便利商店買了兩杯飲料以及報紙坐在商店外的休憩區，一張圓桌中央插了一把大傘，正好把陽光全擋住了，但從他臉側的汗水痕跡看得出來抗暑效果有限。

「你也來休息阿？」老劉看到虞皓祠神色不善，只簡單的問了一句，將一罐未打開的飲料推到虞皓祠面前的桌上。

「是阿！」虞皓祠拉開座椅就坐下，沒好氣的回答，用力將吸管插入飲料罐，類似紙質的包裝竟然沒有被插破。

「蒙教授和霍先生還在找？」但老劉看那瓶飲料應該不死也半殘了。

「是阿！」

老劉仔細比對出兩次回答語氣的差異後，得到的結論是不要再問這個問題為妙。「你那天早上……跟市長聊得還好嗎？」

虞皓祠露出出乎意意料的表情，接著恢復鎮定說：「還好，至少這件事上他沒太阻攔我。」

「看來就算是市長，也不是什麼都做得到，對吧？」

「不，他就是這樣的人。對自己不利的事情就撇得一乾二淨，每次我要去他的辦公室都得走後門，免得被媒體拍到。表面上一副關心我的生活困擾，實際上根本是他會困擾吧！」

這一問一答看起來沒有特別關聯，但老劉已經跟虞皓祠相處多年，可以理解這個年輕人在說什麼。「或多或少吧，在上位者總是會有一些非正常人的行為，沒多少人可以理解。」

「要是我父親是你，我就不用這麼辛苦找尋真相了。」虞皓祠嘆口氣，用力吸了一口飲料。

「父親是沒得選的。」老劉哈哈一笑，打開報紙指著一個角落新聞說：「你看，這個住南夜雲市的，他父親一天到晚家暴打他和他母親，告到警察局後父親被關了，家裡的經濟支柱也沒了，這怎麼辦呢？」

虞皓祠大概讀了一下那則新聞，嘆了口氣。「幸好他母親沒過世，不然他可能一輩子都會恨他父親吧。」

老劉突然話鋒一轉。「但他父親被逮捕時說，他對不起妻子和兒子，這話其實似曾相識。身分是什麼有時候沒有太大區別吧。」

「那是因為這個父親不是市長，他不用受到整座城市的檢視。」虞皓祠把報紙闔起來表示談話到此結束。「我們去看看那兩個老人的進度怎麼樣了。」

「那我多買兩罐水，你等我一下。」老劉站起身走進便利商店。

虞皓祠的目光卻停留在那份報紙上，沒有人比他更了解『身分』的重要性，沒有身分就什麼都不是。

老劉和虞皓祠走回車上時，教授和考古學家兩個人一左一右都在後座睡覺打鼾，幾張地圖散落在兩個人中間的座椅與腳踏墊上。

「這兩個老人家，體力也太差了吧！」虞皓祠忍不住抱怨，他下車到回來前後不超過十五分鐘吧。

老劉看了一眼兩人之間的地圖，有個區域用鉛筆特別畫了幾條斜線，登時猜到進度到哪了。「這個區域還滿大的，但我們現在就在這個範圍內。」

「如果整個區域一點一點掃描，我看等找到我都畢業了。」虞皓祠嘆道，剛剛發了一會脾氣又跟老劉聊了一下，這會兒已經有點疲倦了。在東秋水公園偶然獲得的新鮮感與期待正逐漸的消退當中。

「這個區域內大部分都是住宅區，最差的狀況是那塊地上早就被蓋了房屋，根本沒辦法檢測。」老劉把地圖上的區域大概對照一下。

「那種地層歪七扭八的，哪可能蓋房屋阿？光審查就不可能過關。」虞皓祠想到在東秋水公園看到的那個不是斷掉就是消失黑白線條，忍不住翻白眼。

「你這話說的……」老劉突然眼睛一亮，如果地層有問題，蓋房時開挖打地基一定會挖出這個事實。

「嗯，太有道理了！麻煩地圖還我一下。」後頭的霍雨郎突然醒過來，從老劉手中搶走地圖。「也就是說把這些區域全部扣掉，然後高架橋穿越的範圍也扣掉，大概只剩下三個點而已，從位置上來看是……喂，教授，起來！」

「嗯？」蒙不語被霍雨郎推了一把，懵然坐起身。「到皇城了嗎？」

虞皓祠揮揮手吸引蒙不語的注意力，指著霍雨郎手上的地圖說：「到你的頭阿！有線索了，只剩下三個地方要找了！霍老兒，是哪三個地方？」

「都在南夜雲市境內，距離這裡最近的是一處多條普通公路的交會點，另外還有一處觀光果園，跟垃圾掩埋場。」霍雨郎皺著眉，凝重的說：「要先選哪個？我是已經想好順序了，這應該很明顯。」

另外三人沉默了一下，虞皓祠說：「垃圾掩埋場排到最後吧。」

「觀光果園也往後排吧，我們不認識南夜雲市市長的兒子，恐怕要交涉一番才能強行進入探測。」蒙不語說著看向虞皓祠。「還是你剛好認識？」

虞皓祠搖搖頭，於是老劉說：「這個時間去公路交會點應該會被來往的車輛撞死或先被報警抓走，先找地方休息吧，明天凌晨四點再去看看。」

這確實是無計可施下的做法，只得先找距離公路交會點最近的旅館。唯一值得慶幸的是公路交會點距離果園很近，在探測完還沒被報警抓走的前提下，這兩處確實是最能優先處理的地點，如果不幸這兩處都不是，再來探討第三處怎麼辦吧。

當晚一樣是兩間房，只是這間南夜雲市的旅館沒有三人房，於是住的是一間單人房跟一間四人房，四人再次拖著疲憊的身軀各自進房。

看了一整天的地圖，蒙不語決定換個口味，翻著蘇奇遠借他的『亙流城』會議記錄，那是一份涵蓋了艾脩拿著脅和書回『亙流城』以及霍子季回到『亙流城』的記錄，不知道是不是中間有文獻遺失，蒙不語總覺得會議的過程有斷片。只是他想不到的是當時『亙流城』是商人組成的，戰爭的議題是放在跟商業議題之後再討論，跟『夜雲帝國』決定開戰後幾乎把其他行政財政事項全擺在軍事之後是好幾天後的事情了。

「這兩段關於開戰的討論也隔太多頁了吧。」蒙不語忍不住碎念，暗想那群商人做事真沒效率。

「難怪那麼多人寫〈艾草詩集〉的專題論文，但沒人要寫『亙流城』會議記錄的。」霍雨郎將公事包的文件攤在床上一落一落整理。「你如果七年前說的是要解開『亙流城』的近代史，現在身分就不同了，蘇教授恐怕會親自邀請你去文物館演講。」

「是阿，唯一的缺點大概是還在讀大學吧。」蒙不語努力逐行確認密密麻麻的內容，找尋第二次軍事會議是否有結論。

一旁躺在床上休息的老劉突然插嘴說：「霍先生大學也是讀歷史學系嗎？」

霍雨郎整理文件發出的沙沙聲突然停頓一下，接著又恢復規律的聲響。「我不是念歷史畢業的。」

「你說什麼？」蒙不語霍然抬起頭，因為用力過猛連黑框眼鏡都歪掉，一邊說話還一邊調整眼鏡的位置。「你不是讀歷史？那代表考古是你的人生興趣？太了不起了。」這句話說的發自肺腑，就連讀歷史畢業的學生都不一定會走上考古甚至是近代史研究的路，非本科系畢業還願意考古的真的不簡單。

「我是偶然發現我的……嗯……興趣的，碰巧又跟古嶽一起發現了『亙流城』的藏書室，獲得國家考古學家的殊榮，只好繼續找出『夜雲帝國』與『亙流城』的文獻文物。等到沒資料好考古時國家放棄了這項每年都耗費許多成本但沒有收入的業務，於是我跟古嶽開了私人考古團隊繼續領政府的錢做我的事，當然每年還是得拿點東西交差。」霍雨郎在說這段話時把馬尾放開了，黑白灰交雜的頭髮全散落在背上，從背影來看蒙不語似乎看到了同樣不得志的自己。他想起當初在霍雨郎的辦公室，成立私人考古團隊的原因是考古的『機動性』，原來背後也不單純。

「倒是你們怎麼會去念歷史學系？這在各大學都是非常冷門的科系，認識我的朋友沒辦法敢讓小孩讀這個系。」霍雨郎不習慣剛剛那陣聚焦在他身上的沉默，反問說。

「大學沒考好，只好唸歷史系。」老劉聳聳肩，說得輕鬆自然，畢竟是十幾年前的事情。

「我……我說真的喔，你們別笑我。」蒙不語一臉尷尬，像要說初戀怎麼認識怎麼分手似的。「當年我考大學的時候，電視上正好在播一個年輕學者，年僅二十七歲就挖出文獻取得國家考古學家的身分。那時候我想：神阿！有比這條路發展得更快更好的行業嗎？於是就念了歷史系，專攻近代史。」

老劉聽完看看霍雨郎，國家考古學家臉上青一陣白一陣。「你年紀只小我十歲嗎？不可能吧？」

老劉突然迸出笑聲，接著蒙不語也忍不住笑了起來，霍雨郎則是露出莫可奈何的表情。等到兩人笑聲稍停，霍雨郎開口說：「你該慶幸當時在『火神』你不是先講這一段，不然我會把你跟虞小子轟出去。時候不早了，睡吧。」

等到這三人熄燈，隔壁房的虞皓祠埋頭在棉被裡說了句：「吵死人了！」只有他自己聽到。「快了，母親，就快了，他們都照著我的步調在走，對吧？所有事情都會水落石出，真相不應該被埋沒的，所以妳會回來的，對吧？」

當晚，兩輛廂型車馬不停蹄的一路開到洛月平原北方的北城村，雖然這個地方沿襲舊有的名稱，但其實也是個不輸給秋水市郊區的城鎮了。古嶽在副駕駛座上看得嘴巴差點掉下來，要在這種地方拿探測儀到處掃描嗎？看這個佔地面積至少有十個東秋水公園吧！

「古大哥，這麼晚了，我們先找地方睡嗎？」古嶽背後的團員問。

「唉，老樣子，你們抽籤決定誰跟我睡公園。」古嶽翻了翻地圖，幸好北城村裡距離這裡不遠處真的有一座公園，不然就要睡路邊了。

「這麼大，明天從哪裡開始阿？」另一名團員問。

「明天的事明天再說啦！反正古大哥的直覺那麼準，明天早上你還在刷牙洗臉他就想到了啦！」

古嶽則是抱頭煩惱著，早知道當初就跟霍雨郎多拿一份近代史地圖，他要上哪去找當初北城的位置？

凌晨四點，古嶽和倒楣的團員們分佈在北城公園地上與座椅上睡得正熟，霍雨郎已經在南夜雲市的旅館門口綁鞋帶了，等他綁好，另外兩人與一車才在旅館門口集合。蒙不語看得出明顯的疲勞感，虞皓祠更是連頭髮都來不及整理。

「出發吧。」霍雨郎說，四人之中只有他的精神最抖擻。

老劉開著黑色轎車強撐開眼，趁著夜色路上無車，不一會兒就到達目的地的公路交會點。霍雨郎從後車廂拿著地層檢測儀，準備開始作業。「老劉，你和虞小子注意兩側來車，有車的話就大喊，等等跟著我們移動。蒙教授跟我兩人一組，我操作檢測儀，你負責在地圖上標位子，記得用數字，這有順序性的，先從最外圍開始吧。你們有在聽嗎？」

三人遲緩的點點頭。

於是四人分工作業，快速的沿著公路交會點的周圍想要全掃過一遍，中間只有三四次被路過的車打擾，基本上作業算非常順利，至少沒有警車來找他們。但隨著太陽升起，交會點的車也越來越多，到了差不多五點半就已經無法再進行下去了，只得放棄返回車上。

「老劉，先載蒙教授和虞小子回旅館，你載我去『夜雲考古處』。」

「去幹嘛？」虞皓祠其實連眼睛都快睜不開了。

「去把探測到的狀況複寫出來，不然睡覺起來哪記得順序？」霍雨郎沒好氣的回答。

「那老劉你載霍老兒一趟吧。」虞皓祠虛弱的說，雖然已經沒力氣爭辯，但對霍雨郎的稱呼還是不能改的。

蒙不語和虞皓祠兩人回到旅館後馬上就睡著了，睡到將近中午才分別被霍雨郎叫起來看熬夜工作的結果。三人借用旅館大廳角落的沙發椅跟桌子，把地圖攤在玻璃桌上；旅館櫃檯的服務人員是個斯文的中年女子，她本來想請這三個人去附近的咖啡廳，但霍雨郎馬上拿出國家考古學者的證明文件，外加蒙不語保證只借用半小時，這才勉強過關。「這大概是這份證明文件最有價值的一次，我到現在才知道要有教授背書才有用。」他用這句話當最佳的註解。

三人剛坐下，虞皓祠睜著惺忪的雙眼問：「老劉不用聽嗎？」

「我請他先去睡了，明早還要繼續。」霍雨郎把地圖攤開，拿出紅線、膠帶與剖析圖。

「還要繼續？那我可以先去睡嗎？」

「你是委託人，隨你便。」霍雨郎分出一半的照片給蒙不語，上面都押上了編號，兩人一左一右把照片放好對應位置，接著一張一張黏上紅線。

虞皓祠本來想站起身，但忍不住好奇又坐了下來，一邊打呵欠一邊等教授和考古學家黏完才問：「今天早上拍那麼久才這麼幾張？」紅線的另一端集中在地圖上公路交會點的右側。

「探測器的記憶空間有限，不可能每一吋地層都拍，不然你畢業後發明一台更厲害的設備來瞧瞧，阿，不過你得雙主修機械系才行。」霍雨郎根本懶得解釋那麼多。「好消息是，公路交會點應該就是我們要找的地方；壞消息是，至少要四天才拍得完。」

「四天？」虞皓祠驚呼一聲，整個飯店大廳的人都在看他，服務人員更是瞪大雙眼目光直射向他們。蒙不語想著要是國家考古學者證明加上秋水大學副教授都頂不住，看來只能搬出洛月市市長兒子的稱號了——

希望有用。

「嗯，四天。」霍雨郎絲毫沒有感覺到其他方位射來的目光。

「不過這是一個好的開始。」蒙不語伸手指向左側上方的兩張照片。「雖然有被補平過的痕跡，但很明顯曾經是突起的地形，這底下的線條以及填補地層斷裂處的椎狀，跟東秋水公園的照片一模一樣，科幻一點說就是同一種力量造成的。」

虞皓祠長嘆一口氣，說：「好吧，就四天，不能再多了。」

「嗯，那今天白天休息，明天凌晨兩點在現場預備吧。」霍雨郎早在去『夜雲考古處』的途中就想好怎麼加速採測進度，虞皓祠連說不的力氣都沒有了。最後他們三人戰戰兢兢的一個拿地圖兩個拿著紅線跟照片，像踏著奇怪的舞步離開大廳，走進電梯時蒙不語禮貌性的朝櫃台小姐點頭微笑，只是對方毫不領情。

後來南夜雲市的四人團隊花了三天把整個公路交會點的範圍採重點方式檢測過一遍，把沒有任何跡象的位置剔除掉留下來的是宛如月球表面般不規律的大小凹洞與突起狀地層，甚至還有一條蜿蜒如蛇的地形突起，從大大小小的異常地層的分佈趨勢可以看出來集中在西北方，而越往西北方影響範圍就越小，越靠近中央則地形的起伏落差就越大。

第三天，老劉在虞皓祠的房間補眠，四人房的床上，地圖與對應地層剖析照片終於完工，幾十條紅線亂七八糟的射向四面八方。他們已經不再跟櫃台小姐低聲下氣的借用大廳的桌子，因為這整片放射狀有如工藝品等級的傑作沒辦法放在任何一張桌子上。

「跟東秋水公園也差太多，這場內亂的規模太大了。」霍雨郎的食指輕輕敲擊玻璃桌面發出得得聲。

「幸好沒有任何記錄證明有人會飛，不然蒙教授你就只能換論文題目了。」

「這條路線是近代史上著名的『閃電戰』的終點，司飛羽帶著三萬帝國軍向東南諸國進發。」蒙不語在地圖右下角的桌上模擬當時的行軍路線，用手指憑空畫了一個『V』字型，涵蓋了地圖上神離大陸東南方的大部分土地。「當時東南諸國與『秋水』國已經組成聯盟，『夜雲帝國』收到『秋水』國攻打『亙流城』的消息時立刻聚集帝國南方的部隊進攻，從右側、西南、西北一路進軍到這裡，代表整個神離大陸從此只剩下『夜雲帝國』與『秋水』國。」

「你確定要在這裡上課？」虞皓祠聽不出這兩件事的關聯性，忍不住說。

「對，而且還是你下學期期中考的範圍，你最好認真聽。」蒙不語可能有聽出大學生語氣中的諷刺，也可能只是職業病發作想把這段近代史說完，手指畫到地圖上的公路交會點。「帝國軍從北城協商戰奇蹟似的以少勝多後就從沒打過敗仗，這次更是勢如破竹打到這裡，一共只花了四年。沒有文獻詳細記載這裡有多少人被捲入內亂，但就算有神相助也不可能毫髮無傷，抵達這裡的人數我認為應該少於兩萬。」

「書上說背叛的是從東南諸國抓來當先鋒軍的俘虜，趁夜突然發動襲擊佔據主營，但這又怎麼樣？跟地層影響規模有什麼關係？」虞皓祠懶得再聽下去，趕緊把問題與結論搬出來，現在可是暑假期間。

「這個方向不對。」霍雨郎的手指輕敲著靠近南方的地層照片，那裡並沒有受到影響。

蒙不語點頭說：「沒錯。叛軍既然選在這裡發動攻擊，必然是要往南投靠『秋水』國，但從地圖上的趨勢，反而像是叛軍逐步將司飛羽逼入西北方，接著把內亂畫下句點。」

「司飛羽那麼厲害，先派人擋在南邊，接著把叛軍逼往西北方也合理吧？」虞皓祠這話問得讓兩位學者出乎意料。

「問的好！」蒙不語推了推黑框眼鏡。「那你記得這場『夜雲內亂』的結果嗎？」

「你前幾天好像講過，結果是司飛羽兵力不足，只能班師回朝。」

「如果今天是反過來，司飛羽截斷了叛軍往『秋水』國的路，他擁有主控權。依照他過去打勝仗的記錄，損傷不可能大到班師回朝。過去的四年他可是創下一口氣殲滅東南諸侯的戰績，何況叛變的還是俘虜，人數上光是能趁夜打下主營帳我認為已經是奇蹟了，要對『月下飛羽』造成重大傷亡根本不可能。」

「所以從結果來說，可以假設司飛羽被逼退到西北方，叛軍也沒有要南向的意思，代表叛變的不是那群俘虜，而是紮紮實實的窩裡反對吧？」霍雨郎嘖嘖兩聲，這是很大的假設。

「那也就是說，從地圖看起來，這純粹是『夜雲帝國』的事，跟『秋水』國沒有任何關係？也沒有任何『秋水』國的人參與這場內戰？」虞皓祠一陣沒來由的憤怒，馬上跳到他最關心的事情上。「太好了，你至少在這點上可以接受採訪說翻案了，那我們可以往下個目的地前進了嗎？」

「但這場內戰我認為文獻記載與探測的痕跡是相符的，但還有很多地方要再釐清，明天我們往……」蒙不語還沒說完，霍雨郎敲著桌面的手突然舉起示意他暫停。

「蒙教授等等，我知道虞小子的意思了。」霍雨郎很少打斷別人說話，但按他帶團隊多年經驗，這次他認為有必要。他們現在掌握了還不算明朗的關鍵證據，那同時代表了另一件事，他們必須重新定義共同行動的目的，現況已經產生分歧。「當初你簽合約的目的是最主要是找出『秋水』國滅亡的原因，如果我沒記錯還有提到過滅亡後的事情，對吧？」

「沒錯！如果跟『秋水』國毫無關係，那是在浪費我的時間！」虞皓祠的語氣突然回到蒙不語第一次坐上黑色轎車的模樣，某種…掌握了現況並走在隊伍最前方，忍不住就是要主導方向的口吻。

「我必須特別說明，考古，或找出真相，真正有效益只有最後找到的那一瞬間；沒有不費工夫就能達到目的的作法，就跟你人生中的大小事一樣。」霍雨郎雙眼內側的細紋透出陰影，蒙不語從側面看異常明顯。

「『秋水』國的滅亡有三大主因：北城商談戰、『亙流城』侵攻戰與東南諸國聯盟防衛戰，三場戰皆輸導致一代大國滅亡。以這幾天探討的『夜雲內戰』來講，確實是毫無關係。」

「對，前幾天東秋水公園的地層就已經跟我沒什麼關係了，今天的結果更顯示了這跟我們當初簽約的目的不符！」蒙不語不敢相信學生竟然這樣說，但霍雨郎絲毫不意外，他一直以來都設想過這一天。

「我們在文物館有討論過，帝國入侵『秋水』國時採取大屠殺的策略，原因是怕『秋水』國反攻或打擊士氣；但『秋水』國與『亙流城』一戰過後國力大損，帝國就算不使用這個策略也不一定會輸。不過看起來，這項策略間接影響到了你正在找尋的答案，我說的沒錯吧？」

「對，所以我搞不懂那些黑白灰的線條關我什麼事？」

「如果帝國如此強大擁有足以扭轉地層的力量，何必在『秋水』國大屠殺？」

「我哪知道？『夜雲帝國』有什麼能力又關我什麼事？」虞皓祠一臉得色，似乎以為這段搶白足以讓霍雨郎閉上嘴不要再多問。

蒙不語突然驚訝的瞪大眼睛，他驚訝的不是虞皓祠對於真相毫無興趣，這點他早就知道了。現在他們三個人就像當時在『火神』時同桌的情景，霍雨郎微微傾身，冰冷的壓迫感瞬間籠罩住虞皓祠。「聽起來『秋水』國滅亡的原因——『夜雲帝國』可能具有某種超乎想像的能力這件事——你並不在意，那麼可以告訴我，你在找的真相是什麼嗎？」

「我在找流亡到『夜雲帝國』的……」虞皓祠說到一半突然停住，眼睛死死的瞪著霍雨郎，突然意識到主導權翻轉的感覺非常不好受。

「嗯，流亡到『夜雲帝國』的，誰？」霍雨郎仍是一臉沉靜，他在意的不只是百年前的真相或簽約客戶想追尋哪些實際的或不實際的理想，而是倒映在對方心底的究竟是什麼樣的幻象。

蒙不語原以為虞皓祠會大怒或把桌上的地圖全掃到地上，雙手默默的壓著地圖，這些號碼標示照片黏線花了他們好幾個小時。

虞皓祠卻靜靜的看著霍雨郎，在那一瞬間內心掙扎了幾千幾百次，最後開口說：「我在找……」

這是南夜雲市的四人團隊最團結的瞬間，也是足以扭轉他們未來命運交會方式的瞬間，但這個瞬間卻被神開的一個玩笑給錯過了。電話鈴聲不幸在此刻響起，虞皓祠猛然一震，瞬間的光影變化間宣告最美好的時刻已經結束了。

「三位先生，不好意思，十分鐘後早餐時間就結束了，請問有要下來吃嗎？。」櫃台服務人員的聲音不算親切，蒙不語卻感到深深的惋惜，他才剛搞懂霍雨郎為什麼繞了那麼大一圈刺激虞皓祠，結果什麼都沒問到。

「算了。」霍雨郎嘆一口氣，就只差幾秒鐘而已，真的，短短一句話的時間。三人默默把地圖跟圖片等收好，一路無話各自整理行李準備退房。

「母親，我不懂，我在做什麼？我在找誰？我在找的真的是我想找的那個人嗎？」

「你們只是方向錯了，還有機會可以扳回。」

「那個人真的存在嗎？他到底在哪裡？我要在哪裡才能找到他？」

「真的存在，他是『秋水』國的貴族，你知道他是。」
「可是他們說人都死了，都被殺了！妳聽到他們說的嗎？」
「他們在阻止你找到真相，你得強迫他們聽你的。」
「我知道，所以我決定了。」

「霍先生，你說今晚不需要去交會點？」老劉睡醒後聽到的第一件事就讓他摸不著腦袋，他才剛開始適應晝伏夜出的生活。這時虞皓祠回房間去整理行李，房間裡只剩下整理散落一地資料的霍雨郎，與埋頭苦讀會議紀錄的蒙不語。

「對，探勘得差不多了，我們早上有一些發現，要各方驗證才知道。」霍雨郎把一些文件資料收進公事包，又從公事包拿了一些出來。

「接下來要去哪？」老劉問。「去北城村跟你的團隊會合嗎？」

「先等等。」霍雨郎把近代史地圖攤在床上，這張地圖大概有半張單人床那麼大。「蒙教授，先別看會議記錄了，幫我確認一些事情。」

蒙不語抬起頭，完全沒意識到這是國家級考古學家第一次邀請他幫忙，老劉心想左右無事一起靠到床旁端詳那幅藝術品。霍雨郎用鉛筆在東南角畫了一圈，接著往西北方畫一圈，再往西北北的某處畫一圈，接著從東南角的圈按剛剛畫圈的順序寫上『一』到『三』。

「『一』是東秋水公園，『二』是我們這幾天探測的地點，『三』是北城村，按照我們調查的順序是這樣。」霍雨郎用筆桿在三個圈各敲一下後，將筆桿對著蒙不語。「資訊會越來越多，最好趁現在整理一下。

蒙教授，請你重新以近代史的觀點說明這三個地方的時間軸。」

「這三個地方的時間軸？」蒙不語皺起眉頭，接著突然明白霍雨郎的用意，接過鉛筆開始說明：「我們調查的順序是依照交通方便或線索來源，但近代史上不是這樣發展的。按時間軸來說，先發生的是編號三，古嶽正在調查的北城村，關鍵戰爭前十二年；接著是編號一的東南諸國侵攻戰，最後才是編號二，關鍵戰爭前八年，夜雲內亂。」

霍雨郎拿回鉛筆，在靠近西南處畫一個圈，標上『四』。「最後我們勢必要去亙流谷一趟，確認當地是否也有地層混亂的狀況。但在此之前，我想聽聽你們的意見。對，老劉你也可以發表意見。」霍雨郎拿出幾張圖片分別放在編號一與編號二的附近。「編號一的時間軸最早，但地層混亂的地方非常少；編號二的時間軸是目前最晚，但地層混亂的地方最多。我有好幾個假設，你們覺得呢？」

「編號二的戰況比較激烈？」老劉說完看向霍雨郎，又看看蒙不語，看來沒什麼問題。

「我認為編號二是不在規劃內的戰爭，因為突然遭受背叛猝不及防，引爆範圍才會這麼不規則。」蒙不語推了推黑框眼鏡。

「嗯，引爆，我喜歡這個說法。」霍雨郎用筆桿代替食指輕敲地圖。「如果照地層分布的密度來看，引爆最多處為中心點，加上結果是停止進攻，司飛羽應該是大敗，被一路追殺到西北方。我假設叛軍的目標是要投靠南方的『秋水』國因此放棄追殺，也因此他能活下來回國。」

「但如果是這樣，這群叛軍投靠『秋水』國後應該趁著士氣正旺馬上整隊往北進攻。」蒙不語提出這個走向的疑點。「而且內亂平定後司飛羽班師回朝，是奪回洛月平原的大好機會。」

「但那時候『秋水』國的軍隊正在攻打『亙流城』，或許當時已經分身乏術。」老劉畢竟也是歷史系畢業，對幾段比較重點性的歷史還算熟悉。

「以現在的觀點確實如此，這是上帝視角，我們知道結果，所以會這麼推論。但在當時，我相信司飛羽甚至整個『夜雲帝國』都想不到『秋水』國兵力倍於『亙流城』居然會慘敗；也就是說，對司飛羽來說，當時『秋水』國的三萬大軍只是暫時離開，隨時有可能會回頭反攻，如果內亂對整體兵力影響不大，應該會選擇在當地建立防線，而不是全軍撤退棄守。」

「所以另一種解釋是，司飛羽當時遇到了不得不退兵的慘敗，但所有將領包含伍藜與白歲寒都活了下來，就是這點我想不出合理的解釋。那是一整片的平原，雙方都是步兵，難道他們會飛嗎？」霍雨郎的手指與筆桿同上同下的敲著地圖，發出不同但相似的聲響。

「不如明天去古嶽那邊看狀況再慢慢想吧。」老劉看看兩名苦思的學者，就知道今天大概只能到這裡。

霍雨郎盯著地圖說：「明天一大早再出發，我們得把作息調回來，老劉你跟虞小子說一下，等我們到北城村時古嶽那邊應該有結果可以報告了。」

「霍先生真有把握。」一直到老劉離開房間前，考古學家與近代史教授還盯著地圖苦苦思索其他可能。

離開南夜雲市的這天早上，櫃台服務人員辦理他們退房手續時笑得特別親切，不知道是不是蒙不語多心了，臨走前服務人員的嘴型好像是說：「謝謝光臨，請不要再來了！」

除了老劉以外的三人各自有各自的難題在思考，一路上沒人要說話，跟當初在洛月市的熱絡天差地遠。尤其是虞皓祠，自從在旅館大廳透露真正在找尋的目標後對霍雨郎和蒙不語尤其有戒心，就連討論中午要吃什麼都不太願意表達意見，一整天黑色鴨舌帽都壓得低低的；老劉試著搭幾句話也是毫無起色，後來索性專心開車。

行進間蒙不語和霍雨郎試著再推測夜雲內亂的始末，但總是有地方無法連貫，到後來已經開始探討時空間轉移的可能性，最後只得雙雙放棄。不過同一天，蒙不語終於在會議記錄上看到關鍵戰爭的記載，而且是關係到他尋求的目標。

「六大商會決議留一個人當人質，其他人成立機動小隊！我敢打賭這就是我在找的『咒術師』了！除了堡軍歸『律事』商總管理外，『箭雨』和『陸浪』是長期雇傭，會需要特別會議決定角色的一定不是常人，而且還是外人，所以他們才如此忌憚！」蒙不語大聲宣布，只差沒有把整本會議記錄從車窗灑出去。

「可能是哪個新簽下來的傭兵團吧不知道怎麼的主動要求投入戰場，這樣應該也說得通。你覺得呢虞小子？」霍雨郎也感覺到虞皓祠的不對勁，藉機搭話。

「跟『秋水』國有關的事情再跟我說。」虞皓祠的鴨舌帽沿幾乎一動也不動，漂亮的在各個後視鏡中擋住半張臉。

「喂，我是認真的，一定會再出現線索。我看看，接下來是一連串商業相關的議題，跳過、跳過、跳……沒了？這麼厚一本到這邊就沒了？我的神啊，根本有九成都是廢話，我真正需要的才兩三行！」蒙不語簡直不敢相信，把那本書舉起就要用力砸到坐墊上，但最後一刻勉強忍住了。

「蒙教授，那是近代史的重要文獻，就算是影本也有其份量，而且你的評論太偏頗了。」霍雨郎露出微微的笑容。就這點來說，近代史研究與遺跡考古是相同的——他們花下去的時間與收穫永遠不成正比。

「我了解，只是……太難以接受了，早知道多跟蘇教授拿兩本。」蒙不語再說出口的同時就知道不可能，三本會議記錄大概會先把他的眼睛或大腦其中一邊燒壞。

中途停車休息時，霍雨郎下車舒展了下筋骨把鞋帶再重新綁緊後到附近的便利商店買了飲料，連續幾天的折騰就算是他也有點受不了。再度出發沒多久，蒙不語從窗外看到遠處豎起一根熟悉的尖塔，看來又快到洛月警察局了，他們這幾天就在這幾個地方往返，像繞著那座塔打轉。

「老劉，等等在洛月文物館停車就可以了。」霍雨郎突然說。

老劉從後視鏡露出疑問的表情。「不是去北城村？」

「我跟古嶽是約在文物館這裡碰面，而且，蒙教授可以順便補幾本會議記錄，如果我的直覺沒錯，距離真相只剩下一哩路了。」

蒙不語本來在睡覺，聽到這句話登時有氣無力的歡呼一聲。

副駕駛座的虞皓祠卻露出疑問的表情，他沒有印象霍雨郎哪時跟古嶽約在這裡碰面，他的直覺卻是其他人一定有事瞞著他。「老劉說最後要去亙流谷調查地層？」稍早在飯店裡討論接下來的目的地時虞皓祠不再現場，因此後來由老劉轉述給他。

「嗯，你要一起來嗎？這關係到『秋水』國敗給『亙流城』的線索。」霍雨郎試探性的問，他有十足把握虞皓祠不會想去，畢竟這些關於戰爭的真相都只是大學生的障眼法。

「不了，我去看一下我父親。」壓低的帽簷再次讓人看不出他的表情。

蒙不語就算再遲鈍也知道場面有點僵，但原因卻莫名其妙。「嗯，我們要進『高台風景區』調查，你幫我們跟市長說一聲，看他能不能幫我們跟恆流城那邊打聲……」

「『高台風景區』又沒有禁止進入，那是公開場所，你們想進去就進去。」虞皓祠冷淡的說。

蒙不語和霍雨郎對看一眼，稍微靠近前座中間的空隙說：「你不會要放棄了吧？你不是在找『流亡』夜雲帝國的誰嗎？他對你應該很重要吧？」

這個問題彷彿一根針刺入虞皓祠的憤怒神經，他幾乎站起來頭頂著車頂說：「我在找誰關你們什麼事？對，那些誰打誰怎麼打的我全部都沒興趣！我跟你講幹嘛？我欠你什麼嗎？還是你可憐我什麼嗎？」

蒙不語頓時被罵的莫名其妙，霍雨郎靈光一閃，想起簽約那個晚上古嶽幫忙調查的文件。「洛月市長虞濤有兩個兒子，但沒有一個叫虞皓祠，你該不會是他的……」

「閉嘴！」虞皓祠吼到所有人一陣耳鳴。「誰准你調查我的？我是誰關你們什麼事？」

「我在幫你，真的，打從一開始我就知道你的背景了，你以為我看在你是市長『兒子』的份上才簽合約的嗎？」霍雨郎試著解釋，蒙不語則是一臉驚呆的模樣，這件事他也是現在才注意到，難怪幾天前來洛月市不是停在官邸附近等虞皓祠。

「你在阻止我！」虞皓祠看向考古學家。「你們都是！都想阻止我找出真相，我沒說錯吧！」

這時老劉突然把車停下來，從駕駛座探出頭來，盡量用沉穩的語氣說：「到文物館了，霍先生跟蒙教授先下車吧，我認為大家最好都冷靜一下。」

繞了一圈又回到文物館，蒙不語和霍雨郎直等到傍晚古嶽的團隊才來到這裡，蘇奇遠將所有人帶到東館三樓的藏書庫裡。霍雨郎有個直覺，目前調查的這三個地點不僅僅代表了當時的『夜雲帝國』有超能力，而且這個人不是『夜雲』人，否則大陸統一的時間點至少可以再提前一個世紀。

「『夜雲』建國超過三十載，為什麼要等到司飛羽接任軍事官後才使用這股力量？或者那是司飛羽不為人知的秘密武器？」蘇奇遠針對蒙不語的假設提出另一個疑問，他對歷史疑案也有著超人般的好奇心。「事實上不要說當時是刀劍時代，就算是現代也夠駭人聽聞的。」

「北城村一定有人發現這些地層不能蓋房，但並不會當成什麼奇怪之事，區區地層變化，比不上新聞每天在報的意外死亡或八卦消息吸引人。」霍雨郎看著北城村的調查結果說。古嶽和其他團員正把近代史地圖與相關照片在桌上進行布置。

「我記得當初洛月市長修築這條大馬路還被質疑是浪費公帑，還找了三四個地質學家幫忙背書，但選舉過後就沒人再追究這件事了。」在霍雨郎右手邊的蒙不語看得眼睛發亮，但他看到的不是四方形環狀道路，而是古代地圖上關於北城記載的高聳城牆。「應該沒有人會把城牆蓋在地下吧？」

「事實上我調查過，北城村的祖先是『秋水』國南撤後移民過來的『夜雲帝國』人，他們應該也沒注意到這件事，畢竟那個年代沒有地層探測器，而且當時沒有水泥房，木造建築對地質的要求相對較低。」蘇奇遠則是在霍雨郎的左手邊。

三個學者一起盯著古嶽在現代地圖上用鉛筆畫上的四方形，當年洛月市長不是虞濤，在公布未來北城村建設計畫時大家只注意到那條接近四方形的環狀六線道公路，對當時還是鄉村的洛月市中心來說，建設計畫被媒體大肆報導毫無規劃可言，更被下過「小學生的幾何繪畫」這種聳動的標題。

「看起來就像有人硬在城牆正下方挖出一條更大的洞一樣。」霍雨郎盡可能用可以理解的文字敘述這個無法理解的景象，照片上的黑白線條畫出了許多縫隙與很像土磚的物體，歪七扭八看起來像被鐵鎚敲過，但確實還能分辨出部分的形狀。那就像是應該要往上長高的城牆，違反了物理學原則往下深掘後的結果。

「這樣我知道為什麼後來改叫北城村了，這以前是座城吧？」蒙不語沿著地圖上的六線道想像以前的光景。

古嶽突然從三人身後冒出頭來說：「老闆，布置好了！」

三名學者走到桌前跟古嶽各站一角，霍雨郎看看蘇奇遠，兩人的目光同時看向蒙不語。秋水大學近代史教授有些靦腆的說：「那我就說了。我的假設是，延續昨天的討論，嗯，編號一二三四是東秋水公園、南夜雲市公路交會點、北城村跟亙流谷。北城村跟東秋水公園的地層混亂範圍明顯是戰術性的操作，不管是隆起的山丘或是凹陷，包含城牆，都非常的……乾淨，我的意思是，看得出來行軍布陣的痕跡，還有戰場優劣勢的走向。」

蘇奇遠點點頭表示認同，霍雨郎示意繼續，蒙不語像回到助理教授的時代第一次上台講課那樣緊張，當然長年以來的假想敵就在面前也有影響。然而講著講著，蒙不語突然注意到，這是他過去七年來最接近夢想的一刻，曾經是所有人拿來當笑柄的真相如今靜悄悄攤在他面前等他講，彷彿只要化作語言，就會聽到真相帶來的掌聲。

「以現有資料來看，司飛羽從北城協商戰開始使用這股力量，雙方後來只用『夜襲成功』帶過。接著司飛羽帶著三萬人加上這股足以毀天滅的的力量只花四年，馬不停蹄的『閃電戰』就平定東南諸國；最後在『秋水』國進攻『亙流城』的時候準備從後方拿下『秋水』國東方的國土，卻不幸發生了夜雲內亂。然而從這時起，那股力量卻消失了，不管什麼原因，『秋水』國都花了整整八年才平定，到關鍵戰爭之前都沒有再出現過。」

「蒙教授，關於這點你的假設是？」蘇奇遠向蒙不語露出一抹鼓勵的微笑，這才是他教書多年最期待的一刻，找到大陸上遺留的未知事物。

蒙不語深呼吸，用非常非常謹慎的表情與語調盡量控制自己不要顫抖。「迫使內亂後司飛羽只能班師回朝的原因，我的假設是幫助司飛羽的那個人，在這場內亂中死亡。而他，就是我一直在找的『咒術師』！」

兩人一微笑一嚴肅，畫面真像七年前某一本雜誌的封面。霍雨郎心想。兩人的髮色都不再烏黑，但比那張封面好太多了！

叩叩。有人敲了辦公室的門，所有人的目光同時看向門口。

百年前．第十三章

開啟一百年後秋水大學近代史教授蒙不語假想『咒術師』存在的〈艾草詩集〉，裡頭有一段開啟關鍵戰爭的詩句：

突如其來的銀光擊中律法　象徵殞落
像毫無預兆的流星劃過平原　染紅
神離大陸遍地的道路

多虧了兩國留下的文獻，蒙不語對關鍵戰爭的勝敗與過程非常了解；但他對於夜雲內亂的結果只猜對了一半，那致命的另一半讓所有安排都亂了套。

那個月明星稀的夜晚，白歲寒、司飛羽和土咒師三人一前兩後悄悄越過營外防柵走入營中，依照伍藜的探查叛軍都集中在南側，他們要做的事情就是配合白歲寒吵醒叛軍，靠著虛張聲勢將他們逼出營外，一舉扭轉主客之勢。

「軍師，你記得當年我去找你的那晚嗎？」土咒師就著今晚的月色，突然感性的說。

司飛羽抬頭看看天色，確實跟那晚很像。「你是指我家被你打了個大洞，還是指你半夜把我叫起來說服我相信你有控制土石的能力？」

「都是。」土咒師笑聲沙啞，一陣風吹去散落有如平原上的月光，過去的四年有如一般人過了四十年。

「那麼，軍師，為什麼執著於殺掉叛軍呢？」

白歲寒倏地停下腳步，司飛羽則是繼續走到白歲寒旁邊，絲毫不快，絲毫不慢，兩人一起看著土咒師。

白歲寒的悲憤全寫在臉上，手握劍柄，司飛羽緩緩說：「你發現的比我預想的早上許多，我本來以為至少可以看到主營南側。我執意如此的原因是『夜雲帝國』即將統一神離大陸，叛軍將是一大隱憂。你打了那麼多場勝仗，應該能理解吧？」

「原來如此。」白髮老人心中無限感傷。「那麼白將軍，你還等什麼？」

「得罪！」白歲寒拔出腰間大劍，大喝一聲高舉過頂，竟是朝四年來陪著他南征北討的重要戰友土咒師當頭劈下！

土咒師在踏入營中的那一瞬間就明白了，『月下飛羽』布置了這個晚上就是為了他，而軍師也沒打算要瞞他。不需要透過地土來告訴他這個事實，這是個亮麗幽熒的夜晚，扮演叛軍的南方帝國軍軍備整齊，根本沒有打過仗的跡象。隨軍多年，他怎麼可能沒發現這件事？

然而出乎司飛羽與白歲寒意料之外，土咒師一改老邁的身形，敏捷的向右一避同時雙手觸地施展土咒，瞬間兩人腳下的土地向下快速陷落，土咒師腳下的土地則相反的隆起。這個布置拖延了白歲寒的追擊腳步，沒有想到土咒師看起來老態龍鍾竟然動如脫兔！

土咒師深知司飛羽用兵之能，這一手當真搏命，緊接著將隆起的山丘再度轉換成一塊土牆向左右盡可能延伸數公尺，將自己和司飛羽等二人隔開，這才毫不遲疑的往西北方退去。然而旁邊的營帳內突然伸出一劍以毫釐之差險些斬下他一條手臂！

這裡是……主營北側？原來如此！土咒師倒抽一口涼氣。原來連叛軍集中在南側都是計策，難怪在營外伍藜不讓他探測叛軍動向。

轉眼間數十人從營帳內衝出來，不知道誰在營內點上了一把火，一點一點熊熊的光芒做為擊殺叛軍的信號，主營南方的伍藜見狀領軍繞過營地往北方進軍，現在還不是他們上場的信號。

『夜雲』軍的影子都打在土咒師佈滿皺紋的臉上，他看到士兵們頭上的點點白羽，那曾是在他身畔衝向敵軍的標記。他退回原處背靠著土牆再次施咒升起另一道土牆，為自己開一條通往營外的生路。兩道土牆外都是敵軍，白歲寒也遲早會從牆後追殺過來，但雜亂的腳步聲讓他無法思考只能往前狂奔。

然而更可怕的是司飛羽的命令。「步兵退開，弓兵放箭！」

咻聲從南方響起，數百羽箭在火光中墜落只為殺他一人！土咒師想起這就是他下古崙山到目前四年來生活縮影，刀光劍影，尋找生路，用他的能力保護友軍。整個平原上最後一名友軍。他雙手撐住左右的土牆瞬間做出加蓋的屋頂，從天而降的箭雨全插在土牆上，呼嘯聲嘎然而止。臨時做出來的土牆奇蹟似的擋住了這波箭雨，取而代之的是幾聲『夜雲』軍的哀號聲，土牆另一側有幾個人中箭了。

「全軍聽令，往北側追擊叛軍！」白歲寒大喊。這一聲喊得土咒師心神為之一顫，那道粗豪嗓音的主人彷彿就在身邊，如果沒那道土牆，他幾乎可以肯定眼前是一位手持大劍渾身肌肉與殺氣的『夜雲』巨漢。

但他有其他選擇嗎？只能爬起身顫抖著雙膝繼續往前跑，一個立足不穩差點跌倒於地，他急忙穩住身形，如果可以放棄，就這樣倒地，可能一切都會簡單許多吧。

沙、沙、沙，散亂的白髮偶然遮住他的視線，秋晚的寒風吹得他顫抖不已，突然左邊傳來一聲斷喝，一把大劍從左側土牆穿出差點將他斬成兩段！他急忙矮身，卻失去平衡摔倒在地，背骨傳來強烈的刺痛感，卻分不清楚哪裡被剛剛那一劍刺傷。

被追殺的『人』仰天看著夜空，南營弓北營劍，想必營外有伍藜的另一支軍隊吧？生路已斷。土咒師雙手猛力一推，兩側土牆挾帶強大風壓無聲倒塌，碰的一聲夾雜幾聲悶哼，壓倒了部分北營步兵，其他士兵被這個場景驚得連退幾步。眼前再度閃爍火光，卻無法帶給他任何光明。土咒師往左一看，『夜雲』第一勇士一步不退硬是用大劍劈開倒下的高牆，雙手虎口震裂出血。

你真的是人嗎？土咒師看著那血紅熱流順著大劍緩緩流下，握在同樣在顫抖的手上，而那張熟悉的臉卻換上完全陌生的輪廓，多麼震懾人心的一幕！

那你呢？白歲寒像咬掉月光，嘴角竟有些無奈。「殺！」幾聲吶喊從右手邊跟後面傳來，這聲吶喊喚醒的是幾百幾千名士兵的齊聲大喊，就算是他，咒術村受人景仰的土咒師也被喊得心搖神馳。

土咒師只得再次躬身，但這次，什麼事都沒發生。

施咒速度慢了。司飛羽注意到這一幕，心下暗叫一聲天助我也。

不，不對！白歲寒感覺地底隱隱有些動盪，連忙往後退開。

「退得好。」如果可以選擇，土咒師也不想跟白歲寒兵刃相向。他靜靜等待南側與東側步兵的到來，圍住他的到底有多少人？幾千？還是幾萬？全都在這嗎？都不重要了，讓這場戰爭劃上句點吧！

火光中『夜雲』軍有如螞蟻一般蜂擁而上，但只聽到土咒師怒喝一聲，聲嘶力竭，被士兵們的高喊蓋過卻直直的透入司飛羽的耳中。軍師頓時醒悟過來，還來不及下令退開，土咒師身周的土地突起無數的巨型尖刺，有如長槍般斜斜刺穿無數『夜雲』軍未著寸鎧的肉體！

無數人命阿！土咒師兩行熱淚滴下，幾乎要把最後一口氣全耗盡裡頭。尖刺如波浪般以他為圓心一圈一圈的向外擴散，不知道過了多久，可能只是一瞬間，直到一股冰冷的液體湧到他的腳上。血，多少人的血流過尖刺間的縫隙匯聚到他的腳邊來，司飛羽是怎麼騙得這麼多人拋頭顱灑熱血挑戰土咒師已經無暇理解了，終究他，或者他們，跟『人類』真的能共同生活嗎？他帶著問題下山，卻找不到解答。

還有多遠可以逃離這裡土咒師已經無法去想，這一擊耗去他許多力量，心臟在體內猛力跳動得像要跑出胸腔撞得他肋骨生疼，眼前白花花的一片，火光中像看到咒術村，每一只盤子上都燃上火光，休息的時候到了。他看向南方，『月下飛羽』那對丹鳳眼露出害怕的表情，那是一輩子不一定看得到的奇景，他想放聲大笑，卻只發出啞啞的聲音。

還存活的『夜雲』軍露出同樣驚懼的眼神不等命令自行往南北退開，那是令人難忘的噩夢之夜；而另一邊，白歲寒卻抓起一把泥土抹在手上蓋住傷口，刺痛感中再次握起大劍，宛如噩夢的化身佇立在原地。土咒師本想再升起土牆，不料雙手不知何時早已泡在滿地的血泊，烏黑的手掌上滿是泥和血。

土咒師突然不明白神賜予他如此強大的力量是為了什麼，拔除了國家、忠誠、義與不義，剩下的不過是殺人的能力，與刀槍劍戟毫無差別。

他心灰意冷，顫巍巍的站起身，朝西北方一步一步，留下一只一只逃亡的血腳印。

「再上。」司飛羽沉聲喝道。「我們快贏了！」這聲音並沒有像白歲寒的吶喊那麼感動人心，相反的營內的士兵沒人要往前衝，眼前的血海針刺宛如地獄的場景。只有一陣急促的腳步聲傳來，來者是面對帝國命令毫不遲疑的白歲寒，正奮力跨過參差不及的尖刺追殺著土咒師！

土咒師突然一陣目眩，跪坐在地，半身全泡到血水裡，眼見大劍朝他砍來，反射性的伸手一擋。

碰！土石崩裂。白歲寒不敢相信自己看到了什麼，最靠近他們的一根尖刺斜地裡幻化成一雙大手擋住了這次的攻勢，緊接著土咒師腳下的大地突然隆起，逐漸吞沒他的身軀，連一根白髮都沒有露出。

站在白歲寒面前的是足以遮蔽月光的巨人，土石堆疊而成的活生生的巨人半身，身前背後根根尖刺宛如刺蝟般佇立著，那張應該是臉的位置看向白歲寒，一隻巨手用力朝他砸下！白歲寒本來可以輕易的閃開，但他卻一咬牙，舉劍用力反劈。碰的一聲大劍應聲斷裂，他仍牢牢的抓住半截斷劍，無法控制地跌坐在地。

「神啊，你輸了，命運是站在我這邊的！」司飛羽異常興奮，用盡全身力氣大吼：「白歲寒退開，『飛羽』部隊，進攻！」

「上阿！」主營北側，伍藜率領一支部隊疾奔而來。四野狂風大作，所有人都知道這是今晚的最後一支部隊，司飛羽精心打造首次上陣的祕密部隊。

土巨人轉過身一拳高舉，卻突然遲疑了，他預見到這場戰爭結束了。

『飛羽』部隊大約五百人分成前後兩隊，前隊人手一支特製長槍，長槍末端綁著麻繩握在後隊的人手上。

「距離十步，發射！」伍藜喝道，率先射出手中長槍，數百支長槍組成密密麻麻的槍雨鋪天蓋地，夾著極度密集不規則的金屬撞擊聲當空射來！那個瞬間就連月光都被遮蔽，土巨人縱使伸手護住胸前仍擋不住如此強力團結的巨大衝擊力，半數以上的長槍都釘入土身！

「拉繩，撤！」伍藜再次大喝，『飛羽』部隊前後隊兩人一組拉著麻繩向後急撤，頓時碰碰碰碰聲不絕，長槍硬生生扯掉土巨人防禦的左手與整個左半身，大大小小的石塊有如山崩般落下歸入塵土，脫離控制。

伍藜舉起手，後撤的『飛羽』部隊頓時止步，他突然無法下定決心是否要再次進攻。身為司飛羽的麾下大將，他想再次下達進攻指令，但有什麼阻止了他，讓他啞口無言。

「上阿！」土巨人的身後，那聲索命斷喝仍是不放過他，於是腳步聲再次響起。

伍藜閉上眼。「距離十步，發射！」

月光下無數長槍再次釘入土巨人的身體，所有人耳中都聽到大地無聲的嘆息。

「拉繩，撤！」塵埃落定了，結束了。

距離『亙流城』收到議和書後一個月，『律事』商總默蕊與堡軍統領平克剛、『箭雨』團長霍子季，率領超過六千武裝兵與三千弓箭手，全騎著馬浩浩蕩蕩地離開亙流谷，其中自然沒有少掉甦圮與穹弓兩名術師。他們在亙流谷口短暫的紮營後，迅速的朝議和地點邁進。

放眼望去是一望無際的大草原，術師們卻無心觀賞。

「你們放心，默商總說話算話，沂不會有事的。」艾脩莫名的感到抱歉，儘管決策者不是他，也不是他邀請術師們來此，但沂被押入大牢的事件沉重得讓他抬不起頭來。

甦圮抬起頭怒目而視，反而是穹弓輕輕壓著甦圮的肩膀，說：「我們理解這只是你們的安全措施。」

「真對不住。」艾脩留下這句話便加速騎到團長身邊。「老大，我看他們這樣很難派得上用場。」

「那也沒辦法，對我們來說，他們完全是陌生的存在。」霍子季搖搖頭，皮盔上星星閃閃發亮。

騎在霍子季旁邊的平克剛突然靠過來說：「他們派不上用場就算了，這畢竟是我們人類的戰爭，與他們無關。」

「平統領覺得他們不是人嗎？」艾脩問。

「怎麼說呢，有那樣的能力還算是人嗎？我想是一半一半吧。」平克剛說完便回到堡軍隊伍前方。

「艾脩，你帶著兩位術師在上次我們等待的那座小丘上觀看整個戰局。」霍子季突然說了一段跟原本規劃不一樣的安排。「到時候見機行事，真有危險就算什麼都不做直接撤退也沒關係。」

「老大，你說這什麼話？我看起來像那種人嗎？」艾脩緊握著胸前的弓，忍不住緊張的發抖。他暗地裡責備自己，自從上次談判後到現在沒什麼長進。

「不然，你就要想辦法說服術師們出手。」霍子季轉頭定睛看著眼前這位年輕人。「別忘記你現在身在戰場，不是生就是死，尤其是尟圮如果在這種關頭發揮不了作用，那就只能捨棄他，但比捨棄更困難的是將他平安的帶回來，甚至讓他們——包含沂——平安的送回去，我可以把這個最困難的任務委託給你處理吧。」

艾脩這才明白老大交辦的任務遠比他想的還要更困難。「好，沒問題。」

霍子季看著艾脩回到術師們身邊，嘆了一口氣，只希望事情不要朝最壞的方向發展。

同一時間，舊『秋水』國司飛羽駐紮地與『夜雲帝國』皇城之間，皇帝叢夜雲與前軍事官臥風彼、皇親貴族臥風此、臥萱，傾朝中貴族軍步兵兩萬，所經之處幾乎連石頭都會被踏平。這趟的目標是要援助軍事官，如果『亙流城』拒絕和談，將會連同司飛羽的五萬大軍攻下『亙流城』。

當然叢帝沒有忘記答應臥萱保留一次面對面談話的機會。

叢夜雲與臥家三名貴族騎馬走在前頭，叢夜雲突然回頭問：「臥萱，妳冷靜下來了嗎？」

「冷靜多了。」臥萱回答。叢帝問的是從皇城發兵前一晚，她終於想通司飛羽為什麼要特別派白歲寒帶著三名咒師回朝稟報了無新意的軍情，當時臥風此氣到差點拔劍要去跟白歲寒拚了。「謝叢帝關心。」

「妳出發當日曾經問我，如果司飛羽假裝議和其實是下戰帖的話，我會怎麼做。」叢夜雲接著提起這件事。「就算風咒師能聽到遠方情報是真的也不能改變什麼，『亙流城』要降，那就無事；『亙流城』要戰，那就開戰。如同我那晚對你們說的，我對你們雙方的冀望是相同的，沒有絲毫偏袒。」

「謝叢帝說明。」臥萱嘆口氣，叢帝說的也是事實，對一國之君來說，對錯的定義遠遠超過個人的道德觀感，而是以整個國家為考量。臥萱低聲說：「風咒師，等等休息時我想跟你們討論一件事情。」

「妳確定這樣他們聽得到？」臥風此低聲說，一臉的不可置信。

「我也是初次嘗試。」臥萱其實心裡也是半信半疑。「反正等一下就知道了。」

於是休息時間，當身著黑色罩衫的咒師們緩緩朝他們走來時，臥風此驚訝的說不出話來。

「你找我們？」風咒師率先開口。

「對，我想知道你們的力量是從哪裡來的。」臥萱並不是單純好奇，她相信這個答案關乎整場戰爭的走向。

「從神而來。」水咒師說。

「我不知道你們有宗教信仰。」臥風彼感到非常意外。

「這不是宗教信仰，我們也不完全明白。」火咒師說。「繼承了『能力』只有自己知道。」

「原來真的是『從神而來』。」臥風此沉吟道。「如果不是親眼所見，我一定不相信。」

「這幾天跟你們確認的結果，因為繼承土咒師的人尚未出現，你們相信他還在神離大陸的某處。」臥萱謹慎的看著火咒師。「找到他後，你們就會回古崙山？」

然而火咒師沒有回答，反而是水咒師說：「我們來此只是為了找人，既然跟你們的叢帝達成協議，自然是跟你們同一陣線，至少『亙流城』這一戰我們不會臨陣脫逃，如果妳問的是這個。」

「好，我先謝謝你們。」臥萱緊繃的表情這才微微放鬆下來。

待三名咒師離開後臥風彼才問起剛剛最後的問題。「妳懷疑他們有其他目的？」

「大哥還記得『北城勘異錄』的未解謎題嗎？雖然司飛羽強迫當地『秋水』國居民南撤，但巧合的是那座城是『亙流城』協助建造的，而我一年前跟『亙流城』的人通信時，他們提到一件很奇怪的事，就是北城變成了北城村。」

「記得。當時我還取笑他走錯路，把別的村子誤當成北城。」臥風彼馬上回想起來，當然這件事後來沒再繼續討論下去，而後來『秋水』國即將滅亡，他們的焦點自然轉移回司飛羽的行動上。

「看過咒師顯露絕技的那晚，我想北城或許真的有可能變北城村。如果他們的能力系出同源，關鍵就在他們找尋的土咒師身上，如果能控制土，城牆是土做的，甚至所有的防禦工事都蓋在土地上，也就是說沒有攻不破的城池。」

「那跟妳剛剛的提問有什麼關係？」臥風此問。

「『秋水』國打過兩次讓我們十分意外的敗仗，而且都沒有任何文獻記載；一是北城，二是『亙流城』。我擔心等在我們前面的恐怕是『夜雲帝國』的毀滅。」臥萱的神情異常凝重。「我們並不清楚還有哪些咒師，說不定一入戰場就會遇到。」

「那麼，我們還可以做些什麼？」臥風此的聲音罕見的低沉下來，他十分清楚現況的嚴峻，司飛羽是要打下『亙流城』或是藉機剷除貴族兵力，咒師們又是站在誰那邊，『亙流城』是戰或是和，太多疑點充斥在這段單純的支援行動裡。

「大哥，請你幫忙去問一個人。」臥萱轉頭看向臥風彼，在有限的時間內只剩下那個人可以回答這個問題。

司飛羽今天起得特別早，儘管昨天與伍藜軍議到午夜仍是精神奕奕，或許是土咒師在他的夢裡又被殺掉了一次。事實證明他是對的，因為在那之後他率領的帝國軍就從未戰敗過，儘管因著兵力問題進攻『秋水』國的速度受到影響，但他還是靠著激進的手段打下來了。他深信在摧毀土巨人的同時有一些難以言喻的力量也開始印證在他們身上。

「軍師，『亙流城』剛剛有人來告知，以默商總為首的部隊快到了。」伍藜的聲音在帳外響起。

「人數呢？」司飛羽坐起身才發現衣服已經全被汗濕了，每次夢到那一晚都會如此。

「九千人，全騎著馬。」

「九千兵馬。」司飛羽將身上的黑袍換下，拿出替換用的黑袍與鎖子甲穿上。「你帶著『秋水』國的一萬戰俘，依計行事。」

伍藜仍站在帳外，既不回答也不說話。司飛羽穿衣的動作停了下來。「問吧。」

「在下不明白，為什麼一定要打這場戰爭？」伍藜低著頭，不敢直視司飛羽的目光。

「『亙流城』乃商業大城，『夜雲帝國』的商業卻還停留在單純買賣階段，大陸一統後下一步該促進國內繁榮。因此必須強迫『亙流城』的商人歸入帝國，否則商流與物資繼續集中在『亙流城』遲早帝國會衰敗。」

這段話完全是以財政為出發點，伍藜萬萬料想不到竟是軍師說出這番話。

「表面上看起來我國軍事能力佔盡上風，但未來是商業的時代，如果『夜雲帝國』要持續統治這塊大陸，『亙流城』絕對不能跟我們在同等的位置。」

「那今天的會談又是為了什麼？」

「『律事』商總默蕊是『亙流城』實質上的軍事與律法象徵，只要她點頭，我們就贏了。」司飛羽踏出營帳，強烈的陽光照耀得他有點睜不開眼睛。「當然我相信她會拒絕，跟她一起共事的是商人，沒有利益的交換條件不可能會答應。」

伍藜深吸一口氣，接著問：「那『飛羽』部隊呢？」

「今天還用不上。」司飛羽看向伍藜，一路以來除了白歲寒外跟著他最久的將軍，臉上的困惑像揮之不去的陽光。「去吧，準備開始和談。」

「是。」伍藜真正的疑惑不是剛剛軍師的那一場演說，而是他昨晚做的夢。夢裡面那個白髮老人的身影在他腦海中像揮之不去的月光，總讓他覺得身處在無盡的黑夜。

當初看著霍子季與司飛羽遞交議和書的森林，從來沒意識到自己所處的是兩國甚至腳下整個神離大陸的未來，她只是靜靜看著聽著，默默的任由地上的人類們互逞威風傷害彼此。

森林前，『夜雲帝國』軍事官『月下飛羽』率領一萬步兵一字排開，將整座森林全擋在浩大的軍容之後，面對『亙流城』即將來到的九千大軍嚴陣以待。

平原彼端，『亙流城』『律事』商總默蕊與堡軍統領平克剛率領六千騎兵成錐形陣緩緩前來遞交答覆。光是雙方的會面的盛大場面就已經大過過去十二年來大陸上不少戰役規模，很顯然的兩邊都準備交戰，也因此『夜雲脅和書』成為後世重要的史料與教材——當然不是正面的那種。

司飛羽獨自走向兩軍中心點，默蕊也跳下馬朝軍師走去，兩人身上的黑衣似乎象徵了共識，其實毫無交集。

「司軍師，初次見面，幸會。」默蕊率先開口，冰冷的語調開啟這次會談。

「默商總，多年來我多次邀請妳加入帝國都沒有下文，今天會有答覆嗎？」司飛羽提起跟兩國相交毫無關係的事情。

「那要看貴國安排給我的職位是司軍師的位置，或是叢帝的位置。」默蕊冷冷的說，這件事在會議上是公開的事實。

「哈哈，默商總言重，若能帶來和平，軍事官這位子讓予默商總又有何妨？」司飛羽看似鼓足了勁，但冰冷的丹鳳眼卻僵硬的像冰雕，毫無溫度。

「可惜軍師這話說得太晚，若議和書上有這一條，我自當在商會會議上據此力爭。」當然默蕊對這種開場白也有應對的經驗，畢竟她是跟五個商總平起平坐，於是搶先說出最後的結論。「軍師開的條件太過嚴苛，『亙流城』各商會決議拒絕。」

這結論早在司飛羽的計畫內，議和書的撰寫人說：「一個月前代表默商總前來的『箭雨』團長霍子季也曾請我為帝國估個價，不知道霍團長人在何處？」一事不成自然還有別事可問。

「當時請霍團長開價的伍將軍又在何處？」默蕊早在來此之前推演過，在這種場合，霍子季的死比活還要更有價值，她清楚司飛羽的計畫中包含在古崙山『處理』掉霍子季，因此也不正面回答。

「伍將軍嘛，今日營內的舊『秋水』軍降兵軍心有些浮動，我請伍將軍代為處理。治兵如治國，強分彼此只會亂上加亂，默商總是否有同感？」司飛羽微微一笑，再次把話題繞回去。

「當然，但強求彼此亦是，司軍師身有要事就先去處理吧，他日戰場再見。」默蕊回過頭，正要示意平克剛戒備時，突然胸口一痛，低下頭只見一支箭頭從自己前胸穿出！慢了一步，糟了。

後頭司飛羽的聲音大喊：「有人放箭！右軍入林禦敵，左軍救護『亙流城』默商總！」

司飛羽這傢伙！默蕊突然領悟到在司飛羽眼中的她是集『亙流城』權力於一身，但默蕊眼中的自己卻只是『亙流城』六大商會的一員，認知上的落差讓『律事』商總輕忽了這場會談！

默蕊中箭。平克剛絲毫沒有被眼前的景象亂了陣腳，拔起長劍率先大喊：「全軍上馬，保護默商總！」一時間大地震動，數萬馬蹄挾帶著無比威勢朝帝國軍疾奔而去。

但這就是司飛羽要的結果！森林後方的伍藜聽到聲音，也跟著下令：「『亙流城』不願談和，全軍聽令，從側邊進攻，保護軍師！」

雙方都喊著保護己方的人，這就是關鍵戰爭的序幕，被理解為侵攻已經是好久以後的學者抽絲剝繭才推演出的結果。

小丘上艾脩與兩名術師完全看呆了眼，他們沒想到戰爭來得這麼突然，發生只在笑談間。

「喂，我記得你說今天是來商談而已吧？」甦圮霎時間也忘了生氣，用力拍了拍艾脩的手臂。「看起來不像阿！」

「喔、嗯！」艾脩回過神來，驚訝到腦中一片空白，這是他第一次在距離這麼近的地方看戰場，上一次『秋水』大軍來襲時他還沒加入傭兵團。這麼多人密密麻麻的拿著兵器短兵相接，馬匹與人滾落在地失去形體的不真實感，他心裡突然興起一股難以言喻的畏懼，只覺得胃部緊縮有什麼東西快吐出來了。

「我們也要出發嗎？」穹弓問，雙手緊緊抓住弓弦。

「呃、對，喔不，等等……團長說你們可以撤退沒關係。」艾脩開始語無倫次。

穹弓不理會年輕的弓箭手，拿起身上的獵弓說：「默商總要是有個萬一，沂就危險了吧？」

「對阿！可是這麼多人怎麼打？我們又不是咒師，只能…」甦圮也是第一次看到那麼大的場面，一時間不知所措，瞥眼間看到艾脩身上的配劍突然有了主意。「穹弓你先上，我要準備一下。」

「好，等等自己小心，一定要活下來。」穹弓騎馬往戰場中心，默蕊的位置奔去。

「艾脩，你是弓箭手吧？劍借我。」甦圮也不等艾脩回應就把劍抽走。

這句話像一道光打入艾脩的腦中。「對，弓箭，我是弓箭手，我是『箭雨』傭兵團的一員！」艾脩一拉韁繩就要往下衝時，卻被甦圮拉住了。「你……」他本來要說『你幹嘛？』，但卻被眼前的術師模樣給嚇到。

「我會幫忙，這是我答應你們的。」甦圮說。「你快去找霍子季！」

「那你呢？」映在艾脩眼中的是熊熊火光。

「我負責把戰場切開！」甦圮的笑容隱藏在火光之下。

戰場上，司飛羽身邊的五千帝國軍已經團團包圍住默蕊，正在抵禦平克剛率領的騎兵進攻，待包圍網成形後將準備後撤。儘管此時『亙流城』的軍隊較多且軍備精良，第一時間靠著戰馬衝撞的力道沖散了帝國軍，但他們旋即感受到司飛羽軍中那股異樣的氣氛。

「這群人還活著嗎？」平克剛跳下馬朝默蕊的方向逼近，馬上有兩名士兵朝他砍來，他俐落的用手上的鐵甲撞開一名士兵的劍，一拳一劍一個迴旋就割破兩名士兵的喉嚨，但兩名士兵就像殭屍，絲毫不管喉嚨不斷湧出的鮮血，再次拿劍向他攻來。「他們到底經歷過什麼？司飛羽是怎麼練出這種士兵的？」他感到心頭一寒，只得大吼驅散那股黏稠的不適感。

雙方陷入僵持，『亙流城』的軍隊接近不了默蕊的身周。緊接著又是三名士兵朝平克剛衝來，突然側邊一箭射穿其中一名士兵的右眼！平克剛來不及看是誰支援，趁著另外兩名帝國士兵遲疑瞬間將他們俐落殺死。

回頭一看，卻是最讓人意外的支援。「穹弓？」

「快點，默商總被帶走就完了。」穹弓早已下馬，從箭袋拿出一箭就往前射擊。在混亂的戰場中沒有比這句話更人安心的了。

平克剛快速評估情勢，『亙流城』的士兵憑藉著軍備的優勢正在逐漸收攏包圍圈，但帝國軍黑壓壓的一片早有準備，正逐漸加強反擊的力道，便大喊：「全軍聽令，集中攻擊中央！」

但就在這時右側卻揚起一陣沙塵，一名『亙流城』的士兵急急忙忙的跑來。「統領，另一支帝國軍來襲！」

「什麼？」平克剛極目遠眺看到伍藜率領的帝國軍加入戰場，正逐漸朝他的位置殺過來。到底要先救默商總或是抵禦伍藜？這時『亙流城』騎兵的衝勢被阻，恐怕難以抵擋這支新加入的生力軍。

「你把軍隊全調去救默商總，這裡我來處理。」穹弓說完就朝著伍藜的方向跑去。

平克剛一咬牙，他還有什麼選擇呢？「全軍往左側攻入包圍，先救出默商總！」

穹弓低頭默禱，祈求神能守護他們，至少讓他能安全活下來。古崙山的獵人，土術師拔出一箭射向伍藜，也不管有沒有中又再射出一箭，然後又是一箭，他們之間至少距離百步，但那些箭全在半空中化成沙土灑在半空，隨著大風盤旋在戰場外圍。

伍藜只覺漫天黃沙越來越多，只看到一名服飾與『亙流城』堡軍不同的弓箭手不斷的射出沙子，頓時讓他手上的動作完全暫停。那身罩衫似曾相識，只是顏色不太一樣。

土！那一瞬間他內心的恐懼突然毫無預警的升高，無止盡般的攀到最高點，那是他從軍以來最大的噩夢。

「全軍，防禦、防禦陣型，站住！」伍藜連忙下令，新加入戰場的是舊『秋水』戰俘，對這道命令不明所以，只得停住進攻的腳步。

這一著完全在意料之外，穹弓根本不知道伍藜為什麼要這麼害怕，但他絲毫沒有放過這個機會，持續的把箭袋裡的箭，或該說是沙土全部射完，接著祈禱風不要太大，只要沙塵的密度夠高，他就有機會表現。一撮，一束，然後是一團，整片風沙像有了生命盤旋在伍藜的軍隊四周，一時間他和伍藜之間滿是黃沙，雙方就這樣莫名的對峙著。

這場變化帶來了扭轉勝負的後果，因為另一聲吶喊伴隨著一個驚人的景象從他們之間悍然切入戰場。

默蕊半跪在地上，她模糊的雙眼看去全都是帝國軍，一個堡軍也沒有，這時突然有一個人走到她面前。

「默商總，伍將軍沒能擋住降兵的叛變，實在對不住。」司飛羽的聲音傳入耳中。「此地危險，默商總請跟我往安全的地方。」

騙子！默蕊想這樣說，但胸口的劇痛讓她說不話來，她看著自己滿手的紅色楞著。

司飛羽微微一笑，抓著默蕊的頭髮強迫她抬起頭，兩對眼睛在短短的十公分距離對看，一邊驚愕，一邊瘋狂。「默商總，妳有想過身為人類最大的成就是什麼嗎？我真的很想現在說給妳聽，但很可惜妳沒時間了！」

默蕊眼前的那張臉，雙眼瞇成一條可怕的弧線，像一條蛇緩緩的朝她逼近，而一股涼意無聲無息的包圍住她的脖子。她的身周，帝國軍正奮力抵擋『亙流城』的攻勢，她能聽見平克剛焦急的指揮聲，還有一些模糊的聲響，但全像隔著水說話那樣失真。

司飛羽的雙手輕柔的掐住默蕊雪白的頸項，正要下手時忽然有一名帝國軍衝入陣內，逼得他只得暫時放手。「軍師！左側……左側有敵襲……」

「伍藜的軍隊呢？」司飛羽站起身。

「對方有人在戰場上變出妖術，伍將軍被困在風沙裡頭，然後…然後突然有一個……東西……」那名士兵還沒說完司飛羽就擺手示意他閉嘴，不是不耐煩，而是…

「我已經看到了。」如果不是叢帝的軍隊尚未抵達戰場，他肯定以為是火咒師的傑作。

遠方的艾脩緊緊記著那一幕，他想著如果有一天他能夠寫出流傳後世的故事，他會這樣開頭：

火星在戰場上畫開一條光明的道路，
鐵甲和沒鐵甲的　亙流城和帝國
幾百對含星的目光讓他燃燒起來。

有一團火球，或該說是一匹馬加一個人全身滿是火焰衝進戰場，頓時間伍藜的軍隊從最外圍開始發出害怕的喊叫聲，逐漸向森林的方向潰散逃跑，舊『秋水』國的大軍何曾見過如此怵目驚心的畫面？

火球裡的人有如天魔鬼神，火球裡的馬有如地獄來的坐騎，就連那人手上的劍都熊熊燃燒著致命的橘紅色火焰！整個人散發出無以倫比的威勢，所到之處就連『亙流城』的騎兵都嚇得倒退幾步。

甦圮，真有你的！就算是知道內情的穹弓都忍不住驚訝到說不出話來，此時他所能控制的風沙已經快支撐不住形狀，馬上開始搜尋退路。

「神啊，我就知道你還在！」陣中的司飛羽反而露出無以倫比的狂喜，他以為這片土地上已經沒有能讓他感興趣的事物，不料在此重新燃起希望。

火星瞬間讓伍藜的軍隊陷入混亂，但甦圮保持方向筆直的衝向默蕊與司飛羽。混亂的氣息開始影響到司飛羽身邊的帝國軍，幾個膽子比較小的也開始往後跑，一個、兩個、三個，缺口開始慢慢擴大，混戰的兩軍像列隊歡迎某個神祉，有默契的撤退。

甦圮高舉火焰劍大喝一聲：「司飛羽，放開她！」

在戰場另一側的平克剛只覺得帝國軍的士氣突然一陣浮動，接著連他的士兵都發出了驚呼聲，然後才看到那名火神判官。這才是火術師真正的形貌嗎？有一瞬間他真慶幸當時在『律事』堡外他對上的是穹弓而不是眼前這個人。

司飛羽不用看也知道己方的步調被完全打亂，旋即拔出腰間長劍與默蕊拉開距離。

甦圯沒空管軍師為什麼那麼乾脆的後退，戰馬火速衝入已潰散的包圍陣內，他大手一伸趁著衝力就把默蕊拽上馬。

「這傷我看是難救了。」出乎所有人意料之外，甦圯旋即在默蕊身上點起熊熊火焰，火球瞬間變大一路衝過堡軍以及平克剛身邊往戰場外疾馳而去。

「你幹什麼！」平克剛看到默商總被火吞噬的瞬間差點噴出火來。「全軍聽令，上馬追擊他！」神是站在我這邊的！司飛羽見狀欣喜若狂，默蕊被燒死了！這就是他想看到的一幕。「全軍追擊，不能讓『亙流城』的軍隊離開這裡！」林內衝出五千帝國軍，士氣登時再度被點燃。

戰況至此演變極其快速，堡軍追著火術師，帝國軍正在集結兵力反撲混戰中來不及上馬的堡軍。跑在最前面的甦圯剛想到來不及請平克剛下令撤退，回頭只看到堡軍統領一臉狂怒的追著他，雖然想不通為什麼，但反正是照他想像的走就好。

司飛羽目測舊『秋水』降兵在他身邊的折損過半，伍藜率領的舊『秋水』軍五千幾乎絲毫無損，追擊堡軍的帝國軍則大約六千，『亙流城』的六千騎兵損傷不到一半，這場戰果看來軍備上的差異已經是不小的差距了。

這時伍藜回到司飛羽身邊等候下一個命令。

「伍藜。」司飛羽看著遠方的火光，在太陽下仍然閃耀無比。

「在。」

「回頭把舊『秋水』戰俘全數殺掉，他們才是這一戰的主角。」

「是。」伍藜顫抖的聲音不知道是對黃土抑或是軍師的冷酷而感到恐懼。

然而就在伍藜去執行命令時，司飛羽的眼中首次感受到許久不曾擁有的悔意，這下他知道剛剛地火與土是從哪裡來的了。

平原的另一側有一隊接應堡軍撤退的士兵蓄勢待發，領軍者一身皮盔皮甲，皮盔上的星星鑠鑠發光。

「霍子季還活著？」司飛羽料想不到竟然有人遇上白歲寒還能活著出現在自己眼前！

霍子季的目光卻不是看向司飛羽，而是甦圮手中全身著火的默商總，後面是堡軍以及帝國軍，這情況絲毫容不得猶豫，有時候戰場上最無奈的就是，信任與救援只能二選一。「全軍，箭三上三，目標帝國軍，放箭！」

那一刻，帝國軍首次見識到『箭雨』傭兵團的威力。

事後僥倖活著離開戰場的帝國軍回憶起那場戰爭只有兩件事：火神，以及鋪天蓋地連綿不斷的箭雨。其中尤以箭雨更讓人印象深刻。

「那個時候我以為是太陽被烏雲遮蔽了，抬頭一看只看到滿天的箭射下來，一眨眼我身邊的伙伴們全被釘在地上了。更可怕的是，他們幾乎料定我們會往後撤，我才剛回頭，第二波箭就釘在我前方幾步遠，差點連我都要死在那裡！」說這句話的人運氣非常好，除了右大腿中了一箭外完全毫髮無傷。當然他沒漏掉自己靠著一隻腳爬回營區的那一段辛酸血淚經歷。

百年後・第十四章

百年前關鍵戰爭如火如荼的開打，引爆這場戰爭的原因，『律事』商總默蕊被暗箭射中一事留下非常大的謎團。認為是司飛羽自導自演的與舊『秋水』降兵自主叛變的學者群大約五比五，誰也無法說服誰，『亙流城』也沒有留下任何詳細記載。

距離該處以北兩百三十公里是現在的洛月市中心，在此地生活的人們不知道距離自己這麼近的地方就是神離大陸最後一場戰爭的序幕。有傳聞說洛月市警察局是唯一從那個時代沿用到現在的建築，中間雖然有經過內部整修，但整體上還算是保留當時的原樣。

「這件事只有研究過近代史的人才知道。」蒙不語坐在房間的一角說。

「真虧你還有閒情逸致講這個，不過我確實不知道。」霍雨郎坐在另外一角。

「那場戰是司飛羽軍師生涯的一大污點，一萬舊『秋水』士兵仗著數量優勢發動叛變意圖讓『夜雲帝國』跟『亙流城』關係破裂，雖然很快就被『亙流城』堡軍和『箭雨』傭兵團殲滅了，但混戰中『律事』商總默蕊也身受重傷，帝國軍更是折損了將近一萬人。」蒙不語的推論屬於叛變那邊的，儘管他也說不出司飛羽自導自演有什麼矛盾點。

「司飛羽也真是學不乖，八年前的夜雲內亂才被叛變過一次，過了八年又被叛變一次，『秋水』國雖然給滅了，這次倒真是借屍還魂。」霍雨郎灌了一口水，他們已經聊了不知道多久了。

「是阿，這也是『月下飛羽』廣受爭議的一大主因。戰功彪炳屢戰屢勝，但染上的污點也是一般軍事家無緣碰上的，而且兩次都是叛變，到底是做人有多失敗才能再次中獎。」蒙不語看了看四周，深深的嘆口氣。

「嗯，那不是跟你差不多？」霍雨郎說的正好就是蒙不語嘆氣的原因。

「是阿，我還滿能體會那種感覺的，被拐一次沒出事算我運氣好，沒想到會被拐第二次。」蒙不語再次嘆口氣，如果自己七年前沒有在電視上講出那種話，現在可能早就是主任教授了。

「如果照你說的，關鍵戰爭應該那時候就打完了，怎麼還會有後半場？」霍雨郎問。

「後來『亙流城』以『律事』商總默蕊的死亡為由主動率軍反撲『夜雲帝國』，現在線索就斷在這裡。這段歷史的記載還算是滿清楚的，沒什麼灰色空間可以讓我做假設。」

「除非你能解密『亙流城』關於這段戰役的會議記錄？」

「對，或者我可以把〈艾草詩集〉拍成電影，或許可以提供現代人創意跟想法做假設，或許有哪個好心人願意跟我分享吧。」蒙不語緩緩嘆口氣，繞了一圈回到原點的感覺真的很差。

「光是前面的證據就可以證明有『咒術師』在幫司飛羽了吧？我是說曾經有。」霍雨郎指的是探測儀製作出來的照片，那可是相當有利的證據。

「但是我無法證明為什麼『咒術師』會死在夜雲內亂那場仗，這根本是矛盾的結果，如果『咒術師』擁有那麼強大的力量，為什麼還會死？這不合理。」

「『咒術師』也是人，是人就會死。」霍雨郎的語氣像在說某種哲學語言，但說出來就失去那種感覺了。

「說的對，我真希望可以去亙流谷調查看看，就算是什麼都沒有也好，不知道有沒有好心人願意把我們保出去。」

「那你得看虞小子的良心了。」

「看他？我以為我們是因為被控告違反考古準則所以才被關在這裡。」蒙不語靠在房間門口的鐵柵欄上，他們跟外頭的世界完全被隔開了，鐵鏽的氣息充斥著整個鼻腔。「你考古過程沒被警察抓過嗎？」

「當然有，我二十七歲那一年就是非法考古，只是媒體沒有報那一段。」霍雨郎聳聳肩。「但我從來沒有被市長親自帶隊抓來這裡過。」

那個晚上他們在文物館推測出了極有可能是『咒術師』存在的證據，但當時叩門的是市長親自帶著一隊警察站在蘇奇遠的位於東館三樓的辦公室外面。文物館並沒有請警衛或管理員在門外接洽，自然也沒人通知他們發生了什麼事。蘇奇遠一打開門登時目瞪口呆。

「蘇教授您好，我們想找秋水大學的蒙不語教授與國家考古學家霍雨郎先生，請問他們在這裡嗎？」洛月市市長虞濤客氣的說，目光卻盯著他要找的對象。

霍雨郎和蒙不語不知道發生了什麼事，一起走到門口和虞濤面對面站著，霍雨郎試探性的伸出手說：「市長，我是霍雨郎。日前承蒙您邀請我來考古一段歷史，不知道有什麼問題嗎？」

不料虞濤卻愣了一下，說：「我邀請你？霍先生是認錯人了吧？」接著回頭對警察說：「請帶走。」旁邊兩名洛月市警察同時伸手搭上教授與考古學家的肩膀，猛力一拉就將他們帶走。後頭還傳來蘇奇遠跟虞濤的對話。

「市長，您親自前來抓人，到底是發生了什麼事？」

「有人向我檢舉霍先生擅自使用地層探測設備在南夜雲市以及東秋水公園等地進行探測，因為沒有事先申請，有違反國家考古準則的疑慮……」

洛月市警察局的拘留所維持著單一的色調，灰色水泥地板、兩組木製床板、灰色的棉被、灰色的天花板，就連整個室內的牆壁都漆上灰色，正好跟鐵柵欄湊成一組。他們身處在這個大房間隔成的四個房間裡最靠裡面的那間，隔壁的另外三間目前都是空的，鐵柵欄外頭是一個狹長型的走廊，往左邊可以直直的通到外面。房間後方的牆壁上一扇小窗也幾乎被鐵柵欄遮蓋住，陽光幾乎擠不進來，雖然是夏天但蒙不語在這一片灰色世界中只有感覺到強烈的寒意。

「違反國家考古準則會被關多久？」蒙不語有些不安。「不會要關到開學後吧？」

「根據洛月市法律最多會被拘留四十八小時，接著送到法院聽候審判，所謂的國家級犯罪就是指我們這種人。」霍雨郎的右手食指靠著木製床板輕輕敲著。「你該擔心最後是被什麼罪名定罪。」

「我七年前說要翻案被笑到現在，如果最後真的是違法考古，應該反而是加分。」蒙不語把眼鏡脫下放在旁邊的地上，這些日子趕場似的東奔西走，難得有時間可以休息竟是這種情況。「如果像你說的，是虞皓祠舉發的話，我想他自己會來告訴我們的。我比較好奇他哪根筋不對。」

「看不出來你這麼樂觀，我看這次除非有神來救，不然就要跟我們的職場生涯說再見了。」霍雨郎嘆口氣說。「不過你運氣不錯，我覺得他好像到了。」

「希望如此，他來了再叫我，我先睡一下。」蒙不語爬起來坐在床板上正要躺下，忽然聽到走廊盡頭的門打開了。心裡暗想霍雨郎也真是神預測，怎麼當時就沒預測到警察在門外？

腳步聲慢慢走來，虞皓祠的臉出現在柵欄的另一頭，今天沒有戴鴨舌帽，看起來頭髮至少有整理了超過四小時。「蒙教授，霍先生，還好嗎？」

霍雨郎從被關進拘留所以來就在等這一刻，馬上站起身對著虞皓祠說：「還過得去，你呢？找到你流亡『夜雲帝國』的『秋水』國貴族了嗎？」

果然，虞皓祠臉上的笑容瞬間消失，像挨了一巴掌似的，冷冷的說：「看來霍先生過得真的不錯。」

「流亡『夜雲帝國』的『秋水』貴族？我怎麼不知道你在找這個？」蒙不語一臉困惑。

「什麼『這個』？你嘴巴放乾淨點！」虞皓祠怒道，旋即又恢復冷靜。「既然霍先生知道了，那是否可以幫我這個忙呢？我們是有簽約的。」

「抱歉，合約內容沒有那項。」

「你再說一次。」虞皓祠從外面緊抓著鐵柵欄，突然逼近的氣勢像要衝進來似的。

「嗯，合約內容沒有那項。」霍雨郎絲毫不受影響。「你仔細回想那份合約，你勾選的項目裡面有這項嗎？『夜雲帝國』的歷史、『秋水』國的歷史、『亙流城』的歷史全都在你跟我簽約的項目裡。但就是沒有那項，對我來說是你違約。」

蒙不語聽得瞠目結舌，如果不是說這段話的人被關住了，完全就是電影裡的談判對白，通常是在講商業行為的那種。

虞皓祠瞪著霍雨郎像要瞪死他似的，霍雨郎也絲毫不退讓，良久虞皓祠說：「好，大不了重新簽約，這沒問題吧？」

「這當然可以討論。」霍雨郎點點頭。「不過有鑑於你這次讓我被關在這裡，我可能會把你轉介給其他考古學家處理。這沒問題吧？」

虞皓祠緊抓著柵欄的指關節都泛白了。「霍雨郎你想清楚，國家考古學家違法考古的罪名，可是比你還沒拿到之前重得多。」

「等等！」蒙不語突然卡在霍雨郎跟虞皓祠中間。「讓我插句話，你找流亡『夜雲帝國』的『秋水』貴族要做什麼？說不定我有相關的研究可以解答。」

虞皓祠的臉上突然青一陣白一陣，放開鐵柵欄後退一步說：「有那麼簡單就好了，而且這跟你無關！」

「不，這跟我們都有關。」蒙不語走向前幾乎貼著鐵柵欄。「當初如果不是你，我們沒辦法走到現在！我會繼續夢想有一天可以跟霍雨郎合作，而霍雨郎可能還在南夜雲市或北夜雲市或亙流城……隨便啦某個地方考古，我們有各自的『真相』想要追尋，但都困在自己的小房間內！既然我們都一起找尋一陣子了，乾脆就一起到最後，現在，告訴我為什麼，我可以幫你！」

虞皓祠抱著頭遲疑了一下，蒙不語有一瞬間真的以為成功說服他了。「我要找的是，不、不對，你們只在乎自己的『真相』，你們何曾在意過我到底住哪或是誰？這只是你們的旅程，不是我的。母親說因為我的身世所以父親不認我，但我其實是貴族之後，歷史上沒有記載的貴族，那個貴族……那個貴族是誰？」虞皓祠抬起頭。「教授，那個貴族是誰？告訴我，我可以撤銷舉發放你們出來。」

蒙不語閃過一個念頭，他只要隨便講出一個冷門的人名，不管是平克剛、伍藜甚至是盧莫為，都可以讓這件事圓滿落幕。但是他努力思索自己過去讀了將近二十年的近代史，數萬數億個假設與幾十篇不受矚目的論文，結論只有一個：「對不起，我沒聽過這個人。」

虞皓祠的雙眼一歛，兩行淚水奪眶而出。「母親，沒有這個人，沒有這個人。」接著突然像失神一般空洞著雙眼。「但他確實存在，只是沒有被記載，或是被你們這種人給殺了。」

「什麼？」蒙不語後退兩步，眼前這人突然無比陌生。眼角突然有什麼東西掠過，轉頭一看卻是霍雨郎。「虞小子，那些身分根本沒辦法幫助你什麼，你心底其實知道的吧？不要欺騙自己，市長如果不在意你，根本不會聽你的派人來抓我們！」

「不，我的身分是貴族之後，是『秋水』國的貴族。這是事實，歷史上的真正謎團，你們少騙我！」

霍雨郎不想在那個話題上再糾纏下去。「冒用洛月市市長名義寫信給我的其實是你，虞濤是你的親生父親對吧？所以你沒辦法從正門進去他的辦公室，一定要躲過媒體。但這些都不重要，是不是貴族根本不影響我們對你的看法，你冷靜點虞小子！」

這個問題命中虞皓祠的混亂核心，他的腦海轉過無數個念頭，最後從他嘴裡蹦出來的卻是：「我明白了，連你們都不相信，你們只是想從這裡出來，對吧？」

霍雨郎重重嘆了口氣。「隨你便吧。」說完便走到床沿坐了下來。

蒙不語不知道怎麼接著繼續聊下去，只得說：「呃，還有其他事情嗎？」

「沒有了，我們法院見吧，我想我至少有人證和物證可以告死你們。」虞皓祠一臉沉靜，剛剛那一段對話像從濕毛巾擰出來的水，全落在地上任由排水孔一滴不剩的收納掉。

虞皓祠走後，蒙不語才問霍雨郎說：「你早就知道他的背景？」

「有猜到。」霍雨郎沉重的點點頭。「打從來『火神』餐廳的人是他而不是寫信給我的市長，我就請古嶽幫忙調查，反正那時候他們也沒事做，去洛月市找那些公務員聊天倒是挺擅長的。」

「看他的模樣，應該好一陣子了。」蒙不語透過鐵柵欄斜斜的看向門口。「那現在怎麼辦？真的等法院見阿？」

「現在只能等。」霍雨郎說完閉上眼睛。

沒有任何警察來跟他們問任何問題，蒙不語躺在床上看著灰色的天花板，甚至懷疑他們被遺忘在這裡了，看來要等一百年後的洛月考古團隊來救他們，順便考古他們被關在這裡的原因與牢房的格局。自己想完自己也覺得有點好笑。轉頭一看，霍雨郎背對著他坐在地上。「幹嘛有床不坐坐地上？」

「時間差不多了。」

「四十八小時了嗎？這麼快？」蒙不語坐起身舒展了下筋骨。

「蒙教授，我有一件很重要的事情要說。」霍雨郎突然沒頭沒腦的問起一個問題。「你知道在『火神』的那個晚上，是什麼原因讓我留下來聽你說完『咒術師』的推論嗎？」

「誰知道？或許我講得很動聽？」蒙不語自己說完自己笑了兩聲，但霍雨郎似乎覺得不怎麼好笑，他乾笑兩聲後只得閉上嘴。「好吧，為什麼？」

「因為你說，我家裡所有的書也無法填補那半個月霍子季去了哪裡這塊空白。」霍雨郎轉過頭，臉上的微笑以灰色調的牆面為背景不太明顯。

蒙不語都快忘記有說過那句話了。「沒錯啊，就算是現在我們還是沒找出那段空白，我頂多只能假設他帶著咒術師回到『亙流城』。」

「嗯，我原本以為你只是個〈艾草詩集〉妄想症患者，或是最近市面上崛起的輕小說作家，擷取一段文字就能掰出一大篇故事的那種人。但是你別的不提偏偏提到那段空白，坦白說我第一次聽到有人用那段空白來做文章的。」霍雨郎看著蒙不語露出意義不明的笑容。

「等等，你現在不會是要告訴我，你家書架上正好有本書註明霍子季去了哪吧？」或許是剛剛才跟虞皓祠說過話，蒙不語突然有靈感。「你姓霍，你的先祖就是霍子季！」

「怎麼可能？你想像力太豐富了。」霍雨郎啞然失笑。「我大學畢業時從沒想過自己可以做什麼，但我很想知道我的先祖到底是誰，所以我跟古嶽兩個人幾乎踏遍了整個神離大陸。就算我找到『亙流城』會議記錄，取得國家考古學者的地位，我還是不知道他們是誰。」

「霍先生，我不知道這跟你聽完我的推論有什麼關係，可以直接說重點嗎？」這實在太像在聽自己上課，蒙不語提醒自己暑假過後上課不要做相同的事。

「嗯，會這樣開頭是有理由的。有兩個原因讓我改變了想法。一個是你說到司飛羽快速的掃蕩了東南諸國，怎麼可能毫無理由駐軍一個月。」

「人的習慣沒有不變的。」蒙不語瞬間就想起在『火神』的那個夜晚的對話。

「沒錯，那提醒我輕忽了關於東南諸國的考古，因為有『夜雲帝國』文獻記載就沒有去懷疑那裡的可能性。古嶽調查完虞小子的身分後，我請他朝東秋水公園去找，不管用什麼方式都可以。」

「幸好對你有幫助。那第二個呢？」

「就是你剛剛說的，『咒術師』是霍子季或白歲寒帶進這塊土地上的這個推論，是我過去四十幾年來聽過最有可能的。」如果這話不是霍雨郎說的，而且還是一臉正經的說，蒙不語以為這是七年來取笑他的另外一種方式。

「原來如此。」『咒術師』的推論受到肯定對秋水大學近代史教授來說是頭一遭，但他馬上就意識到一個顯而易見的事實。「你本來就相信有『咒術師』？不對，在事務所時你還不相信，是在文物館蘇教授說服你的嗎？」

「我們簽約的那晚，雖然可以證明霍子季有帶……某些人回來，但我還是半信半疑。真正讓我全然相信你的推論，是隔天我收到古嶽在東秋水公園發現地層混亂時。」霍雨郎還記得當時的興奮感，宛如回到二十年前發現『亙流城』文獻的那一天。

「但那只是遛探測器找到的。」蒙不語提醒。

「對，我只能說有神在幫我們，我們本來已經放棄了，你讓我找到希望。」

蒙不語突然把整段話連結起來，或許他、老劉、虞皓祠都沒有注意到一個超現實的問題。「你……你跟古嶽……你當時是怎麼知道古嶽在東秋水公園發現地層混亂的？」

「你比我想像中的還要鎮定。」霍雨郎雙手觸地，房間正中央的水泥地突然陷落一個四四方方的洞！底下傳來極度沉悶的一聲『咚！』。蒙不語揉揉眼睛，確定那個洞確實存在眼前，更出人意料的是底下旋即伸出一個木梯，一個人探出頭來，竟是古嶽！

「老闆，走吧。」古嶽壓低聲音說，接著轉頭向蒙不語說：「我早跟你說我們從來不靠那些儀器考古的，這下你相信了吧。」

霍雨郎向方洞擺手。「蒙教授先請吧，有些事情你得親眼見識。」

我還有其他選擇嗎？蒙不語雙腳小心的踏著床邊的地板，生怕一站起身整個房間都會隨之陷落。古嶽先往下爬，蒙不語在方洞邊緣往下看，看不出來到底有多深，但事已至此總比留在房間裡被移送法院判刑好。

蒙不語沿著木梯向下爬，底下幾道亮晃晃的光束，距離越來越近後才發現是考古團隊的成員人手一支手電筒。團員都很興奮，手電筒的光不時閃過他眼前，所有人七嘴八舌不知道在講些什麼。蒙不語看向身旁那塊整齊的四方水泥土柱，從上頭掉下來幾乎沒有損傷，抬頭一看才發現這個地方的天花板至少有三公尺高，也就是說他們置身在一個三公尺高的空間裡，照常裡而論，這是地底。

「古大哥，老闆又被你救出來了，真厲害！」

「可惡，早該出手了，我早就說要趕快把教授放出來！」

「蒙教授看起來一臉茫然阿，也難怪，我以前幫忙救過老闆，當時表情也是這樣，哈哈！」

蒙不語一時間被手電筒的燈光照得眼花，心裡有幾百個問題想問，最後先問的是：「你們全都知道霍雨郎跟古嶽有這樣的……能力？」

其中一個團員左右看看，光線忽明忽滅間大家都露出心照不宣的笑容。「知道阿，但這能力也沒什麼，除了考古外也不能修馬路或幹嘛，打房子地基也不比機器來得快，當雕刻家也只能刻土。」

這時霍雨郎也走下木梯說：「古嶽，來幫我。」

古嶽回頭跟其他團員說：「把木梯收下來，我們要封洞了。」

兩三個團員把手電筒掛在腰側光朝天花板，三步併兩步衝上前將木梯撤下來，霍雨郎、古嶽和其他團員將手電筒往腰側一放，伸手就要去抬那塊水泥柱。蒙不語整整呆了兩秒才意識到他們要幹嘛。

「等等，你們既然有辦法讓他掉下來，再讓他浮上去不就好了？」蒙不語忍不住問道，他想像那塊水泥柱直下直上，就超能力學來說十分合理。

「我等等，再跟你，說。」古嶽用力吐出這幾個字，霍雨郎則是用力得講不出話來。

只見水泥柱被整個團隊緩緩搬起來，一點一點抬高，直到高度達到腰部的位置。接著剛剛撤下木梯的團員有默契的上前頂替霍雨郎和古嶽的位置，考古學家和他的表弟則是彎著腰到水泥柱的正下方。那個畫面有點滑稽又有點感人，十幾隻手都卯足力氣的支撐著那塊不知道幾百公斤的物體，每一個團員都脹紅著臉像在比賽水中憋氣似的。

「好，我們要接手了。」霍雨郎一邊說一邊和古嶽蹲在水泥柱底下四隻手向上撐著。奇蹟一幕發生了，巨型立方體朝上緩緩被舉起，對準天花板的大洞分毫不差的塞了進去。但事情還沒結束，水泥柱只緩緩塞入了一點點，這時霍雨郎與古嶽向旁一讓，所有團員全聚集在柱底撐著。

「要這樣才可以。」霍雨郎呼呼喘氣，與古嶽一起在旁邊蹲下雙手觸地。那一瞬間，蒙不語完全相信百年前司飛羽可以靠著『咒術師』一路暢行無阻的打下東南諸國，甚至是強迫『秋水』國讓出北方領土。

那塊水泥柱像一塊正極磁鐵，被上方房間的負極磁鐵給緩緩往上吸，緩緩的緩緩的朝剛剛開出來的洞恢復原狀！有如科幻電影忽視地心引力與所有常識，所有團員手上的光線都照著那個原本空心的大洞變回天花板。

蒙不語喃喃說：「我剛剛少拍了幾張關鍵照片想放在我的論文裡，有人可以借我一台照相機嗎？」

「這個…通道是你們挖的嗎？」蒙不語重新目測這個地方，通道寬度可以容納八個人，前後都看不到盡頭。其實從牆壁的土質、氣味與顏色至少可以猜出不是剛剛才挖的。

「不知道幾百年了，因為乾燥所以保存良好。」霍雨郎輕輕撫摸牆面，冰涼，沒染上任何濕氣。「我也只是第二次來這裡，上一次是二十年前，當時洛月市警局寧可當作沒抓到我們，也不肯公布有犯人從他們的牢裡跑出來，基於合理的治安考量。」

蒙不語露出恍然大悟的表情。「那這裡是通往哪？」
「洛月市跟西夜雲市交界處有一座紀念關鍵戰爭結束的忠烈祠。」古嶽擦擦額上的汗說。
「等等，忠烈祠的意思是……」蒙不語突然覺得很不妙。「我們現在在誰的墓穴裡嗎？」
霍雨郎露出詫異的表情。「我以為近代史教授應該也喜歡墓穴？」
「不，我是純學術派的。」近代史教授露出尷尬的表情。
「你該學著適應實際的考古學。」霍雨郎輕拍兩下蒙不語的肩膀說。
蒙不語不置可否，要往前走忽然被古嶽拉住。「不是這邊，是後面。」
「後面？那這邊是死路嗎？」
「也不算是，但你可能會出現在洛月市的地鐵鐵軌上，相信你不想年紀輕輕身亡還被當成臥軌自殺。」
霍雨郎和其他人已經朝另一邊去了。
一行人在地底無聲行走，沒有蒙不語想像中的地鐵從牆壁另一頭傳來的轟轟聲或牆壁震動，也沒有地下水流過頭頂或腳下的淅瀝聲，只有他們不整齊但規律的腳步聲持續行進。在這段時間蒙不語想通很多事情，包含霍雨郎在旅程中不只一次神來一筆的線索靈感，以及他總在認真綁鞋帶的真正涵義。他突然想起在東秋水公園古嶽曾經講過一個詞，雖然馬上就改口。
「古大哥，我不太懂，你要怎麼留訊息給霍先生？」
「你有印象？念過書真厲害！」古嶽有些尷尬的笑，好像要說明他平常都怎麼健身，而他想藏私的感覺。
「當然那不是真正的留下訊息，我們是用事務所底下的某一塊地方畫上溝通好的暗號。」
「事務所？秋水市霍先生的市務所？你們可以控制到那麼遠的地方嗎？」蒙不語心想所以這種能力也不

比團員說地沒用嘛。

「透過土地相連的地方都可以，但反過來說，沒有相連的就不行。我們也是研究了很久才確定這件事。」霍雨郎突然到他們旁邊說。「那是小時候我們玩的遊戲，藏起某樣訊息給對方找，這一玩就玩了快三十年。」

「難怪你們剛剛沒辦法憑空升起那塊水泥柱。」蒙不語聽到這裡突然有個疑問：「那你們哪需要用地層探測儀？摸摸地板就可以啦！」

走在前面的團員突然爆出笑聲，在這近乎密閉的空間差點震破教授的耳膜。

「教授說的有道理，我們幹嘛厚著臉皮去跟國家考古協會借阿？」

「可惡，早該讓教授入伙的，我早就有這個疑問了。」

「古大哥，原來你這麼厲害，怎麼不早說？」

「很遺憾，我們無法做到那麼精確的探測。」霍雨郎搖搖頭。「我們所能感受到的是『整個大地』，地層的變化對我們來說太細節了。如果不是你提醒，我們到現在都不會知道這個能力會造成地層混亂。」

「並非萬能，就跟所有事物一樣。」蒙不語簡單的下結論。「但你們沒有選擇在媒體面前展現這套能力，這可比那些魔術阿或是什麼宗教神力還要真實。」

「沒錯，但這份能力有其風險。」古嶽說。「就像北城村那座埋在地底的城牆，如果要釋放如此大的『能量』造成大範圍的地層變動，會對施咒者的身體造成極大的影響。簡單說就是，你看老闆的頭髮與面容，他才大你十歲，卻好像大你二三十歲一樣；而我，其實跟他一樣大。」

「不要說的好像我很老一樣，我只是沒在運動。」霍雨郎冷冷說。

蒙不語仔細端詳這對表兄弟容貌與年紀的差異，確實有極大的差異。「也就是說，通常只有霍雨郎在使用『能力』？」

「可以這麼說，畢竟他是老闆嘛！」古嶽哈哈一笑，拍了拍霍雨郎的肩膀說。

蒙不語也跟著笑了，但心中隱隱約約想起一件跟百年前的土咒師有關的事情，但馬上就不見了，一點痕跡都沒留下。

一陣微風吹入通道內，不需要其他人提醒蒙不語也知道出口將近了，沒多久他們就走到一堵牆的面前，牆的左上角留有縫隙，風從那兒透入。霍雨郎與古嶽兩人同時蹲下雙手觸地，相同的姿勢看第二次就覺得不那麼驚訝了。但旋即蒙不語就知道自己錯了。

「嗯，等我提醒。」霍雨郎說完便進入沉默，一會兒後又說：「可以了，外頭沒人。」

「好。」古嶽說完，面前的土牆突然漸漸往下沉，像一道石門緩緩打開，只是方向不是往上而是往下沉落。同時，他們身後的地上突然慢慢的興起一座土牆，一落一起間如同土牆硬生生更換了位置，但想必不會有人注意到。

「走吧，呆看著那堵牆幹嘛？」霍雨郎拍了下蒙不語的肩膀。

現在已經是早上大概七八點，蒙不語依照自己的時間感判斷，剛剛應該在地下走了將近三小時有，但又不太確定。一條溪流橫亙眼前，水不深，看起來可以涉水而過，確實他們的目的地也在對岸，這群包含了近代史教授與考古學家的團隊默默的穿過河流，眼前一道緩坡向上，就是洛月市與西夜雲市交界的忠烈祠。

「我上次來應該是寫副教授論文的時候了，那次用關鍵戰爭後的發展當論文題材。」蒙不語說起那件事好像在說小時候看的童話故事。

「算不錯了，現代只有小學校外教學會來吧。」古嶽左右看看，一個人也沒有，跟戰爭留下的空虛感相同。

緩坡向上一個拐彎，眼前豁然開朗。他們從忠烈祠祠堂左邊的小公園走出來正面對一個石碑，右手邊是祠堂，像能裝下四十人的廟宇。祠堂頂是暗紅色的瓦片傾斜建造，門口兩側各有三根一人環抱粗的紅色石柱，上頭雕滿了他們極度熟悉的夜雲紋。

「這也是『夜雲帝國』蓋的。」霍雨郎看柱子的紋路跟洛月市警察局相同。

「對，另一個用意是慶祝關鍵戰爭的落幕。」蒙不語邁開步伐卻不是走向祠堂的方向，而是面前的石碑，大概八個人寬兩個人高的石碑，上頭刻的是死去的人以及見證和平的人；右半邊上方由右至左『夜雲帝國』四個大字，左半邊上方由右至左『亙流城』三個大字。「那場戰爭對雙方都造成重大傷亡，前哨戰後緊接著是雙方的復仇戰，地點在亙流谷，但有那麼多人能活下來，只能說有神保佑。」

「嗯，那是第二戰。」霍雨郎下意識地的點著石碑上的字，順著筆畫一道一道輕觸石碑上的凹陷處。

「我以為這個暑假就可以解開這個謎團，看來還有一段距離。」

「怎麼說？我們已經進展了一大步。」蒙不語說。

「目前的假設、會議記錄與地層混亂，就算賭上我跟古嶽下半輩子解說這股控制土的能力，還是不足以證明當時有『咒術師』的存在。我看，跟你簽的約要變長期約了。」霍雨郎長長的舒了一口氣。「但幸好我們成功逃出來了，剩下的就看洛月市警察局有沒有長進，我個人是希望沒有。」

霍雨郎沒說錯，這些只能證明當時有強大的『能力』，但跟『咒術師』的存在沒有決定性的直接關係。

「唉，我大不了換個論文主題用這些材料搪塞過去，反正你有照片我有假設。」

「咦，這塊碑的左下角怎麼沒有磨平？」古嶽繞著石碑走，光滑平整的側邊下方明顯的有幾十公分高的磨損痕跡。蒙不語和霍雨郎蹲在古嶽旁邊看他指的地方，確實有不太明顯的痕跡，看來是經過百年歲月的侵蝕與風沙填補，不仔細看不會注意到。

「應該是人為磨損吧。」蒙不語說，紀念碑他從小到大在各類書籍課本上看過不下一百次了。

「旁邊這個名字又是誰？」霍雨郎注意到的是，緊鄰著磨損痕跡的石碑左下角，有一個人名突兀的出現在最左下角。「甦圮？『亙流城』有這個人嗎？」

蒙不語皺起眉頭，自從讀完『亙流城』的會議記錄就沒出現過這號表情。「我沒印象有這個人，但他跟『亙流城』的人名寫在一起，應該是屬於『亙流城』。」

眾人又討論了一會兒但還是沒有結論，霍雨郎站起身舒展了下筋骨說：「嗯，那麼我們往亙流谷前進，結束這段漫長的旅程吧。」

早晨的陽光照在象徵和平的石碑上，送走今天的第一組訪客，這裡曾經是近代史的重要里程碑，但卻不是這群訪客的目的地。它目送他們，朝最後，也是大陸上最具特殊意義的戰爭之地尋找百年前失落在歷史夾縫中的答案。

百年前・第十五章

百年後洛月平原與秋水市的邊界，叢夜雲曾率領貴族軍兩萬抵達戰場，那時所有人都懷疑自己看到的景象，皇親臥家都完全愣住的慘況，白歲寒更是無法想像。帝國軍師『月下飛羽』率領殘餘的士兵迎接叢帝到來，司飛羽黑袍的左肩上綁著繃帶，看得出來已經受傷一段時間，而他與伍藜將軍身後，那群士兵的數量明顯跟出發前臥風此統計的數字有極大差異。

「報告戰況。」叢夜雲儘管內心震驚，依然保持冷靜。

「稟報叢帝，我治軍不力，五天前跟『亙流城』談和平條款時，舊『秋水』國一萬戰俘起兵反叛，令『亙流城』默商總重傷，生死不明。三方混戰中雖成功殲滅一萬叛軍，但我軍亦損失近一萬。」司飛羽單膝跪地說明戰況。

「兩萬大軍，轉眼間命喪此地。」白歲寒喃喃說。這個數量比過去討伐各國甚至是夜雲內亂時的傷亡數字還要大更多。但他的目光卻是看向伍藜，這種熟悉的狀況也不是第一次發生了，而且，又是左肩。

「看來無法和平的談下去了，而且還是我方理虧。」叢夜雲緩緩掃視眼前殘餘的士兵。「就算是被舊『秋水』國加上『亙流城』大軍圍攻也不該有如此大的損傷。」

司飛羽就是在等這個問題，馬上接口說：「『亙流城』請來古崙山術師幫忙，配合『箭雨』傭兵團與常備軍將整個戰況逆轉。」

「古崙山術師？」臥萱忍不住看向火咒師等人。

「看來是我村裡私自下山的人，造成貴國的損失。」火咒師說。「那就由我們來將功贖罪。」
叢夜雲猶豫是否要信任同是古崙山來的客人，最後點點頭說：「如此甚好。」
「請叢帝准許我帶領所有士兵連同三名咒師，取回帝國的顏面！」司飛羽低著頭，沒有人注意到他臉上志得意滿的笑意，所有士兵自然包含了兩萬貴族軍。
「慢著，我們憑什麼再去侵犯『亙流城』？就憑軍師身上帶傷嗎？」臥風彼突然插口。「現況我們應該盡快退兵，若是『亙流城』默商總有個萬一，將會面臨對方復仇的戰爭！」
「臥軍事官言重，舊『秋水』國若非仗著『亙流城』的氣勢，怎會選擇此時造反？『亙流城』在此事上亦難脫搧風點火之嫌。」司飛羽說出準備以久的理由。「況且陣亡的帝國軍有大半部分是死於『箭雨』之手，此仇更是不共戴天！」
白歲寒突然打斷這場爭辯：「『箭雨』目前領軍者是誰？」
「『箭雨』團長霍子季。」司飛羽一臉嚴肅抬起頭來看著白歲寒，目光中的怪責毫不隱藏的展現出來。
「他居然沒死？」白歲寒簡直不敢相信，被他砍傷加上跌落幾丈深的懸崖，竟然還有機會活命？他太知道白歲寒的個性，這種指控比命令還要更有效。
臥萱突然走到司飛羽旁邊單膝跪下。「叢帝，我認為仍有談和的機會，請讓我一試。」
「叢帝，事關帝國顏面，『亙流城』遲早會打來，應先發制人。戰場瞬息萬變，等到『亙流城』捲土重來就來不及了。」司飛羽哪裡不知道臥萱的意向跟自己相反，馬上做出回應。
這時叢帝身邊有另一人走到司飛羽身邊單膝跪下，那是令臥家想像不到的人。「我認為司軍師說的有理，尤其霍子季被我親手擊落山崖仍然無事。各種跡象顯示，『亙流城』有威脅帝國的可能，不可不防！」

『夜雲帝國』現役的老將白歲寒，支持司飛羽的說法。

若非同是臥家人有私情嫌疑，臥風彼和臥風此真想也上前跪下。然而更令人驚訝的是，有一人在臥萱身邊單膝跪下說：「在下認為，戰爭是沒有選擇的最後一個選擇，可以讓臥大人試著跟『亙流城』談談看。」此人就連司飛羽也感到訝異，那是他自認為也十分了解的人，竟是一路走來始終忠於『月下飛羽』的伍藜！

百年後霍雨郎說的好：人的習慣沒有不變的。

伍藜知道了什麼？臥萱的心裡驚疑不定。能讓伍藜在眾人面前反對自己長官的，到底是什麼樣的可怕理由？或許長久以來，他們都忽略了伍藜也是司飛羽的重要將領，她為自己身為情報單位失職感到慚愧。

「你們的意見，我知道了。」叢夜雲擺手示意所有人起身。「雙方意見都有理，那麼就把決定權交給對方吧。若是『亙流城』有心談和，便和；若他們不念及大陸和平，便戰。」

臥萱和司飛羽對看了一眼，同時轉頭向叢帝說：「是！」

這聲「是」才真的是所有人心向帝國的象徵，叢夜雲心想。可惜得道總在黃昏。

叢夜雲來到戰場的當晚，距離後世熟知的關鍵戰爭第二戰還有兩天，帝國軍內部卻籠罩著分裂的氣氛。如果細究每個在場的人最根本的目的都是為了『夜雲帝國』，但表現出來的卻是截然不同的立場。可惜近代史上沒有記載左右戰局的過程與結果的對話，而留下來的足跡與痕跡太淺，淺到難以明瞭。

主營帳內只有叢夜雲與司飛羽兩人對坐。

「你真的說服咒師們幫你，你不怕他們知道土咒師的真相後反叛你？」叢夜雲開頭就直指問題核心。

「在場只有你、伍藜與白歲寒知道，我認為臥家那群人應該都不知道，不然此刻我已經死了。」司飛羽言下之意是把這個祕密，連同自身的安危託付給其他人了。

「為什麼要做到這樣？」叢夜雲皺起眉，雙目射出憂心的光芒。

「這是我最後一場仗了。」司飛羽的目光直盯著叢帝的眼睛，對現在要說的話充滿自信。「『亙流城』打下來後，軍事官這一職就形同虛設。」

「所以你千方百計就是要逼對方開戰。」

「如果我估計無誤，少了默商總的指揮，『亙流城』至少十天後才有可能舉兵，我們明天就可以攻入亙流谷。不管這場仗的手段如何卑鄙無恥，都是最後一場，整個神離大陸的最後一場，也是我的最後一場。而這一切也是為了讓大陸和平，從此以後再無紛爭。」

「你包裝得很漂亮。」

「對。只有醜陋的東西才需要包裝，我有更高的目標要去追求。」司飛羽盡量維持目光與叢帝對望，生怕自己一轉頭就被看穿真正的意圖。曾幾何時，就連相識多年的人也不能觸碰他的內心。

「我明白了。」叢夜雲卻感覺到有些異樣。「不過肩膀中箭這種重複的套路就不要再用了吧，就連白歲寒一眼就看穿了。」

營地門口，臥風彼與白歲寒兩名退役與現役的軍事將領並肩站著，眺望夜晚的平原遠方，只是各懷心事，沒有人真的在觀賞風景。

「你知道你的忠誠心被司飛羽利用了。」臥風彼充滿惋惜的語氣。「這是領軍者最大的悲哀。」

「誰代表帝國，誰就能擁有我的忠誠，利不利用只是旁人看法。」白歲寒的手握在腰間的無鞘大劍柄上，看來就算是前軍事官他也不惜出手。

「我想也是。」臥風彼感嘆，他們都是軍人，他能理解白歲寒的想法。

「你也想跟我講戰爭與真正的和平那一套？」白歲寒瞥眼看臥風彼，他們兩人都老了，這可能是他們這一輩子的最後一場仗了。

「不，我們不講廢話。」臥風彼說，兩人都無聲的露出笑容。「就算你之前不肯說，我們還是推出了八年前的內亂你們到底殺掉誰，可惜我們太晚發現了。」這時候要是引發咒師們叛變，恐怕不只司飛羽，就連叢帝都可能死在這裡。

白歲寒臉上的表情瞬間僵住。「那也沒辦法，這種事根本不可能瞞住所有人。」

「你我同為帝國，但如果有可能，就算只有一絲徵兆讓我知道司飛羽的目的不是為了帝國，貴族軍將會從戰場上撤退。就算事後叢帝要殺我也無所謂。」

「有軍事官這句話，白歲寒死而無憾。」白歲寒的雙目極力遠眺，享受著宣告捐軀當下的景色。「現代戰爭到底在打什麼，我真的越來越不明白了。」

「真巧，我也是。」臥風彼拍了下白歲寒厚實的肩膀，幾許風霜，幾許宿願，眼前又是幾許蒼茫。

營地前方的樹林口，臥風此、臥萱與三名咒師就著月色討論的卻是另一件事情。

「多謝你們願意說明咒師的能力，這樣我知道為什麼你們明明擁有如此強大的力量卻一直沒有介入我們的紛爭。」臥萱微微鞠躬，能力的揭密同時代表了身分與性命的託付。「但，你不怕我們將來與你們為敵？」

「為不為敵，沒什麼差別。」火咒師說。「從前我們得靠著這樣的能力，維持幾百人的生活。來到山下才發現，就算沒有這樣的能力，你們可以養起幾十萬，甚至幾百萬人。」

「神當初賜予我們能力的目的，或許早就已經達成了吧。」三人中最相信神的水咒師說。

「倒是我們的請求就交託給你們了。」風咒師說。

臥風此面露難色的說：「第一項我們沒有問題，但是第二項……若我們都找不到，或是土咒師真的被殺了，那你們會怎麼做？」

火咒師聽出臥風此話中的疑慮，說：「那也只能這樣了，接著我們會去找出繼承能力者。」

「什麼意思？」火咒師說的很簡單，但臥風此不懂。「你們不報仇嗎？」

「如果照你們的推測，土咒師曾在司飛羽軍中，那他在這片土地上殺掉的人，沒有十萬也有五萬吧，難道那些被殺的人的家人朋友不想報仇嗎？」火咒師問。

「我想我知道你的意思了。」臥萱說，心下盤算這件事絕對不能讓司飛羽等人知道。「他們報仇的意念就由『夜雲帝國』照單全收吧。」

「那麼，願神保守我們。」水咒師用一句話做為這場戰前對談的結論。

然而戰事的發展，總是註定要在戰爭女神與和平女神之間二擇一；而通常，都是多數人不想要的那位女神得到支持。

亙流谷口，平克剛率領殘餘的五千堡軍與霍子季的三千『箭雨』傭兵團一前一後死守最後一道防線。

『亙流城』之所以佔有地形優勢便在於此，谷口只能讓小隊小隊通行，適合『亙流城』防守，但不利於外來者進攻。因此司飛羽的議和書上提到半個月打到城下讓霍子季如此震驚。

戰場的硝煙味逐漸濃烈，鐵甲還穿在身上的統領卻是心急如焚。五天前的下午，在這裡，平克剛一路追著甦圮和穹弓，三人直跑了一夜，直到讓馬匹休息時他才知道燃燒在默商總身上的火焰是什麼。

「這只是徒具形式的火焰。」穹弓解釋說。「火術與火咒不同，所產生的並不是真正的火，你可以理解成幻覺，也因為這樣甦圮才能在全身著火的狀況下移動。」

「你說什麼？」剛剛那段話突然超出平克剛的理解範圍，但一旁的地上默商總確實連一片衣角都沒有被燒掉，就像火焰只是一個全身性的動態裝飾物。「那是假的？」

一旁甦圮用自己的頭髮說明：「你看我頭上的火，你不是第一次看到吧，但我的頭髮卻不會被燒光。這不是真正的火焰，只是我『賦予』了火焰的形狀與光，不然我們就有烤馬肉可以吃了。」

平克剛好像有點理解但又覺得哪裡怪怪的，忍不住搔了搔頭。甦圮只得抓起平克剛的衣袖當場示範，統領的手臂頓時有一把火燃起；平克剛舉起手端詳，絲毫沒有熱的感覺，手臂也沒有被燒得焦黑，真的就像裝飾物一樣，難怪當時就連甦圮手上的劍都在燃燒，但混戰之中沒有人能細細分辨這件事。

「那你放在默商總身上的是什麼？」平克剛仍是下意識的甩甩手。

「是形狀、光與熱，只能幫她保溫，療傷術我不會。」

「意思是，你要帶她去找沂？」

「對！終於！幸好你理解了！」甦圮高興的手舞足蹈，沒有比自己的能力受到認同更讓人欣喜的事情。

那之後，平克剛命令殘餘的常備軍守著谷口，自己親自陪同甦圮回到『亙流城』，直到沂開始醫治並確認默蕊脫離險境後才回到谷口，跟著他回來的還有全堡士兵。

然而五天過去醫治的狀況卻遲遲沒有消息，怎不叫他焦急？

有一人來到常備軍統領旁邊，人還沒到，皮盔上的五角星反光就照亮平克剛的眼角。

「霍團長，有看到『夜雲帝國』的人嗎？」平克剛問。

「沒有，他們應該還在原地駐守，沒有要入侵的跡象。」霍子季剛從外頭率領傭兵團打探消息回來。

「這場戰爭還要再打？」

「我看很難善了。」平克剛蹲下身讓久站的雙腳休息一下，身上的鐵甲發出輕微的碰撞聲。

「『夜雲帝國』連剛打下的『秋水』國戰俘都擺不定，哪還有理由跟我們打？」

「但別忘了，這場仗我們也是被迫打的。」平克剛拔起幾根地上的雜草，接著放開，讓它們隨風飄散。

「默商總中箭那一刻，我突然有種預感，『夜雲帝國』根本沒打算要談和。」

「從白歲寒在古崙山把我打下山崖時我就猜了個大概，幸好我沒死。」霍子季想起在古崙山上做的那個夢，如果他死了，甦圯等人不會下山，『亙流城』直到和議前都不會知道發生什麼事，或許，真的會像夢中那樣全城陷落。

「而且，我覺得司飛羽很想打這場仗。我不知道是不是真的為了大陸和平，他讓我覺得他非打不可，不惜動用如何卑鄙無恥的方式都要我們陪他打。」平克剛看著遠方說：「我不相信那支索命箭是舊『秋水』國降兵幹的，就是不信。」

「那可真不妙。」霍子季看向谷口，兩旁的高山可能有幾百公尺，擁著自然天險的他們也有被強迫出兵的時候。

這時一道年輕的聲音闖入他們的討論。「老大！『亙流城』有消息了！」來人是守在常備軍後方傭兵團裡的艾脩。
平克剛迅速站起身，卻看到艾脩手上空空如也。「在哪？」他問的是六名商總討論後的結論書信。艾脩指向後方，那位有如死神骷髏般的化身，平克剛和霍子季馬上就知道，剛剛平克剛說對了，這場戰爭真的難以善了。
『陸浪』傭兵團首領陸浪快步走來，手上拿著一本薄薄的冊子，臉上的表情已經預告了這場戰爭接下來的走向。「默商總傷重不治，五大商會除『衣事』商總華千顏外，全體同意出兵將『夜雲帝國』趕回老家！」
「你說什麼？」平克剛差點無法相信耳朵聽到的訊息。
「你問的是趕走『夜雲帝國』還是？」陸浪一挑眉，並不覺得剛剛傳達的有任何不清楚之處。
「你說默商總她……傷重不治？」平克剛完全處於震驚狀態，靠著醫術師的醫療術也有無法救人的時候，而且神啊，還是『律事』商會商總！
「靠著術師也沒救活？」霍子季難以相信，當時連重傷掉下山崖的自己都被救活了，這次默商總卻死了。艾脩更是嚇到說不出話來。
「兩位節哀吧，明天一早我們就進攻『夜雲帝國』，做為奠祭默商總的葬禮！」平克剛久聞『陸浪』傭兵團嗜血好戰之名，但那是在戰場；此刻在『喪場』上更是展現無與倫比的氣魄。
「『夜雲帝國』就算少了『秋水』戰俘一萬，折損一萬，至少還有兩萬兵力，後方支援說不定已經到了，這件事需要經過規劃……」霍子季尚未說完就被陸浪打斷。
「不需要，我把三千『陸浪』傭兵團都帶來了。」陸浪言下之意是這樣就足夠了。

平克剛看看陸浪背上的刀，上次看它出鞘已經是八年前了。「那麼，明天上午我會宣告開戰以及默商總的死訊，這次，我們要司飛羽血債血償！」

「好！正需要統領這等氣魄！」陸浪露出令一旁的艾脩毛骨悚然的笑容。

事已至此，霍子季想不出任何阻止或延緩進攻的理由，只得點頭答應，希望明天上午能有轉機，最好是默商總還活著的消息能給所有人帶來希望。

不幸的是，隔天上午平克剛剛向士兵們告知默商總的死訊以及商會決定報復的消息後，士氣因哀戚氛圍反而都蒙上黑色復仇色彩時，更讓人按捺不住的消息傳來：『夜雲帝國』正在朝亙流谷進軍，甚至叢帝親臨，為了大陸的和平。霍子季擔心的事情正在一一發生，而他卻無力阻止。

「各位，這是關鍵的一刻！」平克剛用盡喉嚨與肺部所有力量，也想把胸中的悲憤準確的傳達到現場所有人的心中。「『夜雲帝國』叢夜雲就在眼前，這一個月來，他們向我們提出不合理的和平條款；這一個月來，他準備給默商總的是一支背後的冷箭！太可恥了，我們就這樣任由他們予取予求嗎？」

「不！」士兵們齊聲大喊。

「想報仇的，想殺了他們的，上馬，全都跟我來！跟我來啊！」平克剛雙眼火紅幾乎冒出火來。

霍子季突然意識到甦圮跟穹弓沒有跟著陸浪一起來這裡，但就算這樣也已經來不及了。他戴上皮盔，舉手示意三千『箭雨』傭兵團隨著常備軍與『陸浪』傭兵團的腳步，出發！

叢夜雲率領整個帝國所有戰力距離亙流谷不到兩公里處時，前方士兵回頭報告谷內有騷動，很像『亙流城』發動攻擊，叢帝、司飛羽和臥萱三人馬上決定緊急召開軍事會議。

「他們此時發動攻擊，應該是默蕊死亡。」司飛羽強壓下心中的雀躍，雖然對方出兵的時機比預期快很多，但一切都跟他的計畫相符。「我們應該跟他們正面交鋒，讓這場『誤會』盡快平息。」

「或者他們想出谷和談？畢竟默商總重傷發生在前，就算帶了全堡所有兵力也沒有什麼好意外。」臥萱說的心虛，心下清楚這只是無謂的掙扎，事情的走向已經定案了。

「我認為我們至少在此處先紮營準備防守，避免對方有意攻擊。」臥風彼接著說，盡可能扭轉命運的走向。

「我贊成臥軍事官的意見。」不知道是否昨晚的談話奏效，白歲寒這次並沒有站在司飛羽那邊。

「在下也認為應先防守。」伍藜從昨天起就沒有附和過軍師的意見。

「不，我們應該呈進攻隊形。顯然默商總的死亡讓他們失去理智，哀兵的士氣非常可怕，一旦我們採取防守就完了。」司飛羽分析說。

「你這麼篤定默蕊死亡，是有什麼根據呢？」臥萱忍不住心頭的氣憤問。

「我不知道她是不是死了，但她中箭的地方距離『亙流城』超過一天的路程，當時將她救出戰場的人全身都是火，也將火焰燒到她身上。這兩種傷就是神也難救。」

臥萱忍不住拍桌，頭上的髮簪一晃差點整個髻都散開。「你該不會一開始就計畫好……」

白歲寒斷喝一聲：「臥萱！妳說話的對象是軍師，太無禮了！」

臥萱緩緩吐出一口氣後說：「請叢帝准許我出去冷靜一下。」

「去吧。」叢夜雲說。臥萱走出營帳後留下滿滿的沉默，所有人都看著叢帝等他發號施令。叢夜雲心中輕嘆一口氣，說：「『亙流城』應已知道我在此處，大軍前來卻不先派來使，軍師說的有部分道理，全軍列隊，準備攻擊！」

「是！」只有司飛羽一個人應答，他感覺到目標已經近了。

會議中途離席的臥萱氣急敗壞的來到咒師的營帳外，正要伸手將帳幕拉開時風咒師已經先一步打開了。

「我聽到你的疑問了，沒錯，根據我聽到的消息，那位叫做默蕊的人死了。」

「什麼？」臥萱已經見識過風咒師的能耐，登時面無血色。「也就是說，沒有人能阻止戰爭了。」

「我們所能做的，也只有幫你們打贏這場仗。」幾乎被風咒師身形擋住的火咒師說。「快去準備吧，剛剛叢帝下令進攻了。而且對方已經來了。」

臥萱突然愣在當場，不知道接下來到底該怎麼做。

此時在隊伍前方準備發號施令的司飛羽以為他已經掌控這場戰局，可惜的是他料不到自己只說中了一半，因為他與臥風彼正在指揮兩萬帝國軍與兩萬貴族軍列隊時，遠方已經揚起沙塵。

「敵襲！敵襲阿！」遠方那名帝國軍的探子喊得大聲，但這兩聲喊叫就是他的遺言，甫說完後頭一把刀從他的左腹一路到右肩整個被切開！怵目驚心的紅色景象頓時讓在場所有人呆愣瞬間，握著那把大刀的是『陸浪』傭兵團首領陸浪，他身後是三千名騎馬持刀的傭兵。

「白將軍，領一萬五千前軍上前！」現任軍事官司飛羽立刻下令。

「五千貴族軍後軍聽令，後退呈防守隊型，以叢帝安危為重！」前任軍事官臥風彼卻下了完全相反卻不衝突的命令。

「臥軍事官，叢帝說進攻隊形，你莫非沒有聽到？」一旁伍藜看到兩軍朝相反方向行進，馬上提醒臥風彼。不料臥風彼不理他接著下令：「一萬五千貴族軍前軍，隨我守在此處。」依著不同的命令，整個帝國軍分成前中後三隊，在大平原上迅速擺開三層陣勢。

「伍將軍，隨他們吧。」司飛羽知道此刻當真是分秒必爭，沒料到竟不是五天前殘餘的堡軍，而是『亙流城』中最可怕的『陸浪』傭兵團前來，莫非他們現在面對的是『亙流城』全體決定進攻的態勢？默惢死後造成的混亂這麼快就彌平？怎麼可能？或者，從頭到尾『律事』商總的角色一直都不是掌權者？「率領五千後軍，換裝，快！」

伍藜直到這時才真正跟上這場戰爭的腳步，因為若不是情況危急，司飛羽不可能在貴族軍面前拿出自己祕密訓練的部隊，平定夜雲內亂的關鍵部隊。

就在帝國軍即將整備好隊形時，比眼前陸浪大軍來得更快的，是天上下來的鋪天蓋地的箭雨！落於守勢的一萬五千前軍頓時陷入混亂。三波箭雨後，士兵們抬起頭發現雨停了，而刀光已經殺到眼前！

搭配的真妙，轉眼間陸浪來得好快！騎馬的衝擊力加上砍劈用的大刀，其威力根本不是五天前的堡軍可以比擬，轉瞬間就將白歲寒的一萬五千名先鋒軍斬殺過千數百！更可怕的是他們完全無視密密麻麻的帝國軍，兩軍觸到瞬間『陸浪』傭兵團就散開來，以左衝右突的方式，不要命的打法瞬間打破一萬五千帝國軍的隊形！

「哈哈，痛快！我們一個人只要殺五人以上，你們就完了！」陸浪在亂軍之中大笑，大刀左砍右劈毫不停歇，簡直如入無人之境。那張骷髏般的臉有如戰場上的死神，幽魂般四處出沒，帶出點點血花。

這時，另一個聲音在戰場上響起：「陸浪，給我滾過來！」卻是白歲寒也在亂軍之中發難。

不料陸浪根本不理白歲寒的挑釁，殺紅了眼的刀快速的來回衝刺，每一次衝刺就帶下幾具屍體或幾個斷手殘肢。

白歲寒在幾萬人衝突的中央找不到陸浪的身影，大劍一揮就把一名『陸浪』傭兵連人帶馬給劈倒，接著又是一揮將一匹馬的前腳給斬斷，一個旋身將騎士的頭整個砍下。回頭一望只見沙塵滿天，遍尋不著陸浪的身影，這時他突然發現剛剛被斷喉的騎士手上拿的是劍。

現在看起來騎著馬的應該不只三千人吧？白歲寒正在驚疑間，突然面前不遠處一個騎士跳下馬。「白歲寒將軍？」

「幸會，你是堡軍統領平克剛吧？」

「幸會。」平克剛舉起劍邁起全身鐵甲的步伐朝白歲寒衝去，眼中閃著熟悉且在預料中的復仇目光。

陣外的司飛羽看著這一切，伍藜才離開不到半個時辰卻好像撤離戰場了。或者打從一開始他就沒有料到自己會有真正受襲的一天。

「軍師，換裝完畢。」伍藜的聲音突然從身旁傳出。

「好，等我號令，先找咒師們來。」但他已經看到通往勝利的道路了。

中軍，臥風彼率領的一萬五千軍一陣愣然，眼前看到的是很明顯的兵力差異，但是一個接著一個倒下的都是帝國的士兵。

這算什麼？我們面對的是什麼樣的怪物？

因為有堡軍悄悄加入戰場的優勢，陸浪殺到幾乎麻木，帶著幾名傭兵瞬間衝破了白歲寒的防線來到中軍前方，突然眼睛一亮。前方不遠處就是此戰的目標：『月下飛羽』司飛羽！

「哈哈！大白天的我看你怎麼打！弟兄們，衝阿！」陸浪掄起大刀就朝著司飛羽衝去，渾然沒注意到司飛羽身旁那名女子雙手觸地。

剎那間大地一陣震動，陸浪與其他傭兵的馬匹突然不受控制的揚起雙蹄不願前進！久經沙場的他們從未遇過如此狀況，正驚疑間突然碰的一聲，陸浪身邊的傭兵連人帶馬飛上半空，底下跟著的是一道齊天高的水柱！

「這就是為什麼到現在帝國軍還是步兵的原因，馬匹變成缺點了。」司飛羽轉頭問水咒師。「不能再打準一點嗎？」

「要引動地下水脈很困難，神賜給我的力量僅止於此。」水咒師的回答讓司飛羽接不下去，只得靜靜觀看。

陸浪周圍碰碰碰碰連響，馬匹無法控制將騎士紛紛甩下回頭就跑，陸浪正要爬起身時，突然腳下一陣震動。機會只在一瞬，他豁盡最後的力量將刀擲向司飛羽，旋即視角一晃不受控制的飛上半空。

然後風來，火來，他在最後看到令人滿意的結果，足以瞑目而終了。

戰場中白歲寒與平克剛兩人互相交換傷口，平克剛佔了鐵甲上的便宜，但白歲寒的大劍也在他身上敲出幾個連甲帶骨的內傷。白歲寒正要再衝上前時，突然後方傳來司飛羽的撤軍命令：「帝國前軍，撤軍後退！」

「什麼？」白歲寒不敢相信聽到的命令，兵力比對方多一倍以上竟然要撤退？

「白將軍，你該退了。」平克剛知道追殺的時刻到了，正要衝上前絆住白歲寒的腳步時，突然看到對手身後幾匹沒有騎士的馬朝自己的方向衝來，而只有『亙流城』有騎兵，這景象霎時間將他從狂怒的狀態中喚醒。

這是『陸浪』的馬？

白歲寒的驚訝不亞於平克剛，他唯一能想到的是：咒師出手了。

「帝國軍，退兵，退兵！」白歲寒迅速往後退。

此時在後方的霍子季看得清清楚楚，這場仗是『亙流城』輸了！

「全軍列陣，將箭袋裡所有的箭都準備好，要打撤退戰了。」霍子季大聲下令。

「老大，什麼意思？」艾脩皺著眉頭，己方處於上風，帝國軍前軍一萬五幾乎要殲滅殆盡。

就在此時戰場上傳來平克剛的聲音：「撤退，全軍撤退！接下來聽『箭雨』霍團長的命令！」

「意思是，商總們用術師的標準來看待咒師的能力，低估了！」霍子季做夢也沒想到，或該說他怎麼可能想得到在咒術村的那個夢竟然是真的？

戰況急轉直下得很快，〈艾草詩集〉精確的註記了那一幕：

風來　將戰場一分為二，

火來　將戰場一分為二，

統領身上的風與火燃起的是希望之光的熄滅。

平克剛的聲音迴盪在戰場上，側邊憑空燃起一個火苗，風起，火走，滿地草原被劈成兩半！挾帶著風勢的火像有了生命，彎彎曲曲的留下焦黑的路徑同時避開所有的帝國軍士兵與堡軍，到統領面前時已經凝聚成奔馳的獅子！

「統領！」不少的士兵看到了這一幕。

「朝霍團長的方向撤退！」這是平克剛的最後一句話，轉眼間他就被火獅子給吞噬。高熱與焦臭味從他的鐵甲內不斷傳出，甚至連喉嚨都被燒灼到融化再也發不出聲音，他想起甦圮施放在默商總身上的火焰，他們錯估形勢了！明白了，原來這就是咒師與術師的不同。這件事情成了他心中最後的一絲念頭。

這場火燃燒在戰場中央，燃燒在所有帝國軍的眼裡，燃燒在所有堡軍與殘存傭兵的噩夢裡。

霍子季旋即大喊：「全軍撤退！『箭雨』箭隊預備！」

剛脫離混戰的白歲寒見狀高喊：「全軍整隊，準備追擊！」

不料他的後方卻又傳出一聲：「帝國軍守住崗位，不可追擊！」

白歲寒回過頭，認出聲音是伍藜，馬上往後衝，剛從數千士兵隊中穿出，伍藜已經來到他面前，慘白的臉上寫滿噩耗。

「伍藜，這是什麼意思？」白歲寒怒道，勝券在握還不能追擊，這算什麼？胸口一股鳥氣忍不住爆發出來。

「軍師受傷了！」伍藜簡短的說。

「哈哈！還來這招？你請軍師他……」

「這次是真的，陸浪臨死前的一刀將軍師的左手臂砍下，軍師已經退到後軍包紮！」

白歲寒一臉震驚，手中大劍差點掉落在地，在他的記憶中軍師除了『自己中箭』外不曾受過如此重的傷，連忙回頭喝令：「帝國軍聽令，防守陣勢！」

回到霍子季身邊的堡軍與『陸浪』傭兵團不滿五千，加起來只跟『箭雨』傭兵團人數相當，不知道為什麼司飛羽或白歲寒沒有乘勝追擊，但這是撤退的唯一機會。

面對臉上寫滿恐懼的常備軍與傭兵團，他趕忙收斂心神下令：「全軍聽令，退到『亙流城』城下！」

舊『秋水』國境刻下了『夜雲帝國』的慘敗，而洛月平原則是刻下了『亙流城』的慘敗，但戰爭像是剎車失靈的汽車，不到底不停。

當晚在司飛羽帳內的所有人都感受到了這一點。

「我當初說過半個月內兵臨『亙流城』城下，明天拔營進攻！」司飛羽罕見的臉色慘白，左手斷臂處甚至還有些出血，然而他真正在意的卻還是進攻，如此氣魄就連立場相異的皇親貴族都肅然起敬。「我方還有帝國軍一萬可進攻。為避免『亙流城』還有其他暗藏兵力，保護叢帝的任務就交給前軍事官調度貴族軍。」

臥家三人頓感意外，司飛羽的出發點應是想盡辦法讓貴族參與戰爭，然而此刻卻主動讓貴族軍守在後方。臥風此忍不住發問：「司軍師確定讓貴族軍自行調度？」

司飛羽只能點點頭回應。臥風彼向伍藜和白歲寒說：「伍將軍，白將軍，若是戰況危急可以跟我們說，貴族軍必定出手相助。」

「感謝臥前軍事官。」白歲寒說。「那麼就讓軍師先休息吧。」

等到貴族代表全部離開後，帳內只剩下叢夜雲與司飛羽的人時，『月下飛羽』突然雙眼一睜，有如完全沒受傷似的。「叢帝，我有事稟報，事關此次戰爭的真正敵人，要是我們全軍出擊，將會死在亙流谷口。」

叢夜雲沒料到剛剛還精神耗弱的軍師突然像神靈附身似的睜開眼，饒是當年曾上過戰場也嚇了一跳。

「你……你有什麼要說？」

「進入亙流谷後首要目標已經不是『亙流城』的殘兵或是『箭雨』傭兵團，而是他們暗藏起來的兵力。」司飛羽看向伍藜。「伍藜，交給你了。」

伍藜感受到叢帝與白歲寒疑問的目光，或許他早已錯過應該猶豫的時間，眼下的危機不容他再次違逆軍師的意思，這裡，才是他真真正正的第一個戰場。

「稟叢帝，我軍中有一個人知道『亙流城』的暗藏兵力。他是『秋水』的……貴族，曾在和『亙流城』的戰爭中存活下來。」

百年後・終章之一

從忠烈祠離開的晚上，黑色轎車開過洛月市往亙流谷前進，後方跟著兩台休旅車。蒙不語以為自己還在警察局裡面做夢，因為開車的那個人理論上應該已經和虞皓祠一起從他的生命際遇中消失了。

「老劉，你在這裡幹嘛？」蒙不語再上車前確認過副駕駛座沒有人才上車，這時候還是忍不住看向後照鏡再確認一次。

「我？開車阿。最近虞皓祠開始過著正常大學生的暑假生活，我順便請了幾天假。」

「你應該知道虞皓祠跟我們……呃……拆夥的事情吧？」

「蒙教授你不要再驚訝了，我有跟他說。」霍雨郎打斷蒙不語的詢問。「倒是你得趕快把下一個目的地的範圍縮小，亙流谷再怎麼小，一個暑假也是探測不完的。」

「蒙教授，你確定有去亙流谷的必要嗎？如果我沒記錯，關鍵戰爭三連戰是以『夜雲帝國』的大敗與和平商談作結，既然是『夜雲帝國』敗了，很明顯的沒有使用到土咒師的力量。」看起來老劉其實滿喜歡跟他們討論歷史議題的。

「但是『咒術師』的力量足以解釋為什麼第二場復仇戰『夜雲帝國』得到空前的勝利。尤其是司飛羽跟白歲寒單挑格殺『陸浪』團長以及『亙流城』統領平克剛。」

「司飛羽在傳聞中本來就是文武全能的奇才，白歲寒也是帝國第一武將，這有什麼好意外的？你不會要說所有的功勞都是『咒術師』做的吧？」老劉露出帶著好奇的笑容。

「到時候探測看看就知道了，我們分兩組。」蒙不語推推黑框眼鏡指著地圖上某處給霍雨郎。「你的考古團隊探測這塊區域，這是當時『陸浪』與堡軍大敗之處。我們進到亙流谷中從最中央探測起，如果有任何發現就互相通知，反正我知道你跟古嶽有辦法。」

「從亙流谷最中央？你要探測全谷？沒辦法縮小範圍嗎？」霍雨郎皺眉，地圖上那個看起來只有一個拳頭大的可是一比五十萬的比例尺阿！

「不，這是我思考後的結果。亙流谷外一戰『亙流城』大敗，『夜雲帝國』長驅直入，最後是在亙流谷內勝負底定。而亙流谷內地形平坦，以兵力來說『夜雲帝國』勝券在握，理論上會直線入侵，那麼雙方交會點就在亙流谷中央。」

老劉透過後視鏡說：「蒙教授，問個題外話：為什麼教科書上不標示清楚雙方交戰的地點，這樣我們就不必用推測的。」

蒙不語不需要思考就可以回答這個問題。「因為留下的文獻只有字，而且不幸的是，『夜雲帝國』根本沒留下任何軍議的記錄，他們全都聽司飛羽的現場調度。」

「那真是太好了，我逐漸理解我們的價值與重要性了。」霍雨郎微微一笑說。

「咦？剛剛那裡就是關鍵戰爭復仇戰的地點，古嶽他們怎麼還跟著我們？」蒙不語回過頭看著開車的古嶽，對方正開心的揮手。

「因為我們在車裡，我無法留訊息給他們。」霍雨郎理所當然的回答。

後來黑色轎車與休旅車按計劃分成兩組，老劉載著蒙不語和霍雨郎開入亙流谷，依照地圖的位置把車停在正中央。百年前還是草原的地方，現在已經開出了幾條縱橫交錯的馬路，幸好來的時候是半夜，不然難免又要跟路過的汽車爭道。

「開始吧！」霍雨郎拿起地層探測器，往正中央一放，接著在附近的幾個點慢慢掃過一遍，或許是往亙流城的遊客真的全都搭地鐵，他們一路掃到快天亮居然沒遇到半台車，藉著汽車的的幫助他們甚至還把幾個可能是交戰地點的位置都掃過一遍，這才滿意的上車等待古嶽的休旅車前來會合。

此時蒙不語和霍雨郎的身分特殊不方便前往公家機關，於是掃描結果交由古嶽帶往亙流城的國家考古協會去洗出來，教授、考古學家以及司機則在亙流城找旅館休息。所有人的士氣都很高昂，他們沒有把握可以找出什麼蛛絲馬跡，但是他們相信會有。

一開入亙流城，老劉忍不住讚嘆：「這裡幾乎維持百年前的樣子，連六座堡都還在。」

真要說的話大概只多了電線杆與排水孔等現代化的設備，以及所有房屋都是水泥建築至少四層樓以上的高度，整個格局沒有太大區別。而因為觀光業與商業並重的關係，六大商會的象徵堡全都完好保存，每三年整修一次做為觀光客拍照與導覽之處，當然入內參觀是要收費的。中央市集為了讓汽車穿越，改為依六大堡屬性的周圍規劃商圈，讓出中央給汽車行走，也因此導覽上介紹的重點觀光路線是開車沿著亙流大道穿過東橋與西橋飽覽整座亙流城的風景。

「你們看這些建築的完整性，屋頂那座塔的石塊還是維持當時的建材。」蒙不語指著左方的『律事』堡。「這足以證明『夜雲帝國』沒有成功的打入這裡。」

「也就是說關鍵戰爭如書上記載，是在城外結束。」霍雨郎看著『律事』堡對面的『行事』堡，也是以相同的石塊作建材。

「沒錯。」蒙不語把黑框眼鏡脫下來揉揉發疼的眼睛說。「接下來就等古嶽的好消息了。」

那天他們住在『食事』商圈內的旅館，沒有其他原因，單純是因為老劉想在這裡吃東西，以及這裡距離亙流城警察局所在的『律事』商圈最遠。

當天下午，古嶽和團隊卻凝重著臉敲開他們房間的門，很難想像開朗如古嶽這樣的健美先生也有面色凝重的時候。

「什麼都沒有。」古嶽還沒走進門就大聲說。

「沒有是什麼意思？」霍雨郎問。

「老闆，就是什麼都沒有的意思。」古嶽將照片散在床上，藉著午後的陽光，蒙不語、霍雨郎和老劉仔細看著每一張照片，古嶽繼續說：「只有亙流谷外有輕微的地層隆起，但沒有之前明顯的三角錐或是地層陷落，整整齊齊，是個健康的地質狀態，我都快可以兼差去做地質研究了。」

他們凝重的看完所有照片，包含亙流谷裡與亙流谷外，確實如古嶽所說，沒有任何地層混亂的狀況，地層完整的程度就連一點點斷裂的痕跡都沒有。

「怎麼可能？這裡是最終決戰場地耶！」老劉放下最後一張手上的照片，坐倒在床旁邊。

「這表示關鍵戰爭『夜雲帝國』真的是靠著司飛羽跟白歲寒兩個人打的？還是他們就是『咒術師』？這論點也滿聳動的。」霍雨郎也宣告放棄，雙眼內側的細紋在陽光下幾乎劃過整個臉，當然他沒忘記這樣就等同『夜雲帝國』攻打『秋水』國的那八年他們的能力不明原因暫時失效了。。

「如果他們是的話，應該從他們加入軍隊後『夜雲帝國』就統一大陸了，我們可以少研究一整個戰國時代。」蒙不語還在一張一張看著。「還是白歲寒帶回來的人不是土咒師而是其他人？其他『咒術師』？不對，那為什麼還會打輸關鍵戰爭？這根本不合理！」

「蒙教授，你剛剛說到三個重點。」霍雨郎突然抬起頭盯著蒙不語。「一個是『亙流城』如果有『咒術師』幫忙為什麼還會在谷外大敗；一個是我沒記錯的話〈艾草詩集〉在這裡的描述應該跟大地震動之類的無關。」

「對了！〈艾草詩集〉！我差點忘了！這一段我沒記錯的話……沒記錯的話講的是風跟火，慢著慢著，在默蕊中箭的那篇也有火，但看起來有兩個立場是不一樣的火。」蒙不語陷入自己的思考漩渦中，接著馬上抬起頭迎向霍雨郎的目光。「霍先生，我想我可能知道你的第三個問題是什麼。」

霍雨郎露出一道古嶽認識這位表哥以來最燦爛的微笑。「如果文物館的文獻與〈艾草詩集〉寫的是真的，『夜雲帝國』與『亙流城』都帶回了『咒術師』。」

「但『亙流城』的『咒術師』只參與前哨戰，『夜雲帝國』的『咒術師』因為跟著叢夜雲和白歲寒的援軍腳步，在復仇戰中逆轉了局勢，打敗陸浪與平克剛的根本不是司飛羽和白歲寒。」蒙不語接著說，這是他教書多年以來做過最戲劇性的假設。

「而通常會玩兩手政策的原因你也知道，因為不信任。」

「所以問題在於『亙流城』出於某種不信任的理由在復仇戰沒有讓『咒術師』加入戰局，同時錯估了『夜雲帝國』的『咒術師』加入戰局的影響，因而大敗。」

「但亙流谷裡的這場，看起來雙方都靠著自己的實力在打，這只有兩種可能：一是兩國都不信任自己國家的『咒術師』，這純粹是國與國之間的戰爭。」霍雨郎說到這裡就停下來，他知道這不是答案，更知道蒙不語可以繼續往下推論，這不是靠任何超能力就知道的事情。

「另一種可能是，兩國都趁這個機會讓『咒術師』們面對面，而最後並不是哪一方『咒術師』獲勝了，而是雙方在兩國的夾縫間消失了。」蒙不語說完霍雨郎點頭，兩人突如其來的默契讓老劉看傻了眼，他一句話都聽不懂。「但搭配上關鍵戰爭的結局，我要修改剛剛的說法。『夜雲帝國』必然在這場戰爭中親自率軍要殺掉『咒術師』，而這個意圖最有利的證據就是那個。」

「哪個？」老劉忍不住問。

「夜雲內亂。」兩人異口同聲的說出這個答案。

百年前・終章之二

關鍵戰爭八年前，『秋水』國與『夜雲帝國』交界，數千柄長槍釘入土巨人體內，那個被後世稱之為『夜雲內亂』的戰爭在伍藜一聲令下，『飛羽』部隊將無數長槍連同土石一齊扯下的瞬間畫下句點。

土咒師渾身浴血從土巨人的空殼中跌出，巨人無聲崩塌歸於塵土，如此單薄的身軀毫無重量似的落在地上，連一絲土塵都沒有激起。來自古崙山的孤獨旅客，過去四年來的三位戰友一起來到他身邊，從他身上無數見骨傷口可以看出來活不久了。他終究還是人。

「原來我沒命看到我的族人在這塊大陸上生活的景象。」土咒師說。「我有什麼地方背叛你？」伍藜與白歲寒互看一眼，兩人臉上都露出一絲慚愧的表情。反而司飛羽卻是一臉冷靜的說：「你的族人的力量將是『夜雲帝國』的隱患。」

「只因為這樣？」土咒師嘶聲說，露出苦笑。「軍師，說出你的真心話吧，我不是第一天認識你。『秋水』國與『亙流城』未滅，還不到清算的時候，你以為我不會想到這件事嗎？你教我太多事情了。」

司飛羽露出詫異神情，旋即又恢復鎮定。「對，我只是想知道憑著我們，是否有能力殺，神。」

神？我嗎？土咒師心頭浮現疑問。

「如果我們有能力殺了你，那未來就算你的族人有異心，我們也能再次擺平。」司飛羽侃侃而談，從伍藜和白歲寒的表情看起來他們都同意。「確實你沒有背叛我們，但此時『夜雲帝國』需要超越神的力量，才能確保永久和平，從你入世開始，一切都改變了。」

「超越神？」土咒師笑了，咳出兩道鮮血。「你看這些血，我像是個神嗎？伍將軍，白將軍，在你們的眼中我是個神嗎？」伍藜與白歲寒同時迴避土咒師質問的目光，他們內心的答案不約而同的跟司飛羽相左。

「司軍師，這點你錯了。」土咒師的最後一句話是：「我是人，只是個人，你看到的只是自我滿足的幻象。」

「只是個人嗎？」位處中軍『飛羽』部隊前方的司飛羽喃喃說。

「軍師，到亙流谷了，直接往『亙流城』城下進軍嗎？」伍藜沒聽到剛剛軍師的喃喃自語。

「不，在這裡停下。」司飛羽的臉色比昨晚更白了，但一對目光仍是奕奕，幸好斷臂處已經止血。

「軍師，我們往『亙流城』前進結束這場戰爭吧。」伍藜單膝跪下，說出了自跟著司飛羽以來最有勇氣的一句話。「不要再打這種仗了，『陸浪』傭兵團與堡軍統領雙雙陣亡，『夜雲帝國』已經贏了。」

「伍藜，你……」司飛羽突然一口氣上不來，咳了兩聲。「告知臥軍事官，貴族軍與叢帝駐紮此處。」

「是！」伍藜說完仍是跪在原地。

或許是身負重傷的關係，司飛羽嘆口氣說出令伍藜難以置信，也是到目前為止最低姿態的一句話：「我好不容易支開了白將軍在前方領軍，想不到最後連你也要抗命。」

「軍師，在下……在下永遠忠於軍師，但此戰凶險，懇請軍師往『亙流城』前進，在下願以生命做為盾牌。」伍藜說到這裡頓了一下又說：「軍師務必要活著回到帝國。」

「好，我答應你。」司飛羽說到這裡，伍藜抬起頭露出欣喜的表情。但軍師又說：「軍令如山，下令全軍往南搜索是否有『亙流城』暗藏兵力，有發現的話殺無赦！」

伍藜的表情瞬間凝結。

「就算聽到昨天的命令你還是忠於軍師？」臥風彼問，他與白歲寒領著各自的士兵走在隊伍的最前方。

「我從來不忠於軍師，我忠於帝國。」白歲寒回答。

「那麼，祝你好運。」臥風彼拍拍白歲寒的肩膀。

白歲寒突然停下腳步說：「以前跟著臥軍事官打的，都是無聊的防衛戰；現在跟著司軍師打的，場場都是刺激的侵攻戰。」

臥風彼點點頭，這是整個帝國上下都知道的事實，司飛羽確實有軍事上的長才，也因此他才願意讓叢帝下達換人的命令，且心甘情願撫平貴族的不滿，不讓爭端進一步擴大。當然這一切將隨著歷史演進被埋沒起來，不會有人知道他這一生都是『夜雲帝國』的軍事官。

「但，以前戰場，比較有武人的尊嚴。」白歲寒說完，便頭也不回的領著五千帝國軍去了。

「你真的是一名將軍，不愧於你的名。」臥風彼雙手抱拳，目送帝國現役武功第一的將軍。

「你們其實知道昨天叢帝最後的決定吧，為什麼還要來？」領著另一支貴族軍的臥萱問著眼前不屬於帝國的三名咒師。

「我們知道。」火咒師說。

「但我們早已捨棄個人的存續。」風咒師說。

「神會保守我們的人民在這塊大陸上存活下來。」水咒師說。

走在臥萱身邊的臥風此說：「我是不懂什麼神，但這樣的結果你們真的覺得公平嗎？」

「公平只是一個相對的說法。對我們來說，交易成立時就代表我們要付出自我，就算是要我們一路攻進『亙流城』將裡面的人都殺光，我們也會照辦。但對那些人來說，這公平嗎？」

臥萱思考了一下，嘆口氣不答。面對未知，有人無法下決定，有人卻步不前；有人嘗試理解，但總會有人試圖超越。

百年後當老劉開著黑色轎車行經亙流谷時當然什麼都沒有探測到，因為在亙流谷中的『夜雲帝國』大軍做出了難以理解的大轉彎，他們並沒有依照歷史記載的持續往『亙流城』的城下前進。

百年後・終章之三

『食事』商圈的旅館中，最後的謎底即將揭開。

「蒙教授，你假設夜雲內亂時司飛羽殺掉了『咒術師』，也因此入侵『秋水』國時再沒有任何地層混亂的痕跡，這一點對司飛羽有什麼好處？」老劉按摩著一整天都在踩油門跟剎車的右腳。

「問的好，我也不知道。」蒙不語老實說。「人類的動機，往往是最難推測的，同樣的問題，不同的答案，這點我在教職的生涯中已經看到麻痺了，我是說期末考。」

「就算你的假設是對的，亙流谷中也沒有證據可以佐證你的論點。」老劉指的是『亙流城』的會議記錄，當時蒙不語和霍雨郎季被洛月市警察帶走，因此無從研讀後續的記載。

「不，亙流谷中有一個顯而易見的證據，而且〈艾草詩集〉也有提到。」蒙不語拿出現代地圖，接著伸出手指著亙流谷地圖的左下方，霍雨郎也同時伸出手指著同一個地方。「『高台風景區』。」

「『高台風景區』？」古嶽恍然大悟。「對，我怎麼沒想到？以前那裡不是風景區，而是亙流谷的一部分，而且我光用眼睛看就知道他的地質有問題。」

「原來如此，所以我們要探測的不是亙流谷內或谷外。」老劉站起身舒展了下腰部的肌肉。「那要走了嗎？」

「等等，有一個疑問。」蒙不語在『高台風景區』的位置左右畫了畫。「剛剛的推論有一個疑點，如果『亙流城』也不信任『咒術師』，這場仗應該要演變成『咒術師』聯手，連『亙流城』都傷亡慘重才對，但是以結果來說卻不是這樣。」

「可能『亙流城』的『咒術師』被關起來了？從頭到尾都沒有進到戰場？」古嶽剛把蒙不語和霍雨郎救出來，馬上就聯想到這個方向。

老劉抱著頭說：「等等，你們討論得我頭腦好亂，所以這場仗其實只有『夜雲帝國』要殺他們的『咒術師』，『亙流城』的『咒術師』沒有參戰嗎？那怎麼又變成『亙流城』打贏了這場仗？」

霍雨郎絲毫不管老劉的苦惱，接著說：「不太可能，因為假如我們立論的根據〈艾草詩集〉描述的是真的，『亙流城』的『咒術師』還是參戰了。」

「那麼唯一比較可能的解釋就是，『夜雲帝國』跟他們的『咒術師』來到這裡，接著『亙流城』打著救援的名義讓他們的『咒術師』出動，於是三方在這裡進行混戰，最後由『亙流城』勝出。」蒙不語做出結論。

「真虧你想得到這個，你的腦袋到底是什麼做的阿？難怪我畢業後從來不打算找歷史系的工作。」老劉照鏡子簡單的整理剛剛抱頭弄亂的頭髮。「那現在可以出發了嗎？」

百年前・終章之四

「你們可以出來了。」『律事』堡的守衛對著地牢裡面的人說。以地牢來說這裡還算舒適，只有乾燥的石頭味與鐵門的鏽味。

「默商總想通了嗎？還是戰爭打完了？」穹弓問，一邊注意甦圮的動向，避免他出手打人。

「不清楚，但昨天霍團長回來後商總想要跟你們討論。」

「我沒有義務跟恩將仇報的人談話。」甦圮說完就轉過身面對牆壁。

「之前是基於戰略，所以必須隱瞞默商總健在的消息，只好委屈你們先待在這裡。但戰況確實出人意料的不利。默商總有特別交代，請你們不要介意。」

「這很難不介意。」沂說，這時真恨不得自己的能力也有攻擊性。「你知道我花了幾天救活她嗎？結果其他商會卻決定利用這個機會反攻，現在打輸了才想到我們。」

這時一道聲音傳入地牢，守衛恭敬的往後退，一襲黑色的身影走到鐵柵門前。「如果我當時醒著，我也會選擇這個戰略，還會連你們都派上戰場。」

「默商總身體健康阿。」甦圮頭也不回的說。

「託你們的福，沂的醫術簡直起死回生。」默蕊不知道是不是故意忽略甦圮話中滿滿的酸意。「現在軍情緊急，由我親自來跟你們談比較快。」

「默商總想討論什麼？」穹弓畢竟年紀較長，還勉強能維持著禮貌。

「有三件事情要問你們，討論完後你們可以自行決定去留。」默蕊說完先向地牢另一頭的十名『箭雨』傭兵說：「先把箭放下吧。」

「聽說軍情十分緊急？」穹弓問。

「第一，術師和咒師的能力有什麼不同？」默蕊的第一個問題就直逼核心。「這次我們遇到了出乎意料的攻勢，『陸浪』傭兵團連同陸浪，七成的堡軍和平克剛都陣亡了。」

甦圮聽到這裡突然回過身來。「咒師們到了？」

「對，我們是用當初『律事』堡前的測試做為評估基準，因此沒料到咒師具有扭轉整個戰局的能力。」

甦圮等三人對看了一眼，穹弓點點頭說：「好，我跟妳說。簡單來說，咒師召喚出的是真正的火、風與水；但術師是透過媒介賦予的型態，因此跟真正的火風水是完全不同的存在。」接著便簡單的把雙方的差異詳細說明了一遍。

「難怪在戰場上能發揮的力量差這麼多。」默蕊說，甦圮不禁佩服她在這個狀況還能一臉冷靜的聽完，這段話理應超越一般人能理解的範圍。「第二，沂，妳知道被妳醫治的人可以夢到……極為真實的未來畫面嗎？」

沂聽得一臉茫然。「什麼？什麼未來？」

「這是我跟霍子季推論出來的，當他被妳醫治的時候他其實看到了咒師們的能力，但當時他不以為意；直到在戰場上親眼看到才得到驗證。雖然這點我們知道得太晚了。」默蕊當下把霍子季的夢境說了一遍。

甦圮看了看沂跟穹弓兩人一臉困惑，說：「我們沒有這種經驗，但霍先生夢見的咒師能力是沒錯的。」

「那這點暫時略過不提，既然無法確認真實性。」默蕊想了下，決定繼續把事情說完。「第三，藉由這次的醫治，我也看到了一部分的夢境，跟你們的未來有關，我想跟你們交換一件情報。當然你們可以選擇不換，我還是會放你們走。」

「妳到底要問什麼？不要拐彎抹角的。」沂聽得有點生氣，臉上的雀斑紅了起來。

但接著，默蕊的問題馬上讓那些雀斑凝結轉為白色。

『夜雲帝國』的軍隊趁著夜色亦步亦趨的往亙流谷南方前進，白歲寒領著前軍五千走在前方，司飛羽和三名咒師則走在隊伍後方，遠遠看起來像四道黑影。

「如果只是要找出埋伏的兵力，我可以用聽的。」風咒師對司飛羽說。

「不了，保險起見。『亙流城』的傭兵團真的太可怕了。」司飛羽露出害怕的神情，以後世的觀點來看十足是歷史性的一刻。「這裡是對方地盤，一定要萬無一失。」

「軍師，你在追求的是什麼？」火咒師突然問。「功名嗎？還是名留青史？」

司飛羽沒有料到會被問這個問題。「我在追求的是永久的和平。超越這個世代，不管未來有幾個國家，靠著軍事或商業都能維繫的和平。」

「真是很遠大的夢想，願神祝福你。」水咒師說。

「那麼你想怎麼完成這個夢想呢？」火咒師問。

「首先要消除大陸上的不安因素，建立和平發展的國度；接著要擁有強而有力的軍隊，防備任何未來可能的威脅；最後要有促進繁榮的商業，才有本事持續向外擴張。未來打的不是刀劍武力，而是以經濟為主體的整體戰。」司飛羽快速的說完，仰頭看著月光。

「難怪你這麼執著『亙流城』。」水咒師說。

「是的，從這兩場戰爭不難看出，他們擁有足以威脅帝國的能力。」司飛羽看著前方的白歲寒領軍的隊伍，已經可以看到遠方的山稜線了。

差不多了。

「用戰爭換取和平的方式，當真是聞所未聞。」風咒師說。

「你說什麼？」司飛羽停下腳步，腦中快速的運轉著，突然想起這是一個多月前霍子季對議和書的評語。就在此時，前方的白歲寒與五千士兵也同時停下腳步，戲劇性的一刻，像這片大地上的所有人民都在等待司飛羽的回答。

「土咒師是你殺的嗎？」水咒師問。

司飛羽像被打了一巴掌似的臉色紅一陣白一陣，最後說：「是。」

「整隊吧，讓我瞧瞧你的能耐。」火咒師說，兩股火焰從手中竄起，照亮整片夜空。

〈艾草詩集〉在此處做了一個後世解讀都以為在講關鍵戰爭代表意義的描寫：

火光象徵希望，
希望卻伸手向他們　求救
為了遠方即將殞落的火光。

霍子季率領著常備軍、剩餘的『陸浪』傭兵與『箭雨』傭兵守在城下，防備『夜雲帝國』進攻，但稍早卻收到令人困惑的消息，是『夜雲帝國』莫名的分一隊兵往南邊去了，剩下的駐守原地。這樣的行徑太過奇怪，但霍子季卻了然於胸，那件事，不，關於那個夢的真實性默商總已經去確認了，而在收到下一個命令前只能按兵不動。

就在這時城門突然打開，一團火球與一個人從門內奔出。

「老大，那是甦圮跟穹弓！」艾脩驚呼出聲。「他們這幾天跑哪去了？」

霍子季並沒有跟其他人說商會隱瞞默蕊痊癒消息而把術師們關起來的決定，但他看到這一幕時就已經知道來龍去脈。這只是代表默商總的推測是對的，甦圮他們和咒師們的目的其實是相同的。

「霍先生，請救救他們！」甦圮全身燃燒著熊熊的火焰說，手上拿著一本冊子，和那天陸浪拿來的相仿。而那本冊子理所當然沒有燃燒起來，現場只有霍子季對此沒有露出驚訝的表情。

「艾脩，接下來由你率領『箭雨』傭兵團，方針由你決定。」霍子季戴上皮盔，一切準備就緒了。

「我？老大你開玩笑吧？」艾脩嚇得嘴巴合不攏。

「穹弓，麻煩你跟艾脩一起率領，我有別的事情要做。」霍子季指了指後方，常備軍與『陸浪』殘餘傭兵的方向。

「好吧，我們見機行事。」穹弓答應了下來。「甦圮，你先去幫咒師們吧。」

關鍵戰爭第三戰，也是最後一場仗已經拉開神祕的帷幕，到目前為止戰況一面倒。司飛羽在遠方看得目瞪口呆，從前『亙流城』大敗那時他就知道要同時面對三名咒師很不容易，但沒有想到真的這麼艱難。

水咒師在三人的周遭引動地下水形成由內而外的激流不斷沖刷，五千名士兵根本無法靠近；更可怕的是那頭火獅子在風咒師的引導下不斷的肆虐著戰場。彷彿人間煉獄，士兵的哀號聲不斷的傳入司飛羽和白歲寒耳中。

「軍師，你能證明一切都是為了『夜雲帝國』嗎？」白歲寒無聲流下眼淚。

我能證明。司飛羽想這麼說但卻什麼也說不出口，任憑沉默持續蔓延。

「那麼，我先走一步，為軍師爭取『飛羽』部隊到來的時間。」白歲寒拿起大劍喝道：「全軍聽令，將手上的劍射向敵人！」場上的士兵同時執劍在手。

「白歲寒不愧久經戰陣。」火咒師收回火焰，準備抵擋來自四面八方的飛劍。

「射！」白歲寒下令，同時拿著大劍衝入陣中。

「休想！」風咒師將風力吹到極限在三人身周持續環繞，霎時間飛向三人的劍有八成都轉了向插在周遭的帝國軍身上！

「好厲害！」白歲寒嘿然一笑，拿著大劍朝咒師們的位置快速衝去，突然腳底感覺到地底一陣震動忙向旁閃開，剛剛的位置突然噴出一道齊天高的水柱。「差一點。」

白歲寒自從成功殺掉土咒師後就沒再穿過鞋，更從此被當成『夜雲帝國』的軍事象徵之一，如今成功閃過水咒師的攻擊格外諷刺，若是隔著鐵靴未必能如此迅速的反應。

一時間戰況陷入膠著，火咒師重新點上火，再次透過風咒師的引導燒向周遭的士兵；而士兵舉劍時則改透過強風吹散來劍，加上水咒師不斷利用水柱延緩白歲寒的腳步。攻守雙方均卯足全力對應攻勢，戰場上水火同源，蔚為奇觀。

但就在這時，司飛羽突然喝道：「是我贏了！」

三名咒師看向後方，伍藜領著一群頭側著上白羽的士兵手持繫繩長槍快步而來，正是『飛羽』部隊到了！

「難怪土咒師會輸。」火咒師嘆了一口氣。「但面對我們不一定能贏。」

然而，司飛羽接下來喊的卻是：「『飛羽』部隊盾兵向前！」

不知何時起，戰場四周圍都來了帝國軍，或該說，在白天就派駐在這裡埋伏的機密部隊。除了後方的繫繩長槍外，另外三方的士兵手拿的是一片由二十片鐵盾橫向組合而成的長型盾牌。與此同時，三名咒師都看到另外兩名同伴的白髮逐漸增加，這樣長時間的作戰對他們是名符其實的用生命作戰。

白歲寒同時喝道：「全軍後退，讓『飛羽』部隊槍兵接手！」

咒師們嚴陣以待，絲毫沒有停下手上的攻勢。風咒師旋即一個旋身，將再次出現的火獅子引向後方的長槍兵，然而這一步早已被司飛羽料到，左右兩邊的盾兵以更快的速度將火獅子擋在盾前；前方的盾兵也開始前進，鐵盾包圍網逐漸收攏，火獅子逐漸演變為困獸之鬥。當風無法順利吹入凝聚火焰，那猛獸的形體就逐漸潰散消逝。

火咒師與風咒師互看一眼，場上的風向突然向上吹起，不料盾兵接著在原本的長型盾上方加裝另一排長型盾護住頭頂，緊接著第三排第四排第五排正好將整排士兵全包在盾牌底下。更可怕的是，盾兵的腳步只有稍微被地表上的激流影響減緩腳步，包圍網正在逐漸成形！

「人，真的可怕。」水咒師顫聲道，攻勢一變改用水柱攻擊，不料只看到水從盾牌陣中噴出，一組百人百雙腿組成的移動盾牌只微微隆起一下，旋即又恢復原狀。「這種團結的力量，太可怕了。」

火咒師發現盾型陣的弱點在側邊，忙示意風咒師改變風向，不料火焰到處盾陣卻微微後退，另一側的盾陣同時補上缺口，再次宣告咒師們的失敗，以及步步逼近的死亡。

喀喀幾聲，司飛羽喜於形色。「包圍成功，『飛羽』槍兵預備！」

火咒師度量前後的距離後，了解到目前的形勢只能選擇一邊，是自保還是傷敵？他與風咒師同時運起全力，月光下只見一道沖天火焰劃過天際跨過盾兵朝著司飛羽直直飛去！

『月下飛羽』眼睛微瞇，火光映照得整片大地瞬間一紅。你們中計了！司飛羽一擺手，後方突然衝出幾名盾兵將司飛羽團團包圍住，第二組盾兵也用上了，他很好奇咒師們還能有什麼方法。如果沒有，這場仗就落幕了。

就在此時，咒師們的後方傳來索命的聲音。「距離十步，發射！」那個瞬間，眩人耳目的沙沙聲響起，月光再次被遮蔽，挾帶著人類最原始的殺意鋪天蓋地而來。

而戰場的西方，一陣急促的馬蹄聲傳來，一團熟悉的火球在黑夜中綻放刺目的光芒。

「請妳再說一遍。」默蕊說。此時的地牢只剩下她跟沂，時間緊迫的關係甦圮與穹弓已經跑去找霍子季，留下沂向默蕊說明他們下山的原因。

「我們這次下山，是火咒師要求甦圮的，也因此甦圮才能找到重傷的霍先生帶回來治療，那件事根本不是偶然發生的。」沂耐著性子再講了一次。「我們的目的是要在大陸上有立足之地，為此我們必須參與戰爭。為了避免『夜雲帝國』戰敗，需要有人也幫助『亙流城』，這才是我們雙方都有人的真相！這樣不管哪邊贏了，剩下的一方都能順利的活下去。」

伍藜一時間忘記要再指揮長槍兵擲槍，因為眼前的景象過於驚人。

剛剛那波槍雨擲出後，風咒師仗著體型優勢同時護住了另外兩名咒師；而在伍藜下令收槍後鮮血即將染紅大地時，火咒師竟用火焰一一將傷口燒灼止血！看來就算是神，也有需要捨命的時候。

火咒師知道他們可以選擇將火焰射向長槍兵們，但是鞭長莫及，若長槍兵選擇後退只是徒然耗費力氣，更何況還有白歲寒在陣外虎視眈眈。「能為了我們做到這樣，真了不起。」

「一旦你們破不了陣，我就會用這陣攻破『亙流城』。」司飛羽興奮的斷臂處隱隱作痛，滴下幾滴血但渾然未覺。「不管是『陸浪』、『箭雨』全都不是對手！這才是我夢寐以求，能殺神的力量，能常保永世和平的力量！」

風咒師忽然感覺到一陣力竭，三名咒師中他的能力最常使用，在維持上也最為耗力。他知道剛剛火咒師只能止住血往外流，但內部的出血悄悄的流失了他的生命，他只得指向司飛羽的方向說：「孤注一擲吧。」

水咒師登時意會，準備使出最強的水柱，火咒師與風咒師也蓄勢待發，同時引動風力與火焰再次飛越盾兵，劃過半空的火焰宛如血線燒向司飛羽！『月下飛羽』自然知道咒師們臨死前的反擊還是會針對他，早已命盾兵包圍得密不透風。後方的伍藜頓時反應過來，再次下達命令：「距離十步，發射！」

後續就交給你們了，甦圮。

火咒師與風咒師背對伍藜，與數千柄飛來長槍，鏗啷啷的聲音再次聲震四野，而三對目光卻盯著被盾牌包圍的目標，等待水柱從司飛羽腳下噴起瞬間的空隙！滿天的月光在咒師們的頭上一片漆黑，漫天的長槍急著取下陣中代表神的三人性命，火焰如同飛鳥，拋物線燒向在大陸上肆意引發戰爭的源頭，唯一的源頭！

碰！水柱噴起，卻是悔差三尺，司飛羽只覺得左側的盾牌兵歪了一下，但陣型不受影響。

看哪，連神都在幫我！司飛羽的笑容在那個瞬間，映著縫隙透入的火光無比璀璨。

百年後・終章之五

夏日黃昏餘暉像燃燒殆盡的灰色木炭，空有光芒卻已失去熱度。眾人站在『高台風景區』正中央的百年老樹下，陽光從西方群山上漸漸沉落，把樹幹上的歲月痕跡一筆一劃全用金色畫筆畫上乾裂般的紋路。四周都是遊客，年齡層以老年居多，看起來都是從亙流城一路散步到這裡，閒晃一圈再走回去。

當然，整個路線的規劃完全符合觀光業的需求。

蒙不語的手掌貼在樹幹上只佔了不到三分之一，更顯現了樹幹的巨大。「怎麼會有人想到在這裡種樹？」

「我覺得跟這塊山坡地還滿搭的。」老劉坦白說。

「以前我不覺得，但現在光是用看的就覺得有地層混亂。」霍雨郎看向南方的高台，高台像是有人從地底斜斜戳出來的石柱，大概就三公尺高，好像爬上去就可以對中央的老樹練習極限跳遠。

「對吧，我就說吧！」古嶽得意的左顧右盼。

「中央升高，高台底部的土地卻是降低，符合我們要找的目標。」蒙不語回過頭仔細的從腳下的土地沿著往下的坡度，經過一小段平緩後就往下凹陷成低窪，最後是突然竄起的高台。「過了足足八年後，土咒師再次來到這裡，他消失的這些年去哪了？」

「照剛剛的推測土咒師在夜雲內亂就死了吧？」老劉問。

「應該說，『那一位』土咒師死了。你是想這麼說對吧？」霍雨郎蹲下身。「而屬於『亙流城』來到戰場的是繼承了土咒之力的土咒師。」

「沒錯，這樣才能解釋為什麼你跟古嶽擁有這樣的力量。」蒙不語看向那個高台，只容兩到三人的台面上，高度正好跟他們所在位置齊高，好像可以練習從這裡跳到高台上似的。這樣對稱的地形，很顯然是為了某個情境設計出來的，可能是偷襲，可能是救命，或可能兩者皆是。

「如果是這樣，那我大概可以想像發生什麼事了。」霍雨郎蹲下身，想感受百年前那場戰爭的狀況。

「剩下的就等古嶽把地層剖析圖洗出來，就有結果了。」

然而那天晚上，古嶽從亙流城國家考古協會上氣不接下氣跑來旅館，帶來的是出乎意料之外的結果，他幾乎沒有要等老劉開門就想把房門給撞破，連帶著考古團隊像中了樂透頭獎或是百貨公司周年慶大搶購似的衝進房門。

「老闆，地層、地層混亂阿！」古嶽拿出風景區中央老樹下方的地層剖析圖，以及高台下方凹陷低窪處的剖析圖；一張有明顯地層斷裂與填補的三角錐，另一張則是下方的地層消失，宣告了這次推論的重大成功。

霍雨郎與蒙不語對看一眼，一臉冷靜。「早就知道了。」

古嶽準備的驚喜不只這個，他大手一指壓在中央老樹那張剖析圖的下方：「但你們想不到這個吧？」教授與考古學家這才仔細的看著老樹那張剖析圖，那個瞬間，所有的線索都串連起來。

「原來如此，我知道為什麼過去發生了那麼多場戰爭，卻什麼文獻都沒有記載了。」蒙不語說著說著突然莫名的感動湧上心頭，這七年來的追尋，在這短短的一個月內就有了結果，他忍不住兩行熱淚滴在床鋪上。

「這還是假設，但我覺得你可能是對的。」霍雨郎還是冷靜的樣子。

「這麼說接下來要跟亙流城申請考古許可把它挖出來？」老劉可能是現場唯一一個保持冷靜的人。

古嶽正要衝出門，霍雨郎卻伸手抓在他的肩膀上。「申請什麼？我們今天半夜去，把那個東西給『拿』出來不就好了！」

所有人這才意識到，霍雨郎也不如表面上看起來那麼鎮定。

百年前・終章之六

跨越過將近半個亙流谷南方的火焰，像一道橘紅色的橋，通往生存與死亡的兩端。火咒師與風咒師打算到生命消逝的那一刻為止將全身力氣『付之一炬』，水咒師持續引動攻勢。死亡的氣息逐漸攫住三人的頭髮，一根一根，一叢一叢，全染上象徵無生命國度的灰敗，乾涸的臉龐逐漸凹陷衰老，一切只在短短的半個時辰內發生。

密集的槍雨墜落，連綿不絕的得得聲全刺入地底。

當月光再度照亮這片平原，這場戰爭應該已經落幕了。

但沒有，還沒有。

盾陣以北，伍藜看著右方嘴巴大張，說不出半句話；盾陣以南，白歲寒看著左方一臉嚴霜，說不出半句話。

司飛羽在盾牌底下只知道這是火咒師與風咒師的最後，燃燒生命的攻擊，被盾兵團團包圍的他只覺得溫度逐漸提升。身為帝國軍的軍師，這一戰除了設計出盾兵與長槍兵的組合，更考量火焰的高熱在士兵持盾的把手採用木製，但那不是為了打持久戰設計的。

然而周圍的盾牌擋住了視線，他無法清楚的知道伍藜和白歲寒看到了什麼，也因此錯失了下達命令的時機。

火咒師與風咒師正奮力想要找出司飛羽身周盾陣的空隙，對於司飛羽的窘境與自己還活著這兩件事都失去感覺，他們榨乾身上一點一滴的力量只看著眼前那塊鐵盾堆。只有水咒師清楚看到戰況的乍然轉變，右側的那團熊熊燃燒的火焰，儘管沒有溫度，卻深深的點燃了她的內心。此情此景，才真的是蒙神保佑。

原本瞄準三名咒師的長槍，全部都插入他們後方的地上，最靠近的一柄距離水咒師不到一公尺的距離。月光被遮蔽瞬間，幾天前救出默蕊的火神及時趕到。那是伍藜第二次見到他，正當他估算距離以為不可能逆轉結果時，火球裡的人卻蹲下身，雙手觸地，那個動作太熟悉，以至於『飛羽』部隊的指揮官渾然忘記自己在做什麼。

咒師們腳下的大地無聲隆起，周遭的三百盾牌兵不知道發生了什麼事，只覺得原本緊密貼合間出現了空隙，趕緊再向中間收攏，但前進的步伐竟無端受阻。

「你，你還活著？」伍藜顫聲說。

「軍師，快退！」白歲寒更看到了以司飛羽為中心點，除了軍師腳下的土地外全都無聲向下陷落！盾牌兵的陣型瞬間崩塌。

「司飛羽，給我滾出來！」甦圮大喝，手上再次運力，『月下飛羽』腳下的土地邊緣撲簌簌的幾聲微弱聲響，連帶著原本在司飛羽周遭的盾兵全崩於地！來自古崙山的火術師，同時傳承土咒師的年輕人再度上馬衝向盾陣，一起一翻一落來到三名咒師的身後，升起一道土牆。

司飛羽只覺眼前忽然一亮，戎馬半生從未見過的橘色月亮正在眼前，後頭突然一股巨力抓著他的黑袍連他的人猛力一扯，他不由自主的跌落高台，仰頭望天。

「白將軍！」伍藜大喊。原來剛剛那一瞬間卻是白歲寒爬上高台將司飛羽往後一拉，代替軍師全身披上最後的火焰戎裝，戎馬半生的最後一場戰役！

帝國的軍事象徵一聲不吭的站在高台上，承受著咒師們最後的反撲。白歲寒微微轉頭，俯視著跌落在地的司飛羽，他知道自己用生命成功撐下來了，是帝國贏了！

火焰與風終於停息，留下焦黑的身軀維持著回頭俯視的姿勢。

「收槍，預備！」橘紅色的火光消失的瞬間，伍藜終於回過神來。

甦圮迅速的在身前豎起高牆，一道接著一道，他不知道這樣有沒有效，但是也只能這樣了，他相信轉機一定會到來。

「甦圮……」火咒師此時已經坐倒在地，短短的幾分鐘他已經像個行將就木的老人了。「我將未來交託給你，你卻來送死，可惜。」

「沂跟穹弓還在後面，沒問題的。」甦圮其實內心害怕極了，但還是強露出笑容。

「沂跟穹弓？你找了他們一起？為什麼？」風咒師問，他連要站起身都做不到，先前被長槍貫穿的傷口正在加速他的死亡。

「因為我怕，我怕我做不到。」甦圮老實說，值此時刻忍不住涕淚俱下。

「害怕，恐懼，是嗎？這比我一生聽到的話語都還要……讓人振奮，我們終究，還是人。」風咒師說完這句話就陷入沉默。事後甦圮才知道，風咒師在那時就已經死了。

「但我們已經不屬於這片土地。」火咒師說。「對他們來說，我們是另一種人。但甦圮你們不同，你們，要跟他們一起活下去。」

這時在剛剛甦圮來的方向，穹弓與艾脩率領『箭雨』傭兵團來到戰場，只見咒師們與甦圮被盾兵陣圍在中央，另一邊伍藜的長槍兵卻蓄勢待發。

艾脩快速的跟穹弓討論後，拿弓箭對盾兵攻擊只是浪費力氣，便下令：「箭三上一，目標伍藜！」

不料南方高台那邊，那個大家不期望活下來的人仍然活著。司飛羽看到『箭雨』傭兵團，迅速評估眼前形勢後，做出了決定。「『飛羽』部隊盾兵聽令，目標『箭雨』，上前！」

「距離十步，發射！」伍藜同時下令槍兵。

「『箭雨』退後！」霍子季的聲音從伍藜後方傳出，皮盔上的銀色星星在月光下閃爍。「距離五十步，發射！」

以結果來說，司飛羽有一份執著確實放在對的地方，但是他從未正視過這件事的真實性，也沒有時間求證，直到他看到霍子季才知道這場戰爭的錯誤認知有多大。

原來『秋水』國是這樣打輸的。司飛羽直到此刻才反應過來，那個『秋水』國的俘虜說的根本是假的，如此破綻百出的謊言，自己卻因為聚焦在所謂的『超越神』而相信了。或者，當初土咒師沒說錯，這只是自我滿足的幻想？

瞬間司飛羽就知道自己輸了，但認輸不是他該做的。『月下飛羽』朝著霍子季的方向走去，下令：「『飛羽』部隊盾兵，目標霍子季，進攻！」

整齊的一聲『砰！』，響徹整個亙流谷，就連遠方帝國主營帳都聽到了。營內，臥萱手上的筆掉落桌上，旋即滾落於地，她有種預感：這場戰爭結束了。她的面前卻是一場終於促成的會議，叢帝的面前站著六位『亙流城』來的客人。她不知道為什麼『亙流城』的商總們如此篤定司飛羽不在營內，親自前來談和，但這個場面才是她踏入戰場的目的，沒有道理拒絕。一道黑影幫她撿起掉落的筆，是『律事』商總，默蕊。

伍藜身後的長槍兵全部應聲倒地，他回過頭只看到濃濃的白色煙霧四起，地上瀰漫著黑色火藥味與點點火星，霍子季左右各有一列士兵，每個士兵頭上清一色的皮製盔甲銀色五角星，點點星光連成一整排，雙手都持著一項細細的長筒兵器，遠遠的瞄準他。那才是『亙流城』真正暗藏的兵力！

「目標，『夜雲帝國』軍師，司飛羽。」霍子季舉起手，他正站在歷史上科技變革的轉換瞬間。他面前，是代表著過去刀劍時代的最後一支最強部隊，然而他的身後，是代表未來火器機械概念的開端。「距離兩百步，發射！」

一整排士兵整齊的將彈藥放入細筒，瞄準目標，點燃火繩。

砰！

「原來我們，都只是在追逐現實中的幻影阿。」司飛羽在中彈前說了這句話，可惜沒有被記載下來。

「這場戰爭尚未打完，你們星夜趕來談和嗎？」主營帳內，叢帝緩緩說。

「剛剛上呈的是貴國軍師提出的條件，下方有軍師和伍將軍的簽名，內容對我國確實過於嚴苛。」勻洛水說，顯而易見的，他是今天的會議主持人。「這場戰爭對我們雙方的損失非常大，再打下去我國未必會輸，貴國也未必能贏。不過現在，戰爭已經結束了。」

叢夜雲將司飛羽的議和書遞給臥萱等人觀閱，外頭再度傳來『砰！』的一聲，他們不知道那是代表了司飛羽的殞落，但感覺得出來另一個事實。「看來你們還有暗藏的佈署，那麼，開條件吧。」

「據說之前臥萱大人有提出優先經營權的部分，我想知道是否還算數？」勻洛水雙眼射出精明的光芒。

臥萱看向『衣事』商總華千顏，兩人相視一笑，這一年來她們談妥的條件終於要成真了。「稟叢帝，未來將不是戰爭的時代，我認為應該讓『亙流城』的商業促進整個大陸的繁榮，優先經商權對雙方只有益處。戰爭的時代已經過去了，接下來的百年將是和平的時代。」

「明天一早我們就退兵，一個月後在大陸中心點簽訂和平條款吧。」叢夜雲早就已經擬定好戰與和的條件，自然馬上就能說出結論。

「我贊成。」勻洛水說。

「贊成。」行一帆說。

「贊成。」木三分說。

「哈哈，我當然贊成。」谷人越說。

「我早就提過優先經商權了，贊成。」華千顏說。

「司飛羽不在，我就贊成。」默蕊說。

叢帝看他們不知道在表決什麼，忍不住問：「我對你們的制度滿有興趣的，是否可趁這個機會促成雙方交流？」

這場由一代軍師司飛羽死亡作結的戰爭，宣告了和平時代來臨、商業崛起、科技變革、國家經營型態改變。近代史上稱之為，關鍵戰爭。

百年後・後記之一

暑假過後，秋水大學的近代史一時間成為討論度最高的課程，或許反映在招生上並沒有太大的改變——填志願的新生比現在的班級多十五人，但蒙不語教授在過去的一個月內成為了國家級的風雲人物。

「我的工作，碰巧就是找出『真實』。」近代史副教授，或該說準主任教授蒙不語開學第一堂課在台上說。「這我上學期最後一堂課剛說過。而我對於這學期可以跟你們分享『真實』，感到非常、非常的榮幸。」

所有學生全部都醒著，看著暑假後半段都在報導的主題，無數雜誌封面掛著的三個字，現在就寫在黑板上。

「『咒術師』。這是一群擁有不凡能力，但卻只想隱姓埋名跟一般人正常生活的人們。他們大概在關鍵戰爭爆發前十二年來到神離大陸上，在關鍵戰爭後消失匿跡。這部分我相信各位暑假看到的報章雜誌都講得很清楚，而我也還在持續找尋他們的足跡，我相信，你們正在教材內容異動的關鍵點上。」

蒙不語說，目光卻停留在教室最後一個位置，兩個月前有一個戴著黑色鴨舌帽的身影，不知道還有沒有機會看到他。

課後，蒙不語回到自己的辦公室，房內擺設沒什麼太大的變化，雜亂的書籍典章之上有一本跟洛月市歷史文物館借閱的『亙流城』會議記錄正翻開著，上頭寫了滿滿的關鍵戰爭後雙方的談判內容——包含六位商總表決叢帝提案的記錄，那可是商總們親手記下的——與戰後處置。那千言萬語匯作一句話不過只是宣告戰爭結束，但有什麼過去了。

蒙不語走出辦公室輕輕將門帶上，接著趕赴下一場訪問。

過去的一個月內，他參加了六次的電視訪問，其中三次還是在蘇奇遠的洛月市文物館裡，跟蘇奇遠教授同台。而下個週末他跟霍雨郎以及古嶽等考古團隊成員還要再去忠烈祠接受第七次的採訪，為了百年前與百年後，為這所有的一切。

繁忙的生活讓他有些不適應，但至少洛月市警察局並沒有貼出他和霍雨郎的通緝令，這就已經是不幸中大幸了。他原本以為這應該是另一個大做文章的機會，儘管他對於怎麼說明從警察局逃出來的這件事還沒有答案，如果可以他想要實話實說，那應當是國家級的『真實』。

百年前・後記之二

後來的事情順理成章的發展，大家應該都猜到了。關鍵戰爭一個月後，『亙流城』與『夜雲帝國』在大陸中央完成協議——或該說是表決——後決定立一塊石碑作為歷史轉折的重要里程碑，並當場刻下所有死去的與見證和平的姓名，他們一路從清晨刻到下午。

『夜雲帝國』的代表刻在石碑右側，見證人：叢夜雲、臥風彼、臥風此、臥萱、伍藜。

『亙流城』的代表刻在左側，見證人：默蕊、華千顏、谷人越、木三分、行一帆、勻洛水。

最後的左下角是不屬於這兩國的人，由右往左分別如下：

『咒術師』的代表刻在左下角，見證人：甦圮、沂、穹弓、火咒師、水咒師。

舊『秋水』國的代表刻在左下角靠最左邊，見證人：虞洛月。

夕陽西下，碑前染霞，暗影中血淚無聲風化。

臨走前，默蕊抓到機會私下見叢夜雲，關鍵戰爭儘管已經結束，仍然餘波盪漾。

「叢帝，我想要回一個人。」

歷經帝國軍師兼戰友的司飛羽與帝國老將白歲寒陣亡的沉痛哀傷，叢夜雲這時才像是想通了什麼似的露出恍然大悟的表情。「你是說那位自稱打過跟『亙流城』一戰的舊『秋水』國的貴族吧？原來如此，難怪司飛羽會以為只要殺掉妳『亙流城』就會失去抵抗能力。」

「叢帝過獎，我們只想安安靜靜的生活，而那人發揮的價值，比我預想中的大上許多。」默蕊說的是交戰前司飛羽抓到的舊『秋水』國俘虜。當時的用意是掩藏八年前『秋水』國敗於『亙流城』火鎗隊的事實，因此在霍子季歷劫歸來，六位商總在漫長的某次討論中決議以咒術師當幌子，派人刻意將這個情報透露給司飛羽知道，也同時製造『亙流城』早有預備的模樣。

但提議人默蕊沒有想到司飛羽會輕易的相信『亙流城』有一位會使用火的咒術師，也因此在議和時採取當場射殺默蕊的強橫策略，背後的原因與當年襲殺土咒師造成慘重傷亡的原因關係不淺，有如噩夢般跨越八年的時光縈繞在『月下飛羽』心頭，也間接註定他成為近代史上的悲劇英雄。「就依妳吧，這名貴族就當作被帶回帝國終老，歷史文獻的部分我會想辦法。」

「謝叢帝。」默蕊躬身。「另外，古崙山的居民以及『咒術師』們叢帝有決定安頓他們的地點了嗎？」這關係到『夜雲帝國』的領土調配，自然需要叢帝許可。

「就在北城村以南的平原吧，這事也需要你們幫忙，讓他們先習慣人……不，是我們的生活。」叢帝頓了一下又說：「就說他們是我們兩國的反戰人士吧。」

「我贊成。」

而在後世改建為忠烈祠左側的小花園，當時還只是山頭一角。

「使者告訴我北城城牆陷落的那時，我真不敢相信，沒想到竟然是真的。」帝國情報組織首領臥萱說。

「我們也是。但也因為這樣，才間接塑造出了舊『秋水』貴族這號人物。」『衣事』商總華千顏，臥萱曾經成功，也是唯一說服的商總說。如果有人能把『亙流城』的會議記錄清楚的攤開來，會發現華千顏是極為明顯的反戰人士，她幾乎沒贊成過任何主動開戰的提議。

「你們篤定司飛羽不會殺他？」這是臥萱心頭最大的疑問，對她來說，一向採取堅壁清野政策的司飛羽竟然沒有殺了那名貴族，前後行徑矛盾不一，著實讓人費解。

「我們不確定，但我們篤定司飛羽不會放他走。」華千顏看著遠方那塊石碑，從這個視角看起來只是一堵人造的牆。「只有人類才會想去挑戰神，太沒有價值了。」

立碑儀式順利落幕，所有人都離開後的夜晚，有一個少年悄悄回到此處，他的腳步極輕，緩緩走到石碑前。「我們也只想安安靜靜的生活。」少年伸手靠著石碑的左下角，接著幾聲石頭斷裂聲響起，左下角從『咒術師』三個字的右邊一道裂縫緩緩形成，正好在『甦圮』左邊一道裂痕切到地面，『秋水』國代表也一併被分離掉。「這些名字，就跟戰爭一起結束吧。」

少年拿著那塊『切』下的石碑殘片，在月色下朝亙流谷的方向前進。於是從那一刻起直到蒙不語和霍雨郎再次挖出亙流谷樹下的殘片為止，整整百年間，咒術師宛如往來『夜雲帝國』與『亙流城』之間的一縷幽魂，一場集體的幻術，直到從所有人的口耳相傳與記憶中消失，留下未解的謎團。

在石碑產生裂縫的瞬間，輕微的碎響聲傳到了遠在數十里外的『夜雲帝國』皇城，臥萱突然醒了過來。她坐起身想到一件事情，換了衣服披上黑袍往黑舍去。

今晚的黑舍離奇的一個守衛也沒有，黑舍前的地上散落了幾本書，她驚疑間隨手拿起一本翻了翻。

「那是這場戰爭的相關資料。」黑舍裡頭一個熟悉的聲音傳出。

「叢帝！你在這裡做什麼？」

「不知不覺中，軍師把打贏咒師當成了畢生追求的目標，帝國卻靠著這個目標壯大，也差點跟著這個目標毀滅。」叢帝從黑舍內走出來放下了幾本冊子。「帝國的歷史，不需要記下那些篇章，神離大陸出現過一個司飛羽就夠了。」

叢夜雲拿著燃燒的蠟燭，一縷火光倏地照亮黑舍正面。

「或許吧，對我們來說，『他們』不需要存在。」臥萱說出這句話的同時也宣告了歷史的記載方向。

「或者，對我們雙方來說都還沒準備好。」

「真不明白，是歷史造就了我們，還是我們造就了歷史。」叢夜雲將手上的蠟燭無聲放下，起先只有小小的劈啪聲，接著整片書海很快的燃燒起來，整片夜空被照亮有如夕陽的晚霞，一片空白的書頁隨風揚起，宛如月光下的一片白羽。

百年後．後記之三

電視上播放忠烈祠的採訪會上，國內各大媒體都到了，蒙不語和霍雨郎特別在石碑的左下角旁邊肩並肩蹲著，和他們在『高台』風景區考古到的石碑殘片合影，後頭是古嶽以及其他團員站在後方。那關鍵的一個碎片直接讓『咒術師』的存在衝擊各大歷史學者與考古學家經年累月的研究。

「請問蒙教授，你認為這塊殘片代表了什麼？」

「這是大陸上未知的一個族群，我認為他們是第一群定居洛月平原的人。」

「請問蒙教授，據說前洛月大學的教授也認同你的看法，對於這樣的轉變你有什麼感想？」

「你們怎麼都問我？沒有人想問霍雨郎先生問題嗎？」

「請問霍先生，當初說服你幫助蒙教授踏上『咒術師』考古旅程的原因是什麼？你當時就已經確定『咒術師』的存在嗎？」

「嗯，我不知道，或許他講的很動聽吧。」

「呃……請問蒙教授，對於這段祕辛，你有沒有其他想跟我們分享的？」

「其實沒什麼啦，像我常常說的，我的工作是追求『真實』，其他的就…不，等等，我想到我有其他想分享的。這段旅程中有一位夥伴，是因為他我才得以找到霍先生、古先生與他們的團隊，雖然他現在不在場，但我想跟他說，他在找的『真實』就在這裡，這個角落的…」

嗶，電視一黑。握著遙控器的那隻手微微顫抖著，房間恢復安靜後，他把頭深深埋在棉被裡但什麼也沒聽到。

他悶著聲音說：「鬼才知道那個人是誰。」

（全書完）

【後記】關於咒與術與奇幻世界的旅程

我想，奇幻世界之所以吸引人，是因為能引發共鳴的近乎真實的可能性。

在構思《咒術師》的奇幻世界前，我手邊只有兩本書，《獵魔士》與《區塊鏈革命》，那代表我的生活：一手寫作，一手工作，我有限的腦容量就像只用一半在運作。後來無意間在網路上看到金車奇幻文學獎徵文，那個瞬間就像一條銀色的線從腦中咻一聲閃過。

那時我想：一本書不夠，我需要比那更多的東西，譬如一整個世界。

那個世界和平而現代化，乍看之下跟我們的世界沒有兩樣，但它的歷史本身埋藏了不同的東西：不在記錄中的種族。於是解開謎團顯然成為身為作者的我也著迷不已的目標，我必須——也想要——跟著那群基於不同原因探究歷史的組合一同旅行，找出埋藏在過去的咒術師與證據。

接著在那個世界的百年前，咒術師活躍的卻是即將和平統一的戰國時代。以傳統對魔法與戰爭之間密切關係的印象，不難想像那光輝燦爛的舞台其實即將結束，這段描寫著實讓我掙扎不已。然而時代的變遷是無法抗拒的過程，咒術師們的抉擇顯得無法不糾結（獵魔士害我不淺……），讓我停筆重寫過一次。

我不得不提，以寫作順序來說，本書第一章（夜雲與秋水兩國在北城談判）其實寫在第八章之後，第七章的開頭（亙流城被攻陷的夢）原本並不存在，亙流城原本真的只是商會。現在呈現出來的是二次重寫的，更為豐富的成果。

於是咒師比原本構想的更早站上舞台，與咒師不同系統的術師為了種族存續也出走家鄉；帝國因著北城事件出現了情報組織黑舍，亙流城有了表決的制度（我擅自挪用了區塊鏈的概念）並留下無法解讀的會議記錄……等超乎想像的變化。完成《咒術師：溯源》的瞬間，我有將近一個小時無法順利說話，腦袋中轟隆隆的吵個不停，更多念頭從各個角落竄出來逼我看著它們。

那時我想：一本書不夠，我需要比那更多的東西，譬如一整個世界。

當然做為投稿金車奇幻文學獎的作品，因著字數限制我忍痛刪除了將近十分之一的篇幅，甚至沒想過有一天會有機會看到《咒術師》列印成冊，以及秀威資訊讓我有修稿並加回那十分之一的機會，在此感謝秀威資訊與跟我對口的齊安編輯的大力幫忙。

《咒術師》的奇幻世界還有許多你我都還沒想通的環節，譬如過了百年擁有土咒力量的人從怎麼一位變兩位，見證人之一的秋水貴族後來去了哪，或更明顯的——只有一人管理的洛月文物館如何被市長輕易的登門踏戶進來抓人……等等，光是這些就快用掉我另一半有限的腦容量了（笑）。

感謝你願意花時間閱讀到最後，我衷心感謝。

釀奇幻39　PG2353

咒術師：溯源

作　　者	非赫士・蕭
責任編輯	喬齊安
圖文排版	林宛榆
封面設計	王嵩賀
出版策劃	釀出版
製作發行	秀威資訊科技股份有限公司 114 台北市內湖區瑞光路76巷65號1樓 電話：+886-2-2796-3638　傳真：+886-2-2796-1377 服務信箱：service@showwe.com.tw http://www.showwe.com.tw
郵政劃撥	19563868　戶名：秀威資訊科技股份有限公司
展售門市	國家書店【松江門市】 104 台北市中山區松江路209號1樓 電話：+886-2-2518-0207　傳真：+886-2-2518-0778
網路訂購	秀威網路書店：https://store.showwe.tw 國家網路書店：https://www.govbooks.com.tw
法律顧問	毛國樑　律師
總 經 銷	聯合發行股份有限公司 231新北市新店區寶橋路235巷6弄6號4F 電話：+886-2-2917-8022　傳真：+886-2-2915-6275
出版日期	2019年11月　BOD一版
定　　價	370元

國家圖書館出版品預行編目

咒術師：溯源 / 非赫士·蕭著. -- 一版. --
臺北市：釀出版, 2019.11
面； 公分. -- (釀奇幻 ; 39)
BOD版
ISBN 978-986-445-363-4(平裝)

863.57 108017627

讀者回函卡

感謝您購買本書，為提升服務品質，請填妥以下資料，將讀者回函卡直接寄回或傳真本公司，收到您的寶貴意見後，我們會收藏記錄及檢討，謝謝！

如您需要了解本公司最新出版書目、購書優惠或企劃活動，歡迎您上網查詢或下載相關資料：http:// www.showwe.com.tw

您購買的書名：＿＿＿＿＿＿＿＿＿＿＿＿＿＿＿＿＿＿＿＿

出生日期：＿＿＿＿年＿＿＿＿月＿＿＿＿日

學歷：□高中（含）以下　□大專　□研究所（含）以上

職業：□製造業　□金融業　□資訊業　□軍警　□傳播業　□自由業

□服務業　□公務員　□教職　□學生　□家管　□其它＿＿＿

購書地點：□網路書店　□實體書店　□書展　□郵購　□贈閱　□其他

您從何得知本書的消息？

□網路書店　□實體書店　□網路搜尋　□電子報　□書訊　□雜誌

□傳播媒體　□親友推薦　□網站推薦　□部落格　□其他＿＿＿＿＿

您對本書的評價：（請填代號　1.非常滿意　2.滿意　3.尚可　4.再改進）

封面設計＿＿　版面編排＿＿　內容＿＿　文／譯筆＿＿　價格＿＿

讀完書後您覺得：

□很有收穫　□有收穫　□收穫不多　□沒收穫

對我們的建議：＿＿＿＿＿＿＿＿＿＿＿＿＿＿＿＿＿＿＿＿

＿＿＿＿＿＿＿＿＿＿＿＿＿＿＿＿＿＿＿＿＿＿＿＿＿＿

＿＿＿＿＿＿＿＿＿＿＿＿＿＿＿＿＿＿＿＿＿＿＿＿＿＿

＿＿＿＿＿＿＿＿＿＿＿＿＿＿＿＿＿＿＿＿＿＿＿＿＿＿

請貼
郵票

11466
台北市內湖區瑞光路 76 巷 65 號 1 樓

秀威資訊科技股份有限公司 收

BOD 數位出版事業部

（請沿線對折寄回，謝謝！）

姓　　名：＿＿＿＿＿＿＿＿　年齡：＿＿＿＿　性別：□女　□男

郵遞區號：□□□□□

地　　址：＿＿＿＿＿＿＿＿＿＿＿＿＿＿＿＿

聯絡電話：(日)＿＿＿＿＿＿＿＿　(夜)＿＿＿＿＿＿＿＿

E-mail：＿＿＿＿＿＿＿＿＿＿＿＿＿＿＿＿